_____드림

그리운 조선 여인, 사임당

표지그림 변명희

호는 영운(泠云). 1967년 서울 生. 서울대학교와 동 대학원 동양화과를 졸업하고 성균관대학교에서 동양철학 박사과정을 수료했다. 다수의 개인전과 국내외 각종 아트페어, 기획초대전에 초청받아 전시하였으며, 국립현대미술관 미술은행을 비롯해 인천지방법원, 강남구청, 홍천군청, 가천길재단 등에 작품이 소장되어 있다. 한국 전통 초상화 기법에 능하여 최충, 최유선, 최유길 등의 영정모사 작업을 주도하여 제작하였다. 한국미술과 관련한 학술 연구와 실기를 병행하면서 한국미술의 아름다움을 이론적으로 분석하여 그 방법론을 찾고, 현대인의 심신 건강에 유익한 미술에 관해 예술 철학적으로 연구하고 있다. 한국회화와 문곡연담 회원으로 활동하면서 서울대학교 등 여러 대학에 출강하였고 전남대학교에서 한국미술의 이론과 기법을 가르치고 있다. 표지 그림은 한국미술사에서 가장 뛰어났던 영·정조 시대의 초상화 기법에 따라 은은하고 투명하여 속살이 내비치는 비단에 수십 차례 맑은 채색을 쌓아올렸다가 말리기를 반복하여 제작하였다.

그리운 조선 여인, **사임당**

초판 인쇄 2016년 9월 19일
초판 발행 2016년 9월 26일

지은이 이수광
펴낸이 김광열
펴낸곳 (주)스타리치북스

출판책임 이혜숙
책임편집 한수지
출판진행 안미성
편집교정 이상희
본문편집 권대홍·조인경
캘리그라피 김숙연
경영지원 공잔듸·권다혜·김문숙·김지혜·김진영·김충모·문성연
　　　　　 박지희·신자은·왕희영·유다윤·이광수·이지혜·정은희
　　　　　 정종국·한정록·황경옥·허태연

등록 2013년 6월 12일 제2013-000172호
주소 서울시 강남구 강남대로62길 3 한진빌딩 3~8층
전화 02-2051-8477

스타리치북스 페이스북 www.facebook.com/starrichbooks
스타리치북스 블로그 blog.naver.com/books_han
스타리치 잉글리시 www.starrichenglish.co.kr
스타리치몰 www.starrichmall.co.kr
홈페이지 www.starrich.co.kr
스타리치 기업가정신 www.ceospirit.co.kr

값 15,000원
ISBN 979-11-85982-30-4 13990

그리운 조선 여인

사임당

이수광 지음

StarRich
Books

그리운 조선 여인, 신사임당

신사임당申師任堂은 현모양처로 널리 알려져 있는데 실제로 그 행적은 자세히 남아 있지 않다. 후대에 전하는 시 몇 편과 글씨 그리고 그림 몇 폭이 전부인데, 율곡 이이李珥를 숭배하는 우암 송시열宋時烈이 현모양처로 추앙하기 시작하면서 남편에게 순종하고 자식을 잘 키운 여자로 알려지게 되었다.

사임당은 조선의 전기에 해당되는 성종시대에 강릉 부호 이사온李思溫의 외손녀로 태어났다. 사임당이 죽고 얼마 되지 않았을 때 늙은 어머니 용인 이씨가 후손들에게 남긴 분재기分財記에 따르면 농토가 천석꾼에 가깝고 노비를 백 명 이상 거느렸을 것으로 추정된다.

사임당은 현모양처라기보다 시인이며 화가인 예술가에 더 가깝다. 글씨나 그림이 많이 남아 있지 않지만 당대는 물론이고 후대까지 뒤흔들었다.

한복의 초서 글씨 오래된 종이로고
구름 같은 체를 바꾸어 붓솜씨 찬란하다.

《온유재집溫裕齋集》을 남긴 조선 헌종 때의 문인 윤종섭尹鍾燮의 글이다. 사임당은 서체로도 일가를 이룬 것이다. 그러나 지금까지 전해지는 글씨는 안타깝게도 해서와 초서 몇 점뿐이다.

그 서체에 이르러서는 정성들여 그은 획이 그윽하고 고상하며, 정묘하고 고요하며, 더욱더 부인께서 저 옛날 문왕의 어머니 태임의 덕을 본받은 것임을 우러러볼 수 있다.

1869년 강릉 부사로 부임한 윤종의尹宗儀는 사임당의 글을 보고 감격하여 엎드려 절을 올리고 혹시라도 유실될까 두려워하여 정밀하게 모사한 뒤 판각했다. 사임당 사후에 강릉 일대에는 많은 작품이 남아 있었을 것으로 추정된다.

신씨는 어려서부터 그림을 공부했는데 그의 포도와 산수는 정묘하여 평하는 이들이 안견 다음에 간다고 했다. 어찌 부녀자의 그림이라고 하여 경솔하게 여길 것이며, 또 어찌 부녀자에게 합당

한 일이 아니라고 나무랄 수 있으랴.

율곡의 어릴 때 스승이기도 했던 어숙권魚叔權이 《패관잡기稗官雜記》에 남긴 글이다. 어숙권은 후대의 다른 인물들과 달리 당대에 그녀의 글과 그림을 접했기 때문에 가장 사실적이라고 볼 수 있다.

숙종 때의 문신 김진규金鎭圭는 사임당의 〈초충도첩〉을 보고 다음과 같은 글을 남겼다.

그림을 살펴보매 다만 채색만 쓰고 먹으로 그린 것이 아니라 저 옛날의 이른바 무골법無骨法과 같은 것이다. 벌레, 나비, 꽃, 오이는 다만 그 모양이 똑같을 뿐 아니라 그 빼어나고 맑은 기운이 산뜻하여 살아 있는 것처럼 생생해 저 붓이나 빨고 먹이나 핥는 화가 따위가 미치지 못한다.

김진규는 사임당의 '초충도'를 극찬한 것이다. 사임당은 시나 문장보다 그림이 더욱 뛰어났다.

봄바람 그윽하다.
붓을 들어 찍은 한 점 한 점 하늘 조화 빼앗았구나.

영조 때의 문신 조구명趙龜命은 사임당의 그림을 보고 하늘이 내린 천재라고 칭송했다.

나의 집안 어떤 사람이 일찍이 말하기를 "우리 집에 율곡 선생의 어머니가 그린 풀과 벌레의 그림 한 폭이 있었는데, 여름에 뜨락에서 햇볕을 쪼이다가 닭이 쪼는 바람에 종이가 마침내 뚫어졌다"라고 하였다. 내가 듣고 기이하게 여겼으나 진본을 미처 보지 못해 한스러웠다. 지금 정종지鄭宗之의 이 화첩을 보니 꽃과 오이 등의 여러 물건이 하나하나 정밀하고 오묘하게 표현되었다. 벌레나 나비 등은 더욱 신묘한 경지에 들어가 마치 살아 움직이는 듯하니 붓으로 그린 물건 같지가 않다. 이에 집안사람이 소장하고 있던 그림도 이와 같았을 것이며, 내가 그에게서 들은 말이 거짓이 아니었음을 비로소 알게 되었다. 그러나 옛날에 그림을 잘 그린 사람이 얼마나 많았겠는가마는 그 사람의 됨됨이가 세상에 전해질 만한 실제가 있은 뒤라야 그 그림이 더욱 귀하게 된다. 그렇지 않으면 그림은 그림일 뿐이고 사람은 사람일 뿐이니 어찌 그 가치의 경중을 따지겠는가.

사임당의 맑은 덕과 훌륭한 행실은 지금도 거론하는 자들이 규문의 최고 모범이 된다고 칭송한다. 정종지가 소중하게 보관하고 대를 이어 잘 간수하여 이후로 3백 년 동안도 때때로 꺼내볼 것이니 어떻게 관리해야 하겠는가. 닭의 부리에 훼손되지 않게 하라.

숙종 때 문신인 송상기宋相琦의 문집《옥오재집玉吾齋集》에 있는《사임당화첩》발문이다. 닭의 부리에 훼손되지 않게 하라는 문장에서 그의 진정성을 엿볼 수 있다. 그렇다면 사임당은 어떻게 해서 천재 시인이자 화가가 되었고, 율곡 이이와 같은 성현을 낳아서 교육했을까?

사임당은 외조부 이사온에게서 교육을 받았다. 이사온은 외동딸 이씨와 외손녀 사임당에게 여자인데도 글을 가르치고 학문을 장려했다.

사임당의 아버지 신명화申命和는 어린 딸의 재주를 사랑하여 안견安堅의 그림을 구해주어 공부하게 했다.

사임당은 다정다감한 부모의 영향으로 일찍부터 천재성을 인정받았다. 집안이 부유하여 마음껏 공부를 할 수 있었다. 그러나 그녀가 살았던 시대는 여자가 시를 짓고 그림을 자유롭게 그릴 수 있는 시대가 아니었다. 사임당은 학문과 예술 활동이 제한되어 있던 시대에 주옥같은 작품들을 남겨 더욱 빛이 나는 것이다.

이 소설을 쓰면서 5백 년 전으로 추억 여행을 했다. 강릉 오죽헌烏竹軒과 대관령, 화석정, 자운서원과 서원 안에 있는 사임당의 묘소를 참배한 일이 있다. 그곳에 시와 그림으로 일가를 이룬 한 여인이 있었다.

사임당이 세상을 떠난 지 5백 년이 가까워지고 있다. 그러나 그녀의 시를 읽고 그림을 보면서 그녀의 흔적을 찾아가다가 보면 조선의 아름다운 여인을 오롯이 만날 수 있다.

비록 5백 년이 가까운 세월이 흘렀으나 오죽헌에는 그녀의 부드러운 웃음소리, 그녀의 치맛자락이 끌리는 소리가 들리는 것 같았다.

그립다, 조선 여인.

현모양처이자 자유로운 예술가의 영혼을 갖고 있는 조선 여인 사임당에게 이 책을 바친다.

사임당 초상(변명회 作, 한국조형예술연구소 소장)

차례

온 집안이 화락했느냐

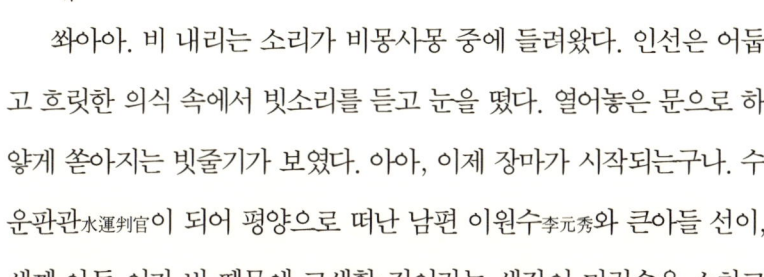

쏴아아. 비 내리는 소리가 비몽사몽 중에 들려왔다. 인선은 어둡고 흐릿한 의식 속에서 빗소리를 듣고 눈을 떴다. 열어놓은 문으로 하얗게 쏟아지는 빗줄기가 보였다. 아아, 이제 장마가 시작되는구나. 수운판관水運判官이 되어 평양으로 떠난 남편 이원수李元秀와 큰아들 선이, 셋째 아들 이가 비 때문에 고생할 것이라는 생각이 머릿속을 스치고 지나갔다.

시간은 얼마나 된 것일까. 빗소리 외에는 사방이 기이할 정도로 조용했다. 인선은 자신이 마치 황천에 누워 있고, 누워 있는 자신의 몸으로 빗줄기가 사납게 쏟아지고 있는 것 같았다.

아아, 나는 무엇을 위해 살았는가. 나에게 정녕 죽음이 닥친 것인가. 죽음이 올 것이라는 사실은 진작 알고 있었다. 그러나 막상 죽는다고 생각하자 허망했다.

방 안에는 탕약 냄새가 희미하게 풍기고 있었다.

소풍을 나온 것으로 생각하라고?

아버지 신명화의 얼굴이 희미하게 떠올랐다. 아버지가 돌아가신 지 얼마나 되었을까. 아버지는 황량한 유계(幽界, 저승) 어디에 있는 것일까. 내가 죽으면 아버지를 만날 수 있을까. 인선은 죽음이 두려웠다. 죽으면 캄캄한 땅속에 묻힐 것이다. 인선은 자기도 모르게 한 줄기 눈물을 흘렸다. 그러나 곧이어 캄캄한 어둠이 밀려왔다. 그녀는 아무것도 들을 수 없었고 아무것도 볼 수 없었다.

얼마나 의식을 잃고 있었을까. 빗소리에 섞여 신명화가 그녀를 부르는 소리가 들렸다. 그녀는 벌떡 일어나서 문을 열었다. 그러자 신명화가 하얀 옷을 입고 빗속에 오도카니 서 있었다.

'아, 아버지…'

인선은 괜스레 눈시울이 뜨거워졌다. 신명화가 그녀에게 노래를 부르라고 말했다. 인선은 신명화가 좋아하는 《시경詩經》의 〈복숭아나무〉를 불렀다.

싱싱한 복숭아나무에   桃之夭夭

화사한 꽃이 피었네.   灼灼其華

시집가는 아가씨야   之子于歸

한 집안을 화락하게 하라.   宣其室家

싱싱한 복숭아나무에	桃之夭夭
탐스러운 열매가 열렸네.	有蕡其實
시집가는 아가씨야	之子于歸
온 집안을 화락하게 하라.	宣其室家

신명화가 무릎을 두드리면서 좋아했다. 인선은 어느 사이에 꿈에도 가고 싶은 강릉의 집 오죽헌에 앉아 있었다. 강릉집 뜰에도 매화와 복숭아꽃이 활짝 피어 있었다. 바람이 일 때마다 꽃잎이 자욱하게 날려 땅바닥에 사금파리 조각처럼 하얗게 깔렸다.

"화락했느냐?"

신명화가 웃으면서 물었다. 인선은 선뜻 대답을 하지 못했다. 신명화의 물음이 비수처럼 아프게 가슴을 찔렀다.

"온 집안이 화락했느냐?"

신명화가 애틋한 목소리로 다시 물었다. 인선은 대답을 하지 않았다. 집안은 화락했으나 그녀의 마음은 바람에 날리는 헝겊조각처럼 너덜너덜했다.

아아, 내 마음은 왜 이렇게 허전한 것일까.

그때 어디선가 울음소리가 들렸다. 인선은 눈을 뜨고 사방을 둘러보았다. 캄캄한 어둠 속이었다. 큰아들 선이와 셋째 아들 이는 이원수를 따라 평양으로 갔고 집에는 딸 매창과 막내아들 우가 있었다. 아이들이 그녀의 머리맡에서 울고 있었다.

"왜 우느냐?"

인선은 울고 있는 아이들을 달랬다. 아이들이 울고 있어서 가슴이 타는 것 같았다. 아이들이 그녀의 말을 알아듣지 못했다.

"내가 다시 일어나지 못할 것 같구나."

인선은 아이들을 애잔한 눈빛으로 보았다. 아이들이 무어라고 말했으나 알아들을 수 없었다. 다시 어두운 혼미가 찾아왔다. 신명화의 말이 이명처럼 귓전을 울렸다.

"화락했느냐?"

어둠 속에서 신명화가 의식의 한 자락을 붙들고 흔들었다.

"예. 화락했습니다."

인선은 울면서 대답했다. 인선의 머릿속으로 지나온 세월, 그녀의 짧지도 않고 길지도 않은 세월이 주마등처럼 스쳐왔다.

1. 북평 마을의 천재 소녀

산모퉁이를 돌자 허허벌판이었다. 사내는 삿갓을 깊이 눌러쓰고 느릿느릿 걸음을 떼어놓았다.

휘이잉.

한겨울 눈보라가 사납게 몰아치고 있었다. 자욱하게 날리는 눈보라가 옷깃을 파고들어 몸이 으슬으슬 떨렸다. 벌판은 눈을 뜨기가 어려울 정도로 사나운 눈보라에 인적이 뚝 끊어지고 날이 어둑어둑 저물고 있었다. 몸을 잔뜩 움츠린 사내는 걸음을 제대로 떼어놓지 못했다. 사나운 눈보라 때문이 아니라 며칠 동안 음식을 입에 대지 못했기 때문에 비틀대고 있었다. 그는 눈보라에 날아갈 것처럼 몸이 위태로워 보였다. 옷은 누덕누덕 해어지고 짚신은 발가락이 나올 정도로 닳아 있었다.

'여기는 어디일까?'

사내는 억지로 눈을 뜨고 앞을 살폈다. 경상도 경계를 지나 강원도로 들어선 지 보름이 지났으나 도무지 어디쯤인지 알 수 없었다. 일부러 사람들을 피해 다닌 탓이었다. 멀리 완만한 야산 밑에 퇴락한 초가마을이 보였다.

'저기서 쉬었다 가자.'

사내는 마을 입구에 정자가 보이자 간신히 걸음을 재촉하여 올라갔다. 정자라고 해서 문이 있는 것도 아니었고 눈보라를 막아줄 울타리가 있는 것도 아니었다. 사방이 터져 있는데 누가 버리고 간 것인지 뭉친 거적때기가 있었다. 사내는 몰아치는 눈보라를 피하기 위해 거적때기를 뒤집어쓰고 정자의 난간에 기대앉았다. 몸이며 걸음이 천근처럼 무거웠다. 이대로 쓰러져 자고 싶었다.

'내가 이러다 객사를 면치 못하겠구나.'

길에서 죽을지도 모른다는 생각이 들자 사내는 정신이 번쩍 들었다. 사내는 눈을 부릅떴다. 그러나 자신의 곤궁한 처지를 생각하자 가슴을 칼로 저며내는 것 같았다. 그가 유배지인 거제도를 탈출했기 때문에 한양에 있는 가족들이 모두 변을 당했을 터였다. 그 생각을 하자 가슴이 터질 것처럼 비감했다.

참으로 가혹한 세월이다. 유배지에서 사약이 올 날만 기다리던 때가 오히려 편했는지도 모를 일이었다. 그러나 무도한 임금의 손에 헛되이 죽을 수는 없었다.

사내는 미치광이로 변한 임금의 얼굴을 떠올리자 눈에서 불이 일어나는 것 같았다. 나라에 죄를 지어 유배를 가고, 임금이 사약을 내리면 받아 마시고 죽어야 하는 것이 선비의 떳떳한 도리일 터였다. 그러나 임금도 임금 나름 아닌가. 살인귀는 임금이 아니라 일개 필부匹夫에 지나지 않는다고 스스로를 달랬다.

성인으로 불리는 맹자가 말했다. 주나라 무왕이 폭군 주왕을 죽인 것은 임금을 죽인 것이 아니라 일개 필부를 죽인 것이라고. 필부론을 내세운 《맹자孟子》〈진심盡心〉편을 생각하면서 유배지인 거제도에서 조각배로 탈출하여 뭍에 이른 뒤 계속 걸어서 강원도까지 온 것이다.

'어떻게 하든 이 혹독한 세월을 견디어야 한다.'

사내는 정자에서 내려와 마을을 향해 걷기 시작했다. 그러나 기운이 없어서 걸음이 제대로 떨어지지 않았다.

'오늘은 식은밥이라도 얻어먹어야 한다.'

사내는 억지로 걸음을 떼어놓기 시작했다. 모진 목숨을 이어가려는 것은 캄캄한 세상을 지나 광명천지 새 세상을 보고자 하는 욕망 때문이었다.

오호라! 너희는 내 말에 귀를 기울이라. 나 탕이 걸왕을 치는 것은 반란을 일으키려는 것이 결코 아니다. 이는 하夏나라의 죄가 너무 커서 그 죄가 하늘에 닿고, 걸왕이 황음무도荒淫無道하여 백성이 도탄에 빠졌기 때문이다. 그러나 나는 천제를 경외하여 그의 죄를 다스리지 않았다. 이제 천제께서 그의 폭정에 분노하여 나에게 걸왕을 치라는 명을 내리셨다.

나는 천제의 명을 받들어 그를 주벌誅罰하려고 한다. 하나라는 걸왕이 요부 말희末喜에게 빠져 주지육림酒池肉林을 만들고 백성을 어육魚肉으로 만들고 있다. 하나라 백성은 원한이 가득 차서 '이 태양이 언제 멸망할 것인가. 우리는 태양만 망한다면 그와 함께 죽어도 좋다' 하고 저주한다. 걸왕의 폭정이 이에 이르렀으니 하늘을 대신하여 벌을 내리는 것이다.

나는 반드시 출정할 것이다.

원컨대 너희는 나와 함께 출정하여 걸왕에게 천벌을 내리라.

나를 따르는 자에게는 부귀와 명예를 약속할 것이다. 나는 식언食言을 하지 않는다. 그러나 너희가 내 서언誓言에 따르지 않으면 너희 가족까지 주멸하여 결코 용서하지 않을 것이다.

걸왕을 멸망시킨 탕왕이 출정할 때 백성에게 선포한 탕서湯誓다. 식언이라는 말도 탕왕이 출정을 앞두고 백성 앞에서 맹세한 탕서에서 비롯되었다.

탕서는 중국 최초의 폭군인 걸왕을 제거하고 은殷나라를 세운 탕왕의 출사표다. 탕왕은 역사상 최초로 반란을 일으켜 왕조를 바꾸었다. 그러나 탕왕이 세운 은나라는 5백 년이 지나자 폭군 주왕이 등장해 백성을 도탄에 빠뜨렸고, 무왕이 반란을 일으켜 주周나라를 세우게 된다.

은나라 왕 주紂는 요사스러운 부인 달기에게 빠져 스스로 천명을 거역하고 친親, 지知, 인人의 정도를 어지럽혀 인륜을 파괴했다. 조상의 아름다운 음악을 폐기하고 음탕한 음악을 만들어 부인의 환심만 사려고 했다.

이제 나는 삼가 하늘을 대신하여 주왕에게 천벌을 내리려고 한다. 힘을 내라! 장사들이여! 두 번 세 번 없는 기회를 놓치지 말라! 기회는 두 번 다시 오지 않는다!
나의 제후들이여!
사도司徒, 사마司馬, 사공司空, 아려(亞旅, 상대부), 사씨(師氏, 중대부), 천부장(千夫長, 병사 1,000명을 거느린 장군), 백부장(百夫長, 병사 100명을 거느린 장수)이여! 구주(九州, 전국) 방방곡곡 이민족에서 온 병사들이여! 그대들의 창을 높이 들고 방패를 세우고 나의 말을 들으라. 나는 엄숙히 맹세한다. 옛사람은 이렇게 말했다. 암탉은 새벽에 울지 않는다. 암탉이 울면 집안이 망한다.

이는 무왕의 태서太誓라고 한다. 빈계무신牝雞無晨이라는 말과 빈계지신유가지색牝雞之晨惟家之索이라는 말이 이때부터 널리 퍼졌다. 빈계무신은 암탉은 새벽에 울지 않는다는 뜻이고 빈계지신유가지색은 암탉이 울면 집안이 망한다는 뜻이다.

21

걸왕의 폭정을 쳐서 없앤 탕왕의 탕서와 주왕의 폭정을 쳐서 없앤 태서는 얼마나 아름다웠는가. 그 도도한 문장과 기백을 떠올리자 사내는 힘이 솟는 것 같았다.

휘이잉.

눈보라는 더욱 사납게 몰아치고 있었다. 사내는 몇 걸음을 걷다가 다시 멈췄다. 눈앞에 보이는 마을은 신기루였던가. 사방이 캄캄하게 어두운 가운데 불빛이 보이지 않았다.

'조금만 쉬었다가 가자.'

사내는 길섶에 주저앉았다. 한겨울이었다. 살을 엘 듯이 날씨가 추웠다. 사내는 사흘 동안이나 음식을 먹지 못했다. 언제부터인지 몸이 으슬으슬 떨리기 시작하더니 다리에 힘이 빠져 걸을 수 없었다.

얼마나 시간이 지났을까. 사내는 눈앞이 몽롱해져 왔다. 이제는 배도 고프지 않았고 추위도 느껴지지 않았다. 사내는 어둠 속에서 눈을 감았다. 얼마나 오랜 시간이 지났을까. 어둠 속에서 흰 꽃잎이 자욱하게 날리고 꽃향기가 진동했다.

"일어나라."

어머니의 목소리가 사내의 귓전으로 쏟아졌다.

"어머니!"

사내는 꿈속을 헤매듯 어머니를 불렀다.

"일어나라. 그렇게 잠만 자면 얼어 죽어."

"어머니, 자꾸 졸려요."

"일어나야 한다. 무슨 짓을 해서라도 살아남아야 한다."

아버지도 사내의 귓전에 속삭였다.

"아버지, 다리에 힘이 없습니다."

"굶어서 그런 거야. 무엇이든 먹고 기운을 차려라."

"싫어요."

"애야, 죽으면 안 돼. 무슨 짓을 해서든 살아남아라."

사내는 다시 몸을 일으켜 비틀비틀 걷기 시작했다. 어떻게 해서 마을까지 찾아갔는지 알 길이 없었다. 사내는 걷다가 넘어지면 기어서 가고 기다가 힘들면 다시 일어나 걸어서 갔다. 그럴 때마다 어머니와 아버지가 저 앞에서 "애야, 애야…" 하고 사내를 불렀다.

사내는 어느 집 부엌으로 숨어 들어갔다. 솥뚜껑을 열자 감자 찐 것이 세 개 남아 있었다. 사내는 그것을 허겁지겁 꺼내 먹고 물동이에 얼굴을 쑤셔 박고 물을 마셨다. 그런데 부엌이 따뜻하여 잠이 쏟아졌다. 그는 자기도 모르게 아궁이 앞에 쓰러져 잠이 들었다.

밖에서는 눈보라가 사납게 몰아치고 있었다. 그는 몇 번이나 눈을 감았다가 떴다.

이것은 꿈인가 현실인가. 눈앞이 아득하고 어지러워 사내는 갈피를 잡을 수 없었다. 그런데 벼락을 치는 것 같은 임금의 목소리가 들렸다.

"이놈 장곤아, 어디로 달아나느냐?"

임금의 호통에 몇 번이나 소스라쳐 놀라 깨어나면 한 줄기 빛도 없는 캄캄한 어둠 속이었다. 임금이 두려웠다. 언젠가 임금이 얼마나 많은 사람을 죽였는지, 임금이 얼마나 많은 여자와 음탕한 짓을 했는지 헤아려본 일이 있었다. 임금은 수백 명이 넘는 사람을 죽였고 천 명이 넘는 여자와 간음했다. 역대 어떤 임금도 그런 짓을 저지른 일이 없었다.

'아아, 천하에 둘도 없는 폭군이여. 그대는 큰 악인이로다!'

사내는 임금이 저지른 포학한 짓을 보고 진저리를 쳤다.

임금은 제 아비의 후궁인 엄嚴 숙의와 정鄭 숙의를 자루에 넣고 때려죽였다. 직언을 올리는 내시 김처선을 활로 쏘아죽인 뒤 뼈를 바숴 바람에 날려 보냈다. 그 잔인한 임금이 이제는 그를 죽이려고 했다.

"이놈 장곤아, 내가 너를 죽여 뼈를 바숴 바람에 날릴 것이다. 으하하하!"

임금이 그를 내려다보면서 미친 듯이 웃어댔다. 그 시뻘건 눈에서 피가 뚝뚝 떨어지는 바람에 소스라쳐 놀라 눈을 떴다.

"이 교리…, 이 교리…."

그때 누군가 근심스러운 목소리로 그를 불렀다. 그는 무거운 눈꺼풀을 간신히 밀어 올렸다. 눈이 맑은 사내가 의관을 단정하게 차려입고 앞에 앉아 있었다.

'아아, 여기는 어디인가?'

따뜻한 방 안에 등잔불이 일렁거리고 있었다. 그는 마치 꿈에도 그리던 집에 돌아와 있는 것 같았다.

"이 교리…."

사내가 다시 부드러운 목소리로 그를 불렀다.

"뉘요?"

사내는 기어들어가는 목소리로 물었다. 그는 비로소 자신이 양반가의 사랑에 누워 있다는 사실을 알 수 있었다. 윗목에 산수화를 그린 여덟 폭 병풍이 세워져 있고 한쪽 벽의 서가에서 묵향이 은은하게 풍겼다.

"나 신명화요."

의관을 단정하게 차린 선비가 그를 근심스러운 눈빛으로 내려다보고 있었다.

"신명화?"

"윤은보 영감 댁에서 술을 나누지 않았소? 이 교리께서는 그때 내가 과거 보는 것을 반대했지요. 시절이 어수선하다고…."

"그럼 그 신공申公이… 여기가 한양이오?"

사내는 비로소 자신을 내려다보고 있는 선비가 누구인지 알 수 있었다. 어느 해인가. 그가 윤은보의 집에 갔는데 과거를 보기 위해 찾아온 선비가 있었다. 그는 시절이 좋지 않다며 선비가 과거 보는 것을 만류했었다.

"아니요. 여기는 강릉이오."

"강릉?"

"내 처가요."

신명화가 빙그레 웃었다.

"이거 폐가 많습니다."

사내는 간신히 몸을 일으켜 절을 했다.

"폐라고 할 것은 없소. 내 처가가 강릉에 있어서 내려와 있던 참이오. 내 처가니 어려워하지 말고 집처럼 여기고 편히 쉬시오."

신명화가 이장곤의 어깨를 잡아서 앉혔다.

"나는 죄인이오. 내가 머물러 있으면 신공도 무사치 못할 것이오."

"허허. 나는 과객을 쉬어가게 해주었을 뿐이오. 이 교리가 누구인지도 모르는데 무슨 탈이 있겠소?"

신명화가 잔잔하게 웃었다. 사내는 강릉에 신명화의 처가가 있을거라고는 꿈에도 생각하지 못했다.

사내는 한양에서 교리 벼슬을 하고 있던 이장곤李長坤이었다. 이장곤은 성리학의 대가인 김굉필金宏弼에게 학문을 배우고 사마시에 장원을 한 뒤 알성시에 급제하여 여러 벼슬을 거쳐 홍문관 교리로 있었다. 그는 선비이면서 무예가 출중하여 조야朝野의 시선을 한 몸에 받았다. 그러나 폭군 연산군은 이장곤처럼 문무에 뛰어난 관리를 가장 싫어했다.

이장곤 같은 무리가 반란을 일으킬까 봐 두려웠던 연산군은 그가 김굉필의 제자라는 이유로 거제도로 귀양을 보낸 뒤 곧이어 사약을 내렸으나 이장곤이 탈출한 것이다.

"이장곤의 집을 즉시 폐쇄閉鎖하고 그 부모·동생과 족친을 수금 囚禁하며, 의금부 낭원郞員 중 순직 근신한 자를 보내어 그 형 이장길 李長吉과 함께 조치하여 잡되, 손바닥을 꿰어 수갑을 채우고 칼을 씌 워 오라."

연산군이 노발대발하여 특명을 내렸다. 이장곤의 무예가 뛰어났 기 때문에 손바닥에 구멍을 뚫어 수갑을 채우라는 무서운 명을 내린 것이다.

"의금부 낭원 중 활 잘 쏘는 무신 두 명을 보내어 잡아오라. 장곤 은 활을 잘 쏘는 용사이니, 그를 잡아 고하는 자는 익명서匿名書 때 잡 아 고한 자와 같이 논상論賞하라. 그리고 남해 현감 유성柳星은 이 실정 을 모를 리 없으니 잡아다 국문하라."

연산군은 이장곤을 놓쳤다는 이유로 관리들을 대대적으로 처벌 했다. 그를 체포하는 이에게는 상을 주고 벼슬을 올리는 것도 마다하 지 않았다.

화난禍難 닥치리라 미리 헤아려 딴 놈에게 붙고
흉하게도 고식적인 생각으로 깊은 산에 숨었구나.
어버이 임금 버리고 어디서 용신容身할꼬
고금에 완악 이보다 더 없도다.

연산군은 이장곤을 두려워하여 어제시御製詩까지 내렸다. 그런데

27

그가 동해 바닷가 강릉 땅에서 신명화를 만난 것이다.

'동해에서 신명화의 도움을 받게 될 것을 어찌 생각이나 했겠는가? 하늘이 아직 나를 죽이려고 하지 않는구나.'

이장곤은 신명화의 처가에서 글선생이라는 명목으로 몇 달 동안 머물렀다. 그러는 동안 신명화의 처가가 다른 양반 가문과 달리 독특한 가풍을 갖고 있다는 사실을 알게 되었다. 신명화가 처가살이를 하는 것도 기이했고, 그의 부인이 어떤 사대부 못지않게 학문이 뛰어나다는 사실도 놀라웠다.

신명화의 장인은 이사온이라는 선비로 강릉 일대에서는 명망이 있었지만, 불행하게도 슬하에 아들이 없었다. 그는 딸 이씨를 신명화에게 시집보내면서 사위에게 처가살이를 하게 했다. 신명화는 조선의 선비들 대부분이 첩을 두고 있었으나 오로지 가정을 돌보고 부인 이씨와 도타운 정을 나누고 있었다.

이씨는 시를 짓고 그림을 그렸다. 성품은 얌전하고 온화했다. 집에서 거느리는 종들에게 큰소리 한 번 내지 않았으나 존경을 받고 있었다.

'신명화의 부인은 여중군자女中君子다.'

이장곤은 신명화의 딸들에게 글을 가르치는 시늉을 할 뿐이었다. 신명화의 딸은 여섯 살과 네 살로 글을 배울 만한 나이도 아니었고, 여자아이들이니 신명화와 이사온이 가르쳐도 충분했다. 그런데도 그를 글선생으로 머물게 한 것은 강직한 인물인 신명화가 그를 구하기 위해 배려한 것이라고 생각했다.

여름이었다. 집 밖 어디에선가 매미가 줄기차게 울어댔으나 대청마루에는 시원한 기운이 감돌았다. 소일거리 삼아 신명화의 큰딸에게 글을 가르치던 이장곤은 옆에서 놀고 있던 신명화의 둘째 딸에게 눈길을 주었다. 둘째 딸이 서안(書案, 책상)에 펼쳐놓은 책을 곁눈으로 보면서 웅얼거렸던 것이다.

"아가, 무엇이라고 했느냐?"

이장곤이 놀라서 아이에게 물었다. 여섯 살짜리 큰딸은 지루한 표정으로 앉아 있었다.

"일월영축日月盈昃… 날 일日… 달 월月… 찰 영盈… 기울 축昃… 해는 서쪽으로 기울고 달도 차면 기운다."

신명화의 둘째 딸이 또렷한 목소리로 대답했다.

"허허. 이 녀석이 천자문 한 구절을 외는구나."

이장곤은 자신도 모르게 신명화의 둘째 딸을 살폈다. 그 정도 나이에는 말할 때도 조리가 맞지 않는데 글을 외운다는 것은 신기한 일이었다.

"천지현황天地玄黃… 하늘 천天… 따지地… 검을 현玄… 누르 황黃… 하늘은 검고 땅은 누른빛이다."

이장곤이 기뻐하는 모습을 본 소녀가 생글생글 웃으면서 다시 천자문 구절을 외웠다.

"천자문의 첫 구절이구나. 그다음도 외우느냐?"

"우주홍황宇宙洪荒… 하늘과 땅 사이는 커서 넓고 끝이 없다."

"이런… 이런…"

이장곤은 입을 다물지 못했다. 소녀가 천자문 외는 것을 보기 위해 뒤뜰에서 소녀들의 어머니 이씨가 돌아 나오고, 한양에 올라갔다가 내려온 신명화도 마당에서 걸음을 멈췄다.

"한래서왕寒來暑往… 추위가 오면 더위가 간다."

신명화와 이장곤의 눈이 마주쳤으나 이장곤이 손을 저어 조용하게 했다.

"추수동장秋收冬藏… 가을에는 곡식을 거두어 겨울을 위해 저장한다."

소녀는 천자문을 절반 가까이 외웠다. 언니 인덕을 가르치는 이장곤의 말을 옆에서 듣고 외운 것이다.

'어깨너머로 배운다는 것이 이런 것이구나.'

이장곤은 무엇인가 알 수 없는 뜨거운 것이 가슴속에서 치밀고 올라오는 것을 느꼈다. 순간적으로 아이가 사내였으면 얼마나 좋았을까 하는 생각을 했다.

"아가."

신명화가 온 것을 본 이씨가 환하게 웃으며 둘째 딸을 불렀다.

"어쩌면 좋아? 우리 둘째가 천자문을 줄줄 외네."

이씨의 얼굴이 환하게 밝아져 아이를 와락 끌어안았다. 딸이 잘하는 것을 숨기지 않고 칭찬했다. 다른 어머니들과 달리 칭찬을 아끼지 않은 것이다.

"어흠."

신명화는 얼굴이 굳어져 대청으로 올라섰다. 이씨와 종들이 허리를 숙여 신명화에게 인사를 했다. 이장곤이 그를 향해 잔잔하게 웃으며 자세를 바로 했다.

"이공李公, 다녀왔습니다."

신명화가 선 채로 예의를 갖췄다.

"어서 오십시오. 먼 길에 고생 많으셨습니다."

이장곤이 일어나서 신명화를 맞이했다.

"아버님, 다녀오셨습니까?"

신명화의 두 딸이 두 손을 앞으로 공손히 모으고 인사했다. 어린 아이들이 깍듯하게 예의를 갖추었다. 이장곤은 그 모습도 보기에 좋았다.

"그래, 어머니 모시고 잘 있었느냐?"

신명화는 인자하게 웃었다.

"예."

아이들이 환하게 웃으며 대답했다. 이장곤은 그때서야 신명화의 집 가풍이 항상 웃는 것이라는 사실을 깨달았다. 신명화 집안은 어른이 웃고, 아이들이 웃고, 종들이 웃었다. 이장곤이 한양에서 본 근엄한 양반들과는 전혀 달랐다.

"아버지는 스승님과 이야기를 좀 할 테니 너희는 어머니 모시고 들어가라."

"예."

아이들이 일제히 이씨에게 달려갔다. 이씨는 또 잉태를 하여 배가 불러 있었다. 이씨는 무거운 몸을 이끌고 아이들을 데리고 안채로 갔다. 잠시 사랑채의 대청에 어색한 침묵이 흘렀다.

"한양의 공기는 어떻소?"

이씨가 아이들을 데리고 가는 것을 지켜보던 이장곤이 신명화에게 물었다. 신명화는 한양에 올라갔다가 한 달 만에 돌아왔다. 그의 얼굴에 피로한 빛이 가득했다.

"임금의 폭정이 갈수록 심해지고 있소. 조만간 무슨 일이 터질 것 같소."

신명화는 한양 본가에 머물면서 조정과 이장곤 집안 사정을 살폈다. 그러나 이장곤의 집은 역적 집안이 되어 풍비박산 나 있었다. 이장곤은 집안일을 물을 수 없었고, 신명화는 그 이야기를 할 수 없어서 임금 이야기만 했다. 연산군은 더욱 포악해져 사람을 수십 명씩 죽이고, 음탕한 짓을 서슴지 않는다고 했다. 한양 장안이 공포에 떨고 있었으나 그에 대한 반감도 적지 않았다.

'참으로 가혹한 세월이다.'

이장곤은 한양이 더욱 암울해지고 있다고 생각했다.

"이 교리 댁에도 다녀왔습니다. 집은 폐쇄되었고 가족은 뿔뿔이 흩어졌습니다."

이장곤의 가족은 고문을 당하다가 죽거나 노비로 전락했다. 신명화는 그와 같은 말을 하지 않아도 이장곤이 알고 있을 거라고 생각했다.

　이장곤은 신명화의 집에서 나와 함길도 쪽으로 길을 잡았다. 아직 채 날이 밝지 않은 새벽이었다. 연산군은 집요하게 그를 잡아 죽이려고 했다. 그를 잡아들이는 노비에게는 상을 주고 관리에게는 지위고하를 막론하고 벼슬을 높이겠다는 포고령이 곳곳에 붙어 있었다. 조선 팔도의 포졸이며 사냥꾼까지 이장곤을 잡겠다고 눈이 벌게져 돌아다녔다. 강릉에도 곳곳에 포고령이 나붙어 있었다.

　'여기도 내가 있을 곳이 못 되는구나. 자칫하면 신명화 집안이 위험에 빠질 것이다.'

　이장곤은 연산군이 자기 목을 조여오는 기분이었다. 신명화에게 폐를 끼치지 않기 위해 떠날 수밖에 없었다.

　'신명화의 둘째 딸이 소학을 읽기 시작했는데…'

　이장곤은 걸음을 떼어놓으면서 신명화의 둘째 딸을 머릿속에 떠올렸다. 그 둘째 딸이 벌써 천자문을 줄줄이 외고 소학을 읽기 시작했다.

　'여자아이가 너무 영특해.'

　이장곤은 걸음을 재촉하면서 신명화의 둘째 딸이 자꾸 눈에 밟혔다. 아직까지 그렇게 영민한 아이를 본 적이 없었다.

　'아이는 신명화보다 어머니 이씨의 영향을 더 많이 받고 있어.'

이씨는 모든 것을 아이들과 함께했다. 아침에 일어나면 외조부 이사온과 외조모에게 문안 인사를 드리는 것도 함께했고, 글을 읽고 그림을 그리는 것도 함께했다. 거동이 불편한 외조모를 목욕시키고 음식을 떠먹이는 것도 어린 딸들과 함께했다.

이씨는 아이들 교육을 몸으로 실천하고 있었다.

신명화의 부인 이씨는 이사온의 외동딸이었다. 외동딸이기 때문에 강릉 일대에서 유명한 선비인 이사온에게 글과 그림을 배웠고, 자신의 아이들에게도 글과 그림을 가르쳤다.

'이 아이는 그림에 더욱 재능이 있다.'

아이의 이름은 인선이었다. 인선이 그린 그림을 보고 이장곤은 몇 번이나 탄식했다. 불과 다섯 살인 어린 소녀 인선이 그린 경포대가 무척이나 생생했다. 어머니 이씨의 손을 잡고 경포대에 나들이를 갔다가 그린 그림이라고 했다. 잿빛의 고색창연한 누각과 누각 주위에 있는 복사꽃을 그렸는데 마치 무릉도원을 그린 것 같았다.

'안견이 그린 몽유도원도가 짝을 찾기 어렵다고 하는데 장차 이 아이의 그림이 그에 필적하겠구나.'

이장곤은 인선의 그림을 보고 전율했다. 아직은 안견에 떨어지지만 성년이 되면 안견의 명성을 이을 것이라고 생각했다.

이장곤은 명색이 글선생이었으나 실제로 신명화의 딸들을 가르친 사람은 이씨였다. 이씨는 아이들에게 억지로 글이나 그림을 가르치지 않았다. 이씨는 아이들과 함께 책을 읽고 그림을 그려 아이들이 스스로 따라오게 했다. 바느질을 하고 부엌일을 하는 것도 먼저 하여 아이들이 스스로 주도하게 만들었다.

'이씨의 뛰어난 교육과 아이의 총기가 재능을 발휘하고 있는 거야.'

이장곤은 걸음을 멈추고 뒤를 돌아보았다. 기이한 소녀가 살고 있는 강릉 북평 마을이 아득하게 멀어져 있었다.

이장곤은 함길도 함흥에 도착하자 양수척 마을의 백정 무리에 끼어 숨어 살았다. 그는 아침 일찍 냇가에 나가 버들가지를 베어 지게에 지고 돌아왔다. 그리고 버들가지를 다듬어 가마솥에 삶은 뒤 꺼내어 껍질 벗기는 일을 했다. 소쿠리나 바구니 같은 것을 짜는 것은 몇 년씩 그 일을 한 양수척이 했다.

'양수척의 일을 하니 한양 소식을 전혀 알 수 없구나.'

이장곤은 하루 일과가 끝나면 냇가에 앉아 한양이 있는 남쪽을 하염없이 바라보았다.

'신명화의 딸도 무럭무럭 자라고 있겠지.'

신명화의 집을 떠나온 지 벌써 여러 날이 지났다. 그는 하루 종일 일했기 때문에 손에 굳은살이 박이고 얼굴이 까맣게 되었다. 처음에는 버들가지를 베고 껍질을 벗기는 일이 익숙하지 않았으나 이제는 그릇까지 만들 수 있었다. 천민이나 백정이 그에게 함부로 대해도 노엽지 않고 그들과 흉허물 없이 지내게 되었다.

먼 남쪽 한양에서 들리는 소식은 연산군의 폭정이 갈수록 심해지고 있다는 것이었다.

'이 나라에 폭군을 몰아낼 사람이 정녕 없는가?'

이장곤은 어두운 남쪽 하늘을 바라보면서 탄식했다.

겨울이 가고 봄이 왔다. 이장곤은 버들가지를 베어 삶고 껍질을 벗기는 일에 열중했다.

'세상이 바뀌었다고?'

이장곤이 한양에서 반정이 일어나 연산군이 폐주廢主가 되고 새 임금이 보위에 올랐다는 이야기를 들은 것은 함길도로 도주한 지 일 년이 지났을 때였다. 함흥 감영에 달려가 확인해보니 소문이 사실이었다.

'포학한 임금이 드디어 쫓겨났구나.'

이장곤은 뜨거운 눈물이 흐르는 것을 참을 수 없었다.

쏴아아. 바람이 일 때마다 꽃잎이 분분히 날렸다. 셋째 아이에게 젖을 물려서 재운 이씨는 진동하는 꽃향기에 취해 대청으로 나왔다. 인덕과 인선 두 아이가 대청에서 자수를 놓고 있었다. 큰아이 인덕은 여덟 살, 둘째 아이 인선은 여섯 살이었다.

"아이고 우리 딸들이 자수를 예쁘게 놓고 있네."

이씨는 약간 호들갑을 떨면서 두 아이가 자수 놓는 것을 살폈다. 셋째가 아들이기를 바랐는데 또 딸이어서 실망한 신명화가 한양의 본가로 올라간 지 일 년이 넘었는데도 돌아오지 않아 쓸쓸했다. 그러나 신명화를 따라 한양으로 올라갈 수 없었다.

'봄이니까 오겠지.'

이씨는 그렇게 생각하면서 하루하루를 보냈다.

"어머니, 얘는 이상한 것들을 수놓고 있어요."

인덕이 동생 인선을 눈으로 가리키면서 말했다. 이씨가 인선의 수를 보니 나귀를 타고 돌아오는 선비가 도판에 그려져 있고, 그 그림을 따라 수를 놓고 있었다.

"인선아, 이 선비는 누구냐?"

이씨가 의아한 표정으로 물었다.

"아버지요. 아버지가 돌아오시는 그림이에요."

이씨는 딸의 수를 보고 가슴이 찌르르 울리는 것을 느꼈다.

"아버지가 보고 싶으냐?"

"예. 아버지는 언제 오세요?"

"조만간 오실 게다."

이씨는 큰딸 인덕의 자수를 보았다. 인덕은 색동옷을 입은 어린 남자아이를 수놓고 있었다.

"인덕아, 이 도령은 누구냐?"

"동생이요. 이 자수를 벽에 걸어놓으면 어머니는 틀림없이 남동생을 낳을 거예요."

인덕이 생긋 웃었다.

"아이고 기특해라."

이씨는 활짝 웃으면서 두 아이를 품에 안고 입맞춤을 해주었다. 그러면서 아들이라고 귀하게 여기고 딸이라고 홀대하지 않을 거라고 생각했다.

"할아버지, 할머니께 진지 차려드릴게 놀고 있어라."

이씨는 부엌으로 나가 친정부모의 점심을 차렸다. 이씨가 여종과 함께 점심을 준비하는데 마당으로 나온 인선이 글을 외는 소리가 들렸다.

기장이 우거진 곳에	彼黍離離
피 싹도 돋았구나	彼稷之苗
가는 걸음 기운 없으니	行邁靡靡
마음 둘 곳 전혀 없네.	中心搖搖.

《시경》〈왕풍〉편에 있는 '서리黍離'라는 노래였다. 무왕이 세운 주나라가 기울어 도읍을 호경에서 낙양으로 옮겼는데 어느 대부가 호경을 지나다가 종묘와 대궐이 폐허가 된 것을 보고 지은 것이다.

이씨는 딸이 《시경》을 외는 소리에 얼굴이 굳어졌다. 부엌에서 일하던 침모와 헛간에서 농기구를 손질하던 하인들도 인선이 《시경》을 외는 것을 넋을 잃은 표정으로 보고 있었다. 여섯 살밖에 되지 않은 인선이 《시경》을 외울 때면 목소리가 맑아서 많은 사람이 귀를 기울이고는 했다.

그때 바깥채에서 왁자하게 떠드는 소리가 들렸다. 이씨가 의아하여 밖을 내다보려고 할 때 늙은 종 삼돌이 들어왔다.

"아씨, 아기씨들의 글선생님이 오셨는데 큰 나리께서 아기씨들을 사랑으로 데리고 오라고 하십니다."

삼돌이 머리를 조아렸다. 삼돌의 말에 이씨는 가슴이 철렁했다. 임금에게 쫓기어 함길도로 떠난 이장곤이 일 년이 지나 돌아온 것이다. 큰 나리라고 말하는 것은 친정아버지 이사온을 일컫는 말이었다.

"정말 글선생님께서 오셨나?"

이씨가 놀란 표정을 감추지 못하고 삼돌에게 물었다.

"예. 신수가 훤해졌습니다. 겸종도 있었습니다."

"알았네."

이씨는 부엌에서 나와 뜰에서 꽃을 줍고 있던 인덕과 인선의 옷차림을 살피고 머리를 단정하게 만져주었다. 이장곤이 겸종까지 데리고 왔다면 새 임금에게 발탁된 것이리라.

"얘들아, 글선생님께서 오셨으니 사랑에 나가서 인사 올려라."

이씨는 인선을 단장해서 사랑으로 내보냈다. 인선이 사랑으로 들어가자 갓을 쓴 이장곤과 할아버지 이사온이 앉아 있었다. 이장곤은 의관이 단정했다.

"아가들아, 스승님께 절을 올려라."

이사온이 수염을 쓰다듬으면서 말했다. 이장곤의 눈이 빠르게 인선을 더듬었다.

"예."

인덕과 인선이 또렷한 목소리로 대답하고 절을 올렸다. 인선이
절을 올리는 모습을 본 이장곤이 고개를 끄덕거렸다. 인선이 어린아
이답지 않게 얌전하게 절을 올리고 있었다.

"인덕과 인선이 의젓해졌구나. 글은 많이 읽었느냐?"

이장곤은 두 아이가 딸이라도 되는 듯 자애로운 표정으로 살피면
서 물었다. 그의 목소리가 봄바람처럼 부드러웠다.

"예. 스승님께서는 무탈하셨는지요?"

인선이 낭랑한 목소리로 대답했다. 어른의 안부를 묻는 것이 여
간 야무지지 않았다.

"하하! 너희를 보니 대견하고 기쁘구나. 나는 무탈하게 잘 지냈다."

이장곤은 인선의 얼굴에서 눈을 떼지 못했다. 신명화의 큰딸 인
덕도 총명하지만 인선은 기이하게 한 번 본 것을 모두 외웠다.

"둘째는 여전히 그림을 그리고 있느냐?"

"예."

이장곤은 인선을 보면서 흐뭇한 미소를 감추지 않았다. 신명화의
집에서 하루를 머물고 한양으로 떠날 채비를 했다. 신명화를 만나고
싶었으나 한양에 올라가 있어서 아쉬웠다. 그래도 이사온에게 목숨을
구해준 은혜를 사례했고 인선과도 많은 이야기를 나누었다.

"스승님, 안견의 그림이 조선에서 짝을 찾기가 어렵다고 합니다.
안견의 그림을 어떻게 하면 볼 수 있습니까?"

인선이 초롱초롱한 눈으로 쳐다보면서 물었다.

"네가 안견을 아느냐?"

"지금 세상 사람은 아니지만 조선 최고 화가라는 말을 들었습니다."

"네가 안견의 그림을 보고 싶다고 하니 아버지를 졸라서 한양으로 올라오너라. 내가 마땅히 조처해놓을 것이다."

이장곤은 인선에게 굳게 약속했다.

"감사합니다. 스승님."

"《시경》외는 소리를 들었다. 얼마나 외느냐?"

"모두 외웁니다."

"《시경》305수를 모두 외운다는 말이냐?"

"예."

"어디 한 번 외워 보거라."

이장곤이 말을 마치자 인선이 《시경》을 외는데 한 자도 틀리지 않았다.

'나도 완전히 외지를 못하는데 여섯 살짜리가 모두 외다니…'

이장곤은 무릎을 치면서 탄복한 뒤 한양으로 떠났다. 신명화는 이장곤이 한양으로 떠나고 보름이 되어서야 강릉으로 돌아왔다.

"이 교리는 조정에서 큰일을 할 것이다."

신명화는 이장곤의 소식을 듣고 기뻐했다. 이씨는 두 아이를 데리고 바느질을 하고 있었다.

"어찌 아이들에게 바느질을 시키는 거요?"

"바느질을 시키는 것이 아니라 함께하는 것입니다."

이씨가 웃으면서 대답했다. 이씨의 밝은 미소에 신명화도 미소를 지었다.

신명화는 학문에 정진할 수 없었다. 연산군 시대에 많은 선비가 목숨을 잃었고, 반정공신들이 새 임금을 등에 업고 활개를 치고 있었다. 과거를 보아 조정에 나가는 일이 썩 내키지 않았다.

"오늘은 어디를 나가는 것이오?"

이씨가 나들이 차림을 하고 아이들을 데리고 나오자 신명화가 물었다. 날씨는 화창했고 꽃냄새가 진동하고 있었다.

"꽃을 따러 갑니다."

"꽃은 따서 무얼하려고?"

"떡도 하고 술도 빚으려고 합니다."

"술은 담가서 무얼하게?"

"백 가지 꽃으로 술을 담가 서방님께 드려야지요."

이씨가 눈웃음을 치자 신명화도 유쾌하게 웃었다. 이씨를 보고 있으면 언제나 웃음이 떠나지 않았다.

"왜 나에게 백화주를 담가 주는 거요?"

"서방님이 집안을 화락하게 하시니 얼마나 어여쁜지 몰라요."

"허허. 내가 어여쁘다고? 내가 화락하게 만드는 것이 아니라 부인이 화락하게 하는 것이오."

신명화는 아내인 이씨에게 사랑과 고마움을 함께 느꼈다. 그는 사람에게 가장 중요한 것이 화락이라고 생각했다.

이씨는 아이들과 틈만 나면 꽃을 따다가 말려서 차도 끓이고 술도 빚었다.

'내 아내는 참으로 현숙하다.'

신명화는 이씨가 자신의 부인이지만 보면 볼수록 흐뭇했다. 과거에 급제하라고 다그치지도 않고 한결같이 그를 받들었다.

"아버지, 다녀오겠습니다."

아이들이 그에게 인사하고 대문으로 나갔다.

'인선이를 어떻게 하지?'

신명화는 이씨가 아이들을 데리고 밖으로 나가자 잠시 생각에 잠겼다. 인선은 한 번 본 글자를 모두 외웠다. '사서오경'을 모두 외고 뜻까지 풀이했다. 지금까지 그런 아이는 김시습金時習을 비롯해 몇 명밖에 되지 않았다.

'사내라면 큰 인물이 되었을 텐데…'

신명화는 둘째 딸 인선이 여자라는 사실이 아쉬웠다. 때때로 인선을 데리고 산책을 나가거나 선비들의 시회詩會에 데리고 가고는 했다.

'아쉽다. 남자로 태어났으면 대성할 아이인데…'

강릉의 선비들은 인선의 천부적인 재능에 혀를 내둘렀다.

2. 하늘을 찌르는 대나무의 기세

쏴아아.

비가 쉬지 않고 내렸다. 첫 장마가 장하게도 오는구나. 인선은 사나운 빗소리에 슬머시 눈을 떴다. 이상하게 머릿속이 명징했다. 빗소리 외에는 사방이 조용했고, 그녀가 병으로 드러눕자 곁에서 밤을 지새우던 아이들도 잠을 자는지 촛불만 일렁거리고 있었다. 방문은 여전히 열려 있었다. 촛불은 방 안과 뜰에만 비치고 있었다. 촛불이 비치지 않는 담쪽은 캄캄한 어둠이 검은 상포처럼 펄럭이고 있었다.

'누굴까?'

문득 방 안에서 인기척이 느껴졌다. 머리맡에서 숨결이 느껴졌다.

'설마 아버지께서?'

검은 물체가 머리맡에 앉아서 그녀를 내려다보고 있었다. 머리맡에 찬 기운이 돌고 으스스한 한기가 느껴졌다. 신명화는 죽은 지 오래여서 이제는 얼굴조차 희미했다.

'아버지…'

인선은 입술을 달싹거려 신명화를 불렀다.

'이제 그만 자거라.'

신명화가 건조한 목소리로 중얼거렸다. 땅속 깊은 곳, 심원한 곳에서 들리는 목소리였다.

'아버지, 어디 계세요?'

'왜 나를 찾느냐?'

'아버지, 무서워요.'

'즐거운 때를 생각해라.'

'즐거운 때…'

인선은 생각에 잠겼다. 아아, 즐거운 때가 언제인가. 언니 인덕은 거문고를 연주하고 그녀는 생황을 불었다. 꽃바람이 부는 강릉 집에 웃음소리가 울려 퍼졌다.

딸랑딸랑.

나귀의 울음소리가 들렸다. 신명화가 한양에서 돌아올 때면 방울소리가 먼저 들렸다. 그녀의 의식이 홍진이 일어나는 구름 저 멀리로 아득하게 달려갔다. 소작인들이 써레질을 할 때나 모내기를 할 때나 벼를 벨 때, 신명화가 그녀를 나귀에 태우고 들판을 돌았다.

"아가, 무섭지 않아?"

신명화가 웃으면서 그녀를 안아주었고 소작인들이 논둑으로 나와 그들에게 인사했다.

딸랑딸랑.

방울소리는 그녀를 또 다른 봄날로 이끌었다. 퇴락한 초가 마을과 들판, 산마다 고을마다 봄꽃이 낭자하게 피어 있던 어느 봄날 나귀를 타고 한양에 갔다.

나귀 방울소리가 딸랑딸랑 울렸다. 골짜기 아래 저 멀리 들판에 푸른 이내가 깔리면서 땅거미가 내리고 있었다. 봄날의 저녁 해가 서산으로 떨어지면서 바람이 살랑대고 꽃향기가 진동했다. 낮은 산에 활짝 핀 벚꽃이 바람이 불 때마다 물결이 일듯이 하얗게 나부꼈다.

"인선아, 시장하지 않느냐?"

신명화는 나귀에 앉아 있는 어린 소녀에게 물었다. 나귀에 앉아 있는 소녀는 불과 일곱 살에 갓을 쓰고 도포를 입고 있었다. 신명화는 앙증맞은 어린 딸의 모습에 슬며시 미소가 떠올랐다. 딸에게 남장을 시키자 하늘에서 선동仙童이 내려온 것 같았다.

"괜찮아요. 아버지께서는 계속 걸으셨는데 다리 아프시죠?"

인선이 생글생글 웃으면서 대답했다. 인선은 언제나 미소를 잃지 않았다. 이씨가 항상 웃었기 때문에 아이들도 늘 웃었다.

"그렇다. 다리가 몹시 아프구나."

"그럼 아버지도 나귀에 타셔요."

"내가 나귀를 타면 나귀가 힘들 것 같지 않으냐?"

신명화가 빙그레 웃으면서 장난스럽게 물었다. 인선이 갑자기 난처한 표정을 지었다.

"아버지."

"왜?"

"저도 내려주세요. 이제부터 걸을게요. 사람이 힘든데 나귀라고 힘들지 않겠어요?"

인선의 말에 신명화는 속으로 뜨끔했다. 어린 딸에게 농을 했을 뿐인데 나귀에서 내리겠다고 한 것이다.

"너는 어려서 가벼우니 나귀가 무겁지 않을 것이다."

"나귀도 먼 길을 왔으니 제가 아무리 나뭇잎처럼 가벼워도 힘이 들 것입니다. 내려주세요."

"그것 참…."

신명화는 어쩔 수 없이 나귀에서 인선을 내려주었다. 그는 인선과 오솔길을 나란히 걷기 시작했다.

"여기가 제기현이다. 조금만 더 가면 한양으로 들어가는 홍인문이 나온다. 한양의 동대문이지."

신명화가 나귀를 끌면서 말했다.

"아버지, 수진방은 어디에 있어요?"

"성안에 있다."

수진방은 신명화의 본가가 있는 집이었다. 홍인문 가까이 이르자

47

집들이 많고 행인들도 바쁘게 오가고 있었다. 홍인문에 이르자 포졸들이 호패를 검사하고 있었다. 인선은 홍인문의 거대한 모습을 둘러보느라고 정신이 없었다. 신명화는 호패를 보여주고 성안으로 들어갔다. 인선은 번화한 한양의 기와집들과 어깨를 부딪치듯이 오가는 인파가 신기했다. 사람들의 옷차림도 화려했고 가마도 자주 오갔다. 모든 것이 강릉과 달랐다.

'임금이 계시는 도성이라 다르구나.'

인선은 번화한 한양이 즐거웠다.

신명화의 본가에는 먼 일가가 살고 있었다. 본가에서 하루를 지내고 이튿날 윤은보의 집으로 갔다. 이장곤이 〈몽유도원도〉를 보려면 윤은보의 집으로 가보라고 했기 때문이다.

윤은보의 집은 안국방에 있었는데, 그는 경상도에 암행어사로 나갔다가 돌아와 있었다. 그들이 도착했을 때는 이미 날이 캄캄해져 있었다. 윤은보가 벼슬에 있고 나이도 많아 신명화가 절을 올리고 윤은보가 답례를 하는 형식으로 인사를 나누었다. 어른들이 인사를 마치자 인선도 윤은보에게 큰절을 올렸다. 윤은보는 인선이 절을 올리는 모습을 지그시 살폈다.

인선은 눈이 크고 맑았다. 이마는 반듯했고, 살결이 뽀얗고 입술이 붉었다.

'사내놈이 계집애처럼 예쁘구나.'

윤은보는 속으로 감탄했다.

"둘째 아이입니다."

신명화가 공손하게 말했다.

"총명하게 생겼군. 글을 읽는가?"

윤은보는 아이가 마음에 들었다.

"세 살 때부터 글을 읽었습니다."

"호오. 그럼 소학을 하는가?"

"아이가 기이한 재주가 있어서 실은 사서오경을 읽혔습니다."

"사서오경을?"

윤은보는 입을 딱 벌리고 다물지 못했다. 일곱 살이면 기껏해야 천자문을 외고 소학을 공부하는 것이 고작일 터였다. 어른들도 사서오경을 읽는 사람이 많지 않았다. 그는 새삼스럽게 단정하게 무릎을 꿇고 앉아 있는 아이를 살폈다. 신명화의 말을 들어서인지 아이의 눈이 신비스럽게 반짝이는 것 같았다.

"기이한 재주란 무엇인가?"

"아이가 한 번 본 글을 절대로 잊지 않습니다."

"그런가? 아주 좋은 재주를 가지고 있군."

윤은보는 어쩐지 가슴이 뛰는 것을 느꼈다. 자신이 사서오경을 읽은 것이 열 살 정도 되었을 때라는 생각에 허탈한 기분이 들었다.

"시험해보셔도 됩니다."

신명화가 빙그레 웃었다.

"아가, 춘추를 한 번 외워보겠느냐?"

윤은보가 인선에게 물었다.

"예."

인선이 대답하더니 봉긋한 입을 열었다.

"원년 춘 왕 정월元年 春 王正月 3월 공급주 부맹우멸三月 公及邾 父盟于
蔑… 원년 봄 왕의 정월 3월에 은공이 주 의부와 멸에서 맹약을 맺다.
여름 5월에 정백이 언에서 단과 싸워 이겼다. 가을 7월에 천자가 재상
훤에게 명하여 혜공과 중자의 부의를 주다. 9월에 송나라 사람과 숙에
서 맹약을 맺었다. 겨울 12월에 제백이 왔다. 공자 익사가 죽었다."

윤은보는 인선이 춘추를 외기 시작하자 깜짝 놀랐다. 윤은보도 외
지 못하는 춘추를 일곱 살짜리 아이가 낭랑한 목소리로 외고 있었다.

"여름 5월에 정백이 언에서 단과 싸워 이겼다는 것은 무슨 뜻인고?"

"춘추시대 정나라 무공의 부인은 신申나라 제후의 딸로 강씨였습니
다. 정무공은 강씨에게 장가를 들어서 두 아들을 얻었습니다. 큰아
들의 이름은 오생寤生이고 작은아들은 단段입니다."

인선이 읽은 부분은 공자가 말한 효를 다룬 부분이었다. 강씨가
작은 아들을 편애하여 반란을 일으키자 정장공(오생)은 그를 죽게 만든
뒤 황천에 갈 때까지는 두 번 다시 어머니를 만나지 않겠다고 맹세했
다. 그러나 오랜 세월이 흐르자 친어머니에 대한 그리움이 커져 어진
신하의 조언을 받아 우물을 파서 그곳에서 어머니를 만났다. 어머니
는 자신이 큰아들을 오해했다는 사실을 후회했고, 정장공은 어머니를
대궐로 모시고 와서 효를 다하면서 살았다는 이야기다.

공자의 춘추에는 자세한 기록이 없으나 전傳에는 이와 같은 기록이 있다.

"스승을 찾아온 것인가?"

윤은보가 수염을 쓰다듬으면서 신명화에게 물었다.

"아닙니다. 여아女兒에게 무슨 스승이 필요하겠습니까?"

"여아라고?"

윤은보는 다시 한 번 놀라 인선을 자세히 살폈다.

'확실히 여자아이가 맞구나.'

윤은보는 속으로 탄식했다.

"여아라 데리고 다니기가 불편하여… 도리가 아닌 줄은 알지만 남장을 시켰습니다."

"허허. 그랬군. 한양에는 무슨 일로 올라왔나?"

신명화는 학문이 높았으나 과거를 보지 않고 동해 강릉에서 살고 있었다. 연산군 때 일어난 무오사화와 갑자사화를 본 그는 벼슬길에 나아갈 생각이 전혀 없었다.

'선비를 함부로 죽이는 조정에 나가서 무엇을 하겠는가? 장부의 포부를 펼칠 수 없을 뿐 아니라 지조마저 잃게 될 것이다.'

신명화는 과거를 보지 않고 학문에만 전념했다. 그는 조광조, 김식, 김정 등 신진 사류들과 교분을 나누면서 지냈다.

"아이가 하도 졸라서 올라왔습니다. 선생 댁에 안견의 그림이 있다고 하여…"

"음."

윤은보는 자신도 모르게 신음을 삼켰다.

"안견의 그림을 갖고 계십니까?"

"몽유도원도는 나에게 있지 않고 덕산군 댁에 있네. 보물처럼 애지중지하여 웬만해서는 보여주지 않는다네."

윤은보가 무겁게 한숨을 내쉬었다. 인선의 얼굴에 실망하는 빛이 스치고 지나갔다.

"며칠 기다려보게. 내가 이장곤과 덕산군을 만나보겠네."

윤은보가 새삼스럽게 인선을 살피면서 말했다.

덕산군 이준영이 가당치도 않다는 듯이 눈꼬리를 말아 올리더니 윤은보와 이장곤을 쏘아보았다. 그들이 안견의 몽유도원도를 빌리러 온 것이다. 이장곤은 침이 마르는 듯한 기분이었다. 신명화에게 크게 신세를 지기도 했지만 인선은 그의 제자였다. 임금의 사촌동생인 덕산군은 눈빛이 사나웠다. 인색하고 심술궂은 사람으로 장안에 소문이 파다했다.

"그대들이 보려는 것도 아니고 겨우 일곱 살짜리 어린아이에게 보여주기 위해 빌리러 왔다는 말이오? 아니 나를 어떻게 보고 그런 말을 하는 것이오?"

이준영이 불을 뿜을 듯이 눈을 부릅뜨고 소리를 질렀다.

"아이가 아주 영특합니다. 대감께서도 보시면 탄복하실 것입니다."

이장곤이 이준영을 살피면서 설득했다. 이장곤은 연산군 때 핍박을 받아 조정대신들이 그를 높이 평가하고 있었다.

"당치 않소. 몽유도원도가 어떤 그림인지 알고 있소?"

"잘 알고 있습니다. 그래서 저희가 청을 드리는 것이 아닙니까?"

"대체 누구의 자식이오?"

"신명화의 자식입니다."

이장곤의 말에 이준영이 잠시 생각에 잠겼다. 그는 신명화의 이름을 들어본 일이 없었다.

"그런데 왜 그 아이에게 몽유도원도를 보여주려는 것이오?"

"아이가 아주 총명합니다. 하늘이 내린 기재이니 키워주어야 한다고 생각합니다."

"그림도 그리고 시도 짓습니다. 한 번 본 글자를 한 자도 빠뜨리지 않고 모두 외웁니다."

이장곤의 말에 이준영이 피식 웃었다. 사서오경을 모두 외운다는 것은 불가능하다고 생각했다.

"좋소. 그대들이 그렇게 원하니 내 들어주겠소. 하나, 조건이 있소."

"조건이라니요?"

윤은보와 이장곤이 어리둥절한 표정으로 서로의 얼굴을 쳐다보았다.

"신명화의 자식이 그토록 뛰어나다면 내 조카와 겨루게 한 뒤 승리하면 몽유도원도와 영수세이도를 보여주겠소."

이준영의 말에 이장곤과 윤은보의 얼굴이 해쓱해졌다. 이준영의 조카 이명근은 어릴 때부터 신동으로 유명했는데, 부모가 일찍 죽어 이준영이 키우고 있었다.

"겨루다니요?"

"신명화의 자식이 그토록 빼어나다면 겨뤄볼 수도 있는 것이 아닌가?"

"하오나 신명화의 자식은 여아입니다."

"여아? 여자아이라는 말이오? 지금 나를 희롱하는 것이오?"

이준영이 화가 나서 눈을 부릅떴다.

"고정하십시오. 그림을 보여주는 것이 그리 나쁜 일은 아니지 않습니까?"

이장곤이 간곡하게 청했다. 이장곤은 인선에게 안견의 그림을 보여주겠다고 굳게 약속한 일이 있었다.

"어린 여자아이입니다. 한 번 기회를 주십시오."

"그러니 한 번 겨루라는 것이오."

"무엇을 겨뤄야 합니까?"

"신명화의 딸이 글을 잘 외운다고 하니 글을 겨룹시다."

이준영이 단호하게 선언했다.

대청에 팽팽한 긴장감이 감돌았다. 대청에는 이준영이 초청한 선비들이 동편에 앉아 있고 서편에는 이장곤과 윤은보를 비롯하여 지인들이 앉아 있었다. 임금의 사촌형제라 집이 대궐처럼 크고 넓었다. 정원에는 진귀한 꽃과 풀이 활짝 피어 있었다.

대청 앞뜰에는 멍석을 깔고 책상 앞에 두 아이가 앉아 있었다. 오른쪽에 의관을 단정하게 하고 앉아 있는 아이는 이목구비가 준수한 열두 살 소년이었다. 그는 이준영의 조카로 이명근이라는 이름을 갖고 있었다.

왼쪽에는 예쁘장하고 귀엽게 생긴 소녀가 앉아 있었는데, 이제 일곱 살로 강릉에서 올라온 신명화의 딸 신인선이었다. 머리를 갈래머리로 땋고 노란 저고리와 다홍치마를 입고 있었다.

'어린 계집애가 총명해야 얼마나 총명하겠는가?'

이준영은 검은 수염을 쓰다듬으면서 신인선을 쏘아보았다. 신인선과 이명근 앞에는 책상과 지필묵이 준비되어 있었다.

"오늘은 그저 선비들의 시흥을 돋우기 위해서 겨루는 것이오. 다른 뜻은 전혀 없으니 아이들의 재주를 구경하기 바라오."

이준영의 말에 대청의 선비들이 웅성거리면서 고개를 끄덕거렸다. 이준영은 자신의 조카 이명근을 자랑하고 싶어 사람들을 초청한 것이다. 신명화의 딸이 아무리 특출하다고 해도 자신의 조카를 능가하지 못할 것이라고 생각했다.

'우리 딸이 잘할 수 있을까?'

신명화는 조용히 앉아 있는 딸을 보면서 걱정이 되었다. 딸을 이런 일에 내세우고 싶지 않았으나 안견의 그림을 보고 싶어 했기 때문에 어쩔 수 없었다.

"먼저 글을 시험하겠소. 내 앞에 책이 두 권 있는데 중국에서 구해온 부賦요. 이 책을 읽고 외우는 것으로 시험을 보겠소. 책을 아이들에게 주거라."

이준영이 지시하자 말석에 앉아 있던 선비가 책을 가져다가 아이들 앞에 놓았다.

"시작하라."

이준영이 영을 내리자 아이들이 빠르게 읽기 시작했다.

'무슨 책을 저렇게 읽는 거야?'

신인선이 책을 읽는 모습을 본 이준영은 눈살을 찌푸렸다. 신인선은 책장을 아래위로 한 번씩 쓰윽 훑어보고 넘겼다. 이명근은 단정하게 앉아서 소리를 내어 읽었다.

"다 읽었습니다."

신인선이 책장을 덮었다. 일각(一刻, 15분)밖에 걸리지 않았다. 이명근은 거의 이각(二刻, 30분)이 걸려서야 다 읽었다. 선비들이 의아하여 귓속말로 수군거렸다. 신명화는 딸이 책을 읽는 모습을 항상 보았기 때문에 조용히 앉아 있었다.

"책을 거두라."

이준영이 영을 내렸다. 선비가 두 아이의 책상에서 책을 거두어 갔다.

"책의 내용을 쓰라."

이준영이 영을 내리자 아이들이 붓을 잡고 글을 쓰기 시작했다. 이준영은 두 아이가 글을 쓰는 모습을 살폈다. 조카 이명근은 열두 살이 되었으니 의젓한 것이 당연하지만 일곱 살밖에 되지 않았다는 여자아이의 자세도 반듯했다.

이준영은 신인선에게 묘한 기분을 느꼈다. 이번에도 신인선이 조금 빨랐다. 아이들이 쓴 글을 선비들이 가져다가 책과 비교했다.

"아니 어떻게 이럴 수가 있지?"

선비들이 책과 신인선이 쓴 글을 살피면서 웅성거렸다.

"한 자도 틀리지 않았습니다."

선비들이 이준영에게 말했다.

"어찌 한 자도 틀리지 않는다는 말인가?"

이준영은 신인선이 쓴 글을 읽고 경이로움을 느꼈다. 이명근이 쓴 글은 틀린 자가 다섯 개나 되었다.

"이 부를 누가 지었는지 알겠느냐?"

이준영이 놀라움을 감추지 않고 신인선에게 물었다.

"중국 한나라 때의 사마상여가 지었고 제목은 자허의 노래[子虛賦]입니다."

신인선의 말에 이준영이 고개를 끄덕거렸다. 선비들이 신인선을 보면서 탄식했다.

"부를 지을 수 있느냐?"

"예."

"좋다. 네가 부를 지어 나를 주면 안견의 그림 한 폭을 주겠다."

이준영의 말에 선비들이 일제히 웅성거렸다. 신인선은 몇 시간 만에 부를 완성하여 이준영에게 바쳤다.

파초 잎에 아직 물방울이 맺혀 있는데

깊고 깊은 밤이 지나 날이 밝는다.

산천은 점차 모습을 바꾸고,

크고 작은 사물이 형상을 드러내려고 한다.

자욱한 연무에 높고 낮은 산천이 희미하게 구분되니

구름 사이의 촌락이 드러나고

멀고 가까운 곳에서

수레가 다니기 시작하니 거리에 먼지가 일어나기 시작한다.

하늘가가 밝아지면서

해 뜨는 곳에 짙푸른 기운이 가득하다.

먼 숲 나뭇가지 사이로 잔별이 몇 개 깜박이고,

안개가 걷히는 교외의 색이 머물고 있다.

芭蕉猶滴

深夜明日

彷彿而山川漸變

參差而物像將開

高低之煙景微分

認雲間之村落

遠近之軒車齊動

生陌上之塵埃

晃蕩天隅

蔥籠日域

殘星映遠林之梢

宿霧斂長郊之色

　이준영은 신인선이 지은 부를 읽고 벼락을 맞은 듯한 기분이었다. 어린 소녀가 지었다고는 도저히 믿어지지 않는 부. 그것은 천하에 짝을 찾기 어려운 걸작이었다.

　'정말 훌륭하구나.'

　이준영은 신인선을 안아주고 싶었다. 그는 신인선에게 안견의 그림 한 폭을 내주었다. 신인선은 흘린 듯이 그림을 보았다.

　"무슨 그림인지 알겠느냐?"

　이준영이 단정하게 앉아 있는 신인선에게 물었다.

　"영수세이도穎水洗耳圖입니다."

　신인선이 차분하게 대답했다.

　"영수세이도가 무엇인지 아느냐?"

　"허유와 소부의 이야기입니다."

신인선이 조금도 망설이지 않고 대답했다.

중국 천하를 태평성대로 이끈 요 임금은 나이가 들자 자기 뒤를
이어 중국을 다스릴 인재를 천거하라고 중신들에게 지시했다. 요
임금이 이런 영을 내리자 중신들은 전국에 방을 붙여 덕이 있는
선비를 찾기 시작했다. 그들은 도성에서 멀리 떨어진 산속에 사
는 선비 허유許由가 어질다는 말을 듣고 그를 요 임금에게 추천했
다. 이에 요 임금이 허유를 불렀다.

허유는 요 임금이 부른다는 말을 듣고 영수潁水 뒤의 기산箕山으로
숨어버렸다. 그런데도 요 임금은 허유에게 구주(九州, 전국)의 장長을
맡긴다는 영을 내렸다. 허유는 그 영을 단호하게 거절하고 영수
에 내려가서 귀를 씻었다. 그때 허유의 오랜 벗인 소부巢父가 소를
몰고 오다가 허유가 귀를 씻는 모습을 발견했다.

"여보게, 자네는 어찌해 냇물에 귀를 씻고 있는가?"

소부가 허유에게 물었다.

"들어서는 안 될 말을 들었기에 귀를 씻고 있다네."

허유가 대답했다.

"들어서는 안 될 말이 무엇인가?"

"임금님께서 전에는 나에게 천하를 맡으라고 하더니 이번에는 구
주의 장을 맡으라고 하셨네. 더러운 말이 귓전에 있으니 씻는 것
일세."

소부는 허유의 말을 듣더니 소에게 물을 먹이려다가 말고 상류로 거슬러 올라가기 시작했다. 허유가 어리둥절하여 소부에게 물었다.

"자네는 소에게 물을 먹이러 온 것이 아닌가? 물을 먹이지 않고 어디로 가는 건가?"

"더러운 말을 들은 자네의 귀를 씻은 물을 어찌 내 소에게 먹이겠는가? 상류로 올라가 깨끗한 물을 먹여야겠네."

소부는 뒤도 돌아보지 않고 소를 끌고 상류로 올라갔다. 허유는 권력을 멀리했고, 소부는 권력이라는 말을 듣는 것조차 거부했다.

소부와 허유가 권력을 멀리한 이 일화는 5천 년 중국 역사에 영향을 미치고 조선으로 건너와서 조선 사대부들의 정신세계에 중대한 영향을 미쳤다. 조선의 사대부들은 권력을 탐하는 것을 비루하게 여겼다. 이로써 소부와 허유의 일화는 '영수세이도'라는 그림으로 그려져 조선의 어린이들을 교육하게 된다. 어린 신인선이 《서경》에 나오는 허유와 소부의 고사를 자세하게 알고 있는 것이다.

"음."

신인선의 또렷한 대답에 이준영의 입에서 신음이 흘러나왔다.

'이 아이의 부는 천금의 가치가 있을 것이다.'

이준영은 인색하기로 소문이 난 사람이었으나 신인선의 부를 받고 안견의 영수세이도를 신인선에게 주었다.

인선에 대한 소문은 한양 장안에 널리 퍼졌다. 불과 일곱 살의 소녀가 사서오경을 줄줄 외운다는 사실에 사람들이 모두 탄복했다.

인선이 이준영의 집에서 수진방으로 돌아온 지 사흘밖에 되지 않았을 때였다. 인선은 신명화에게 도화원에서 영수세이도를 모사模寫하겠다고 청했다.

"왜 하필 도화원이냐? 집에서도 할 수 있지 않느냐?"

"저에게는 좋은 물감이 없습니다. 게다가 이 그림은 귀한 물건이니 제가 가져서는 안 됩니다. 도화원에 맡기겠습니다."

신명화는 고개를 끄덕거리고 도화원 부제조인 양팽손을 찾아갔다.

"딸에 대한 소문은 익히 들었소. 글만 잘 외우는 게 아니라 그림도 그린다는 말이오?"

양팽손이 감탄하여 물었다.

"부끄럽지만 도화원의 한쪽 방과 물감을 빌려주십시오."

"알겠소."

양팽손이 쾌히 허락했다. 그는 이튿날 아침 신명화 부녀를 부르고 조정 관리들과 선비들까지 초청했다. 인선이 신명화의 손을 잡고 도화원에 이르자 넓은 공방에 책상과 도판이 준비되어 있었다. 도화원의 화공들은 양쪽으로 도열하여 서 있고 양팽손이 초청한 조정 관리와 선비들은 의자에 앉아 있었다. 인선은 조정 관리들과 선비들에게 공손하게 절을 했다. 도화원에는 당대의 명신인 안당과 정광필을 비롯하여 윤은보, 이장곤, 신진 사류인 조광조, 김식, 김정 등이 둘러

앉아 있었다.

양팽손은 조광조와 함께 생원시에 급제한 인물이었다. 그러나 그는 한양 제일의 화원이라고 불려 도화원 부제조에 임명되어 있었다. 도화원의 화공들은 가당찮은 일이라는 듯이 인선을 힐끔거리고 있었다.

"좁쌀만 한 아이가 무슨 그림을 그려?"

"안견의 영수세이도라니…."

화공들이 절레절레 고개를 흔들었다. 인선은 안견이 그린 영수세이도를 뚫어질 듯이 응시하고 있었다.

'그림을 모사하는 것이 무슨 구경거리라고….'

신명화는 인선이 그림을 모사하는 것을 구경하기 위해 몰려든 사람들이 마땅치 않았다. 조광조와 김식 같은 사대부들이 딸을 보러 온 것도 불쾌했다.

이내 인선이 영수세이도를 모사하기 시작했다. 큰 붓으로 휙휙 선을 긋고 작은 붓으로 인물과 내를 그렸다. 그녀의 붓끝에서 물이 흘러내리는 내와 바위, 산, 소를 끌고 오는 소부와 내에서 귀를 씻는 허유가 살아났다. 농담濃淡이 생기고 화려하면서 은근한 색채가 점점 사실적으로 변해갔다.

'아무리 모사를 잘한다고 해도 어찌 저렇게 그림이 살아 있는 것처럼 생생한 것일까?'

양팽손은 인선의 붓끝에서 살아나는 산과 내를 보고 경이로움을 느꼈다.

"어떻게 저렇게 똑같이 그리지?"

"모사하는 그림이 더욱 생생해."

화공들은 귀신을 본 것처럼 수군거렸다.

"여아로 태어난 것이 참으로 안타깝네."

양팽손이 고개를 절레절레 흔들었다. 자신의 눈으로 보고도 믿을
수 없다는 표정이었다.

"하늘이 이런 기재를 내린 것은 다 쓸모가 있어서입니다."

조광조도 인선에게 칭찬을 아끼지 않았다. 조광조는 성품이 대쪽
같은 인물이었다.

"내 방에 가서 차나 마십시다."

양팽손이 도화원에 있는 방으로 사람들을 안내했다. 사람들이 양
팽손을 따라 그의 방으로 우르르 몰려갔다.

"신공의 따님은 보기 드문 재원이니 잘 훈육해야겠소."

양팽손의 방에 이르자 윤은보가 말했다.

"소생이 어찌 선비들 앞에서 딸 자랑을 하겠습니까? 자식 자랑을
하면 팔불출이라고 하지 않습니까?"

신명화가 겸손하게 대답했다.

"팔불출 소리를 들어도 그런 자식이 있으면 좋겠소."

윤은보의 말에 사람들이 일제히 웃음을 터뜨렸다.

"신공은 아직 아들이 없소?"

조광조가 신명화에게 물었다. 신명화는 한때 조광조와 함께 김굉필 문하에서 공부한 일이 있었다.

"송구합니다. 딸만 넷 두었습니다. 내자가 또 임신을 하긴 했는데 딸이라고 합니다."

"아니 뱃속에 있다면서 어찌 딸이라고 하는 거요?"

"우리 둘째가 역경을 풀어 그리 말하였습니다."

"그림을 그리는 아이 말이오?"

"그렇습니다."

"저 아이가 주역을 푼다는 말이오?"

양팽손이 놀라서 인선을 뚫어질 듯이 살폈다. 주역은 역경으로도 불리고 있었다.

"예. 제 사주를 주역으로 풀어서 괘사卦辭에 아들이 없으니 자신이 아들 노릇을 하겠다고 했습니다."

신명화가 떨떠름한 표정으로 말했다. 선비들은 입을 다물지 못했다. 사서오경을 외는 것도 놀라운 일인데 주역의 괘사를 푼다는 것은 상상도 할 수 없는 일이었다.

"그래 신공은 아이의 괘사를 믿소?"

조광조가 고개를 흔들면서 말했다. 조광조는 주역으로 길흉을 점치는 것을 가장 싫어했다.

"나는 믿을 수 있을 것 같소."

이장곤이 조용히 말했다. 잠시 도화원의 객청에 어색한 침묵이 흘렀다. 그때 인선이 두루마리 통을 어깨에 메고 객청으로 왔다.

"아가, 안견의 그림 모사는 다했느냐?"

윤은보가 자애로운 눈길로 물었다. 그는 인선을 딸보다 더 귀여워하고 있었다.

"예. 어르신들께 감사드립니다."

인선이 구슬을 굴리는 것 같은 맑은 목소리로 대답했다.

"만족했느냐?"

양팽손이 물었다.

"예. 다만 부제조 어르신께 청이 있습니다."

"나에게? 무슨 청이냐?"

"소녀에게 한 달 동안만 도화원에서 유력遊歷하게 해주십시오."

"유력?"

유력은 도화원을 돌아다니면서 놀겠다는 뜻이다. 선비들이 인선의 말을 이해하지 못해 웅성거렸다.

"예."

"그리하라."

양팽손은 인선의 속뜻을 짐작했다. 인선이 도화원에 드나들면서 수많은 그림도 보고 조선 제일의 화원들에게 그림을 배우려고 하는 것이다.

"주역을 한다는 말을 들었다. 내 앞일도 한 번 풀어보겠느냐?"

조광조가 찌르듯이 날카로운 눈으로 인선을 쏘아보았다. 그는 어린 계집애가 부를 짓는 것도 교만하다고 생각했고 사서오경을 외운다는 것도 마땅치 않았다. 그는 어릴 때 소학을 공부했고 사서오경을 외운 것은 스무 살 가까웠을 때였다.

"당치 않습니다. 소녀가 어찌 부제학 나리의 앞일을 점치겠습니까?"

인선이 정색을 하고 사양했다. 이때 조광조는 홍문관 부제학의 직책에 있었다.

"그럼 이 그림에 글을 넣어주겠느냐?"

조광조가 소매에서 두루마리족자를 꺼냈다. 족자에는 대나무 한 그루가 바람을 맞고 서 있었다. 조광조가 직접 그린 그림이라 선비들의 눈이 모아졌다.

"나리께서 소녀를 시험하시려고 하니 한 글자 써보겠습니다."

인선은 그 자리에서 붓과 종이를 준비하여 글을 썼다. 서체도 여자답게 단아하고 예뻤다.

此君有天千尺萬尺之氣勢滿月虧

조광조는 인선이 쓴 글을 보고 속으로 탄복했다.

"무슨 뜻이냐?"

"차군유천천척만척지기세만월휴此君有天千尺萬尺之氣勢滿月虧… 대나무의 기세가 하늘을 찌르나 달이 차면 기운다는 뜻이 아닙니까?"

인선이 또렷한 목소리로 대답하자 조광조의 눈빛이 싸늘하게 변했다. 인선이 일부러 그런 글을 썼는지는 알 수 없으나 조광조에게는 임금의 총애를 받을수록 삼가라고 경고하는 것처럼 보였다.

조광조는 도화원을 나와 대궐로 향하면서 기분이 언짢았다. 신명화의 딸이 그의 그림에 써준 글이 마음을 어지럽게 했다. 한가위를 지난 지 이틀밖에 되지 않아 거리는 아직도 명절 분위기로 들떠 있었다. 가을이 깊어지기 시작했다. 풀숲이 노랗게 물들고 오곡이 풍성하게 익어갔다.

"신명화의 딸이 써준 글을 어떻게 생각하시오?"

조광조가 김식에게 물었다.

"아이가 쓴 글이 아니오? 어디서 읽은 글을 옮긴 것이겠지요."

김식은 조정에 출사하지 않는 신명화의 얼굴을 떠올리며 낮게 대답했다. 신명화에게 여러 차례 조정에 나오라고 권했으나 그는 사양했다. 도학정치를 하겠다는 뜻을 같이하면서도 행동에 옮기지 않는 그가 실망스러웠다.

"그렇지요?"

조광조가 빙긋이 웃었다.

"아이의 글이 마음에 쓰입니까?"

"글쎄요. 아이의 글이 어쩐지 무섭다는 생각이 듭니다."

조광조는 이상하게 신명화의 딸이 신경 쓰였다.

3. 둘째 아가씨 베틀에 올라갔는데

쏴아아. 빗소리는 마치 바람이 불면 집 뒤의 오죽이 나부끼는 소리 같았다. 바람이 동해에서 불어와 오죽을 흔들면 대나무 잎사귀가 빗소리를 냈다. 한밤중 비 내리는 소리에 눈을 뜨면 하늘에는 만월이 신비스럽게 떠 있고, 푸른 광망이 대숲을 비추었다.

쏴아아.

처음에는 달빛이 쏟아지는 소리인지 바람이 대숲을 물어뜯는 소리인지 알지 못했다. 문을 열면 달빛이 대숲에 하얗게 쏟아지고 있었다.

오죽헌烏竹軒.

강릉 집에 당호를 건 이는 외할아버지 이사온이었다. 인선은 다섯 아이를 오죽헌에서 낳았다.

검은 대나무가 있는 집.

이사온은 집 뒤에 대나무를 잔뜩 심었다. 오죽은 청죽과 달리 잎사귀가 무성해지면 기둥이 검게 변했다. 그러나 잎사귀는 푸른 대나무와 다를 바 없었다.

인선은 강릉 집이 그리웠다. 이제는 강릉으로 돌아갈 수 없을 것이라고 생각하자 가슴 저 깊은 곳에서 비가 스산하게 내리는 기분이었다.

나 이제 돌아가지 못하리라.

돌아가지 못할 거라고 생각하자 더욱 그립고 애달팠다.

딸랑딸랑.

문득 방울소리가 귓전을 울렸다. 누가 귀우가歸牛歌라도 부르며 집으로 돌아가고 있는 것일까. 뜰에는 매화와 도리桃李가 화사하게 피어 있었다. 바람이 일 때마다 희고 붉은 꽃잎이 분분히 날리고 미인의 살 내음 같은 꽃향기가 진동했다. 인교가 꽃을 주우면서 방울소리에 화답하듯이 노래를 부르고 있다. 인선은 인교의 노랫소리에 귀를 기울였다.

화려한 비단옷을 입은 미인
달빛에 보니 붉은 얼굴이 더욱 예쁘네.

錦繡圍中佳人
見月光妖紅顔

인선은 인교의 노래를 가만히 따라 불렀다. 문득 가슴에 둔중한 통증이 오면서 맥脈이 급박하게 뛰었다.

그날이 언제였던가.

인선에 대한 소문이 한양 장안을 뒤흔들었다. 일곱 살 소녀가 부를 지었는데 그것을 덕산군 이준영이 크게 칭찬하고 안견의 영수세이도까지 주었다는 소문이었다. 인선은 안견의 영수세이도를 도화원에 기증하고 자신은 필사한 영수세이도를 가졌다. 일곱 살 신동 신인선이 지은 부가 천금의 가치가 있다는 소문이 나돌게 되었다.

"일곱 살 여자아이가 부를 짓는데 너는 어찌 이리 우매하냐?"

한양 장안에서는 소년들이 공부를 하지 않는다거나 우매하다며 부모에게서 야단을 맞는 일이 자주 있었다.

'신명화의 딸 반만 해라.'

인선에 대한 소문이 널리 퍼져 대궐에까지 들어갔다.

"일곱 살 여아가 부를 짓는다고 한다."

임금이 소문을 듣고 인선을 대궐로 불렀다. 신명화는 경악하여 가슴이 철렁했고 인선은 신이 나서 뛰어다녔다. 신명화는 인선을 꿇어앉히고 대궐에 들어가서 조심해야 할 일을 가르쳤다.

인선은 화창한 어느 날 가마를 타고 대궐로 들어갔다. 임금은 경복궁의 경회루에서 인선을 만났다.

"네 나이가 몇 살이냐?"

임금이 옥좌에 앉아서 자애로운 목소리로 물었다.

"일곱 살이옵니다."

인선이 또렷한 목소리로 대답했다.

"부를 지을 줄 아느냐?"

"예."

"한 집에 세 아가씨가 있다. 이것으로 시를 지어라."

임금이 명을 내리면서 인선을 살폈다. 인선은 잠시 생각에 잠겼다. 시상을 가다듬고 있는 것일까. 이내 인선이 붓을 들어 먹을 듬뿍 찍었다.

큰아가씨 부엌에 들어가고	大娘入廚下
둘째 아가씨 베틀에 올라갔는데	次娘上鴛機
작은 아가씨 봄 경치 아끼어	少娘惜春色
곱게 단장하고 거문고를 타네요.	靚粧弄金徽
부모님에게 권하니 여기 앉으세요.	勸父母安坐
봄 경치가 정말 꽃다워요.	節物正芳菲

인선은 일각도 되지 않아 시를 지어 바쳤다.

"아름답다. 효성이 가득한 시로다."

임금이 시를 읽고 크게 기뻐했다.

"하고 싶은 일이 있느냐? 소원이 있으면 말하라."

임금이 만면에 미소를 띠고 물었다.

"대궐을 두루 구경하고 싶습니다."

"핫핫! 대궐은 임금의 집이다. 어찌 임금의 집을 함부로 구경하려고 하느냐?"

"임금은 천하의 주인입니다. 천하의 주인이 사는 집을 구경하고 싶을 뿐입니다."

"핫핫! 천하의 신인선이로구나."

인선은 대궐을 두루 구경한 뒤에 임금으로부터 많은 선물을 하사받고 수진동 집으로 돌아왔다. 임금이 비단과 패물을 하사하자 인선에 대한 소문이 다시 한 번 한양 장안을 뒤흔들었다. 인선을 보려는 사람들이 수진동 신명화의 집까지 몰려들어 북새통을 이루었다.

'이러다가는 안 되겠구나.'

신명화는 인선을 데리고 강릉으로 돌아왔다. 인선이 돌아오자 이씨가 더 기뻐했다. 강릉에서도 임금이 대궐로 불러 시를 짓게 하고 상까지 내렸다는 소문이 퍼지면서 많은 선비가 관심을 기울였다. 신명화는 아이들과 함께 책을 읽고 글을 썼다. 인선은 그림과 문장이 나날이 발전해갔다.

신명화의 부인 이씨는 딸들을 데리고 다녔다. 그녀는 들에서 나물을 캐고, 뽕을 따서 누에를 치는 일을 아이들과 함께했다.

'여공女工을 섬세하게 가르치는구나.'

신명화는 이씨가 아이들을 가르치는 모습을 보고 감탄했다.

후드득. 또 빗방울이 떨어지기 시작했다. 인선은 비가 참 많이 오는구나 생각했다. 비는 그쳤다가 다시 내리고 그쳤다가 다시 내렸다. 인선은 누워서 천장을 쳐다보았다. 내가 쓰러진 것이 얼마나 되었는가. 내가 방에 누워서 시간을 보내고 있는 것이 얼마나 되었는가. 인선은 자신이 죽어가기 시작한 지 얼마나 되었는지 전혀 알 수 없었다. 의식이 돌아오면 비가 내리고, 비가 내리는 것을 보다가 의식을 잃고는 했다.

비가 내리는 것은 의식의 혼란인가. 인선은 때때로 비가 오는 것이 아니라 의식이 그렇게 느끼고 있는지 모른다고 생각했다.

대궐에서 임금을 만나고 강릉으로 내려오자 장마가 시작되었다. 장마가 어찌나 오랫동안 계속되었는지 며칠 동안 대문 밖을 나가지 못했고 마을이 물에 잠기기까지 했다.

"비가 너무 많이 오네요."

이씨가 마을을 내려다보면서 근심스러운 표정을 지었다.

"낮은 곳에 사는 사람들 집이 떠내려갈 거요."

신명화가 한숨을 내쉬면서 마을을 내려다보았다. 그들의 집은 지대가 높았기 때문에 장마가 계속되어도 피해가 없었다. 인선은 하루 종일 비가 오는 것만 내다보았다. 이튿날 낮은 곳에 살던 사람들이 홍수 때문에 그들의 집으로 몰려왔다. 신명화는 피난민들에게 행랑채를 내주고 안채까지 개방했다. 오죽헌에는 피난민들이 들끓게 되었다. 그들은 농사를 짓거나 나무를 하는 천민들이라 옷차림과 얼굴이 남루

했다.

'사람들이 모두 불쌍하게 살고 있구나.'

인선은 남루한 마을 사람들을 보고 생각이 많았다. 비는 사흘이 지나서야 그쳤다. 밖으로 달려 나가자 마을이 물바다로 변해 있고 집들이 폭삭 주저앉아 있었다.

마을 사람들은 물에 떠내려간 농토를 보고 통곡했다. 물이 빠져나가자 논바닥의 벼는 모두 쓰러져 있었다.

'그해는 물난리가 아주 컸어.'

인선은 어릴 때의 일을 아득하게 생각했다.

'수재 때문에 죽은 사람도 많았고…'

인선은 비가 그치자 마을로 뛰어갔다. 홍수가 휩쓸고 지나간 마을은 폐허가 되어 있었다.

"사람이 죽었다!"

아이들이 소리를 지르면서 기둥만 남아 있는 농가로 달려갔다. 인선이 뛰어가보니 여덟아홉 살쯤 된 여자아이 하나가 죽어 있었다. 여자아이는 죽은 지 오래되었는지 몸이 퉁퉁 불어 있었다. 그때 또 비가 내리기 시작했다. 여자아이의 퉁퉁 불은 시체에도 굵은 빗방울이 떨어졌다.

쏴아아.

빗줄기가 굵어졌으나 인선은 그 자리를 떠날 수가 없었다. 인선은 그 후 어린 여자아이의 시체가 자주 머릿속에 떠올랐다.

쏴아아.

빗줄기가 더욱 굵어져 장대질을 하듯이 쏟아졌다.

아이들이 대청에 모여서 무엇인가 상의를 하는지 두런대는 소리가 방에까지 들렸다. 아이들이 장지 운운하고 두운리가 어쩌느니 하는 것을 보면 묘지를 말하는 것 같았다.

'내가 묻힐 데를 상의하는 것이구나.'

인선은 우두커니 허공을 응시했다. 아이들과 묘지 이야기를 하는 사람은 시가의 가장 어른인 이원수의 사촌형님 이춘수였다. 그는 예순 살이 넘었고 현감을 지냈다.

'나는 교하의 두운리에 묻힐 것이다.'

여자는 출가외인이니 강릉에 돌아갈 수가 없는 것이다. 강릉에는 친정어머니가 살아 있고 아버지 신명화가 묻혀 있다.

문득 신명화의 묘소를 정하던 일이 떠올랐다. 인선은 한양에서 강릉으로 돌아온 뒤에 책을 읽고 그림을 그리면서 보냈다. 신명화는 한양으로 인선을 데려가지 않았다.

"이제는 규수의 품성을 몸에 익혀야 한다."

인선이 아홉 살이 되고 열 살이 되자 신명화와 이씨는 규수로서의 도리를 가르쳤다. 그러나 인선은 자유로운 품성을 갖고 있었다.

인선은 외조부 이사온을 졸라서 주역을 더욱 깊이 공부했다. 주역을 공부하는 것은 결코 쉬운 일이 아니다. 그러나 그녀는 빠르게 공부해서 주역으로 괘사를 풀기 시작했다.

인선이 푸는 점괘는 신묘할 정도로 잘 맞았다.

'왜 하필 주역으로 점을 칠까?'

신명화는 인선을 이해할 수 없었다. 그러나 인선에게 무엇이라고 말하지는 않았다. 그는 인선이 스스로 깨달을 것이라고 생각했다.

"아버지, 저하고 산보 가요."

하루는 인선이 신명화에게 말했다. 인선이 열 살이 된 어느 날이었다.

"그러자."

신명화는 책을 덮고 인선과 함께 집을 나섰다. 인선은 북평에서 5리쯤 떨어진 두왕산으로 향했다.

"인선아, 너는 요즘 무슨 책을 읽느냐?"

산에 이르러 신명화가 물었다.

"풍수학 책도 읽고 관상학 책도 읽어요."

인선이 사방을 둘러보면서 대답했다.

"마의상서麻衣相書도 읽느냐?"

"예."

"풍수라는 것이 존재하느냐?"

"호호. 여기가 어딘지 아세요?"

인선은 그의 말에 대답하지 않고 다른 말을 했다.

"글쎄. 권씨 선영인 것 같구나."

신명화는 인선을 따라 사방을 둘러보았다.

"풍수상 참 좋은 곳이에요. 금계포란金鷄抱卵이에요."

금계포란은 황금닭이 알을 품고 있다는 뜻으로 풍수상 최고 길지다.

"아버지 묘소를 이곳에 쓰고 싶어요."

"뭐?"

신명화는 인선의 말에 가슴이 철렁했다. 딸이 자기 죽음을 예고하는 것 같았다.

"이놈아, 아비한테 그게 무슨 말이냐?"

"아버지, 서운하세요? 지금 당장 아버지가 돌아가신다는 뜻이 아니에요."

인선이 생글거리며 웃었다.

"그럼 무슨 말이냐?"

"여기에 아버지, 어머니 산소를 쓰면 후손 가운데 큰 인물이 나올 거예요."

"흥! 나는 딸뿐인데 후손에게서 무슨 큰 인물이 나와?"

"외손 중에 나올 거예요."

"외손? 그렇다고 해도 여기는 권씨 선영이 아니냐?"

신명화는 인선의 말이 탐탁하지 않았다.

"아버지 딸이 다섯이잖아요? 권씨를 사위로 맞아들이면 여기에 산소를 쓸 수 있어요."

"네가 권씨에게 시집을 갈 거냐?"

"아니요. 언니를 권씨에게 시집보내세요. 저는 이씨에게 시집갈 거예요."

인선이 부끄러워하지도 않고 배시시 웃었다. 신명화는 어이가 없어서 웃고 말았다. 인선은 이미 주역으로 가족의 괘사를 모두 풀어본 것이 분명했다. 외조부 이사온이 괘사 푸는 법을 가르치고 인선이 스스로 깨우친 모양이었다. 그렇다고 해도 주역으로 괘사를 푸는 것은 쉬운 일이 아니다. 한 번 본 글을 줄줄이 왼다는 것도 들어본 일이 없었다.

신명화는 때때로 인선이 귀신에 씌었거나 하늘이 내린 귀재인지도 모른다고 생각했다.

초가을이었다. 구름 한 점 없는 하늘에서 내리쬐는 햇살이 따뜻하고 바람이 시원하게 불어왔다. 신명화는 산중턱에 서서 사방을 둘러보았다. 산 위로 소나무들이 빽빽하고 산 밑으로는 푸른 물이 햇살을 은빛으로 반사하면서 흘렀다.

'경치는 참으로 좋구나. 이곳에 묻혀도 좋겠어.'

신명화는 권씨 선영이 마음에 들었다. 인선이 풍수학과 주역까지 풀어서 산소 자리를 정했다면 분명히 명당일 것이고 자신이 묻힐 자리가 확실했다. 그렇게 생각하자 기분이 미묘했다.

인선이 풀숲에 음식을 차렸다. 잔디가 깔린 것처럼 부드러운 풀숲이었다. 제 어머니 이씨의 흉내를 내고 있지만 귀밑에는 솜털이 보송보송했다.

"아버지, 음식 드세요. 술도 가져왔어요."

인선이 젓가락을 쥐어주고 술을 따랐다. 신명화는 인선이 따른 술을 한 잔 마셨다. 이씨와 아이들이 가을에 국화꽃을 따서 담근 국화주였다. 술에서 향긋한 국화향이 풍겼다.

"술 향기가 참 좋다."

신명화가 젓가락으로 산적을 집으면서 말했다.

"아버지, 국화주를 마시면 장수한대요."

"그럼 너도 한잔 마시겠느냐?"

"아버지께서 주시면요."

인선이 사양하지 않고 웃었다.

"그래. 술도 음식인데 너도 한잔 마셔라."

신명화가 술을 마시고 나서 인선에게 잔을 건네주었다. 인선이 잔을 받자 신명화가 술을 따랐다. 인선은 청량한 향기가 감도는 국화주를 천천히 마셨다. 인선은 때때로 술을 조금씩 마셨다. 술을 담그고 여러 날이 지나서 거를 때 언제나 술이 잘 익었는지 맛을 보고는 했다.

"술맛이 좋아요."

인선이 술을 마시더니 웃었다.

"그렇다고 과음하지는 마라. 달콤한 것은 몸에 좋은 것이 아니다."

"걱정하지 마세요. 아버지가 주시는 술과 서방님이 주시는 술 외에는 절대로 마시지 않을 거예요."

"서방님? 이 녀석 벌써 아비를 떠나 혼인할 생각이냐?"

인선의 말에 신명화는 고개를 절레절레 흔들었다. 사서오경을 모두 읽은 인선은 이제 풍수학이며 의학서, 옛사람들의 문집까지 두루 읽고 있었다. 책을 많이 읽으니 사람의 일생에 대해서도 또래보다 훨씬 많이 알고 있을 것이다.

"아니에요. 앞으로 10년은 더 있다가 혼인할 거예요."

인선이 웃으면서 다시 술을 따랐다. 신명화는 천천히 술을 마셨다.

"부녀간에 이렇게 시간을 보내니 좋구나."

"다음에는 어머니와 언니도 함께 와요."

인선이 밝게 웃었다.

"그러자. 내일은 한양으로 올라가야 하겠다."

신명화는 저 멀리 들판을 내려다보면서 중얼거리듯이 말했다. 과거를 보러 한양에 올라갈 생각이었다. 논둑길에서 지게를 지고 소를 몰고 가는 농부와 들밥을 머리에 이고 가는 부녀자, 그 뒤를 졸졸 따라가는 아이들이 보였다.

"아버지, 아버지는 3년 뒤 진사시에 급제할 거예요."

신명화는 인선의 말에 얼굴이 어두워졌다.

"인선아."

"예?"

"알아도 말하지 말아야 할 것이 있다. 옳은 말을 한다고 해도 상대방이 들어서 마음이 상할 것 같으면 하지 않아야 한다."

"예."

인선이 미소를 지었다. 인선은 책을 많이 읽었어도 사람의 심중을 파악하거나 배려하는 것은 아직 어렸다.

두왕산에서 한나절을 보내고 집으로 돌아오기 시작했다. 신명화는 한 손에 빈 바구니를 들고 다른 손으로는 인선의 손을 잡았다.

"다리 아프나?"

신명화가 논둑길에서 인선에게 물었다. 논에는 파란 벼가 낟알이 영글고 있었다.

"괜찮아요."

"아버지가 업어줄까?"

"예."

인선이 활짝 웃었다. 신명화는 인선을 등에 업고 논둑길을 걸었다. 지금은 큰딸 인덕의 혼례를 생각해야 하지만 몇 년 지나지 않아 인선도 시집을 가게 될 것이다.

"아버지."

"응?"

"무슨 생각하세요?"

"우리 인선이가 시집가면 아버지가 심심해서 어떻게 하나? 시집 가지 말고 아버지와 살래?"

"에이, 시집은 가야지요."

"정말 시집가고 싶어?"

"아버지, 내가 시집을 가더라도 아버지를 모시고 살 테니 걱정하지 마세요."

인선은 자기주장이 뚜렷했다.

인선은 주역으로 괘사를 푸는 것을 멈추지 않았다. 그녀의 괘사는 신통방통했고 마을 사람들이 그녀를 신령한 사람 보듯이 대했다.

신명화는 이튿날 한양으로 올라갔다가 가을이 끝나갈 무렵에야 강릉으로 돌아왔다. 그는 한양에서 과거를 보았으나 낙방했다.

마을은 인선의 괘사 때문에 어수선했다.

강릉 북평 마을에 덕보라는 행상이 있었다. 그가 행상을 떠나려고 할 때 그의 아낙이 인선을 찾아와 괘사를 풀어달라고 청했다. 인선이 사양했으나 굳이 풀어달라고 청하여 마지못해 주역으로 점괘를 풀었다. 그러자 표풍낙화飄風落花 적봉산살賊逢山殺이라는 괘사가 나왔다. 꽃잎이 바람에 날려 떨어질 때 산에서 도적을 맞아 죽는다는 뜻이었다.

"어, 어떻게 해요?"

덕보 아낙의 얼굴이 하얗게 변해 인선의 손을 잡았다.

"화를 피하려면 행상을 나가지 말아야 해요."

인선이 어두운 얼굴로 말했다. 그 자리에는 집에서 거느리는 종들을 비롯하여 마을 사람들까지 잔뜩 몰려와 있었다. 인선이 그와 같은 괘사를 말하자 혀를 차면서 수군거렸다.

"흥! 양반댁 꼬마 아가씨가 점쟁이라도 되나?"

덕보는 눈알을 부라리고 행상을 떠났다가 돌아오는 길에 강도를 만나 죽었다. 덕보의 아내가 인선을 찾아와 통곡했다.

"아유, 우리 둘째 아가씨가 귀신같이 맞혔네."

집에서 거느리는 종들과 마을 사람들이 혀를 내둘렀다.

'우리 딸이 정말 주역으로 덕보의 죽음을 맞힌 것인가?'

신명화는 인선이 주역의 괘사를 푸는 것을 보고 자신도 모르게 탄식했다. 주역의 괘사를 푸는 것은 오랫동안 공부한 신명화조차 쉽게 할 수 없었다.

인선이 열 살 때 있었던 일이다.

"인선아."

"예, 아버지."

"앞으로는 다른 사람의 운세를 주역으로 풀어서는 안 된다. 규수가 남의 입에 오르내리는 것은 옳지 않다."

신명화는 인선에게 사람들의 운세를 주역으로 풀지 못하게 했다. 그러나 숨긴다고 되는 일이 아니었다. 그녀는 외할머니의 죽음을 맞혔을 뿐 아니라 종종 사람들의 운세를 맞혔다.

그해 겨울은 유난히 눈이 많이 내렸다. 해마다 질병과 흉년으로 사람들이 죽었고 겨울이 오면 눈 속에서 얼어 죽었다.

이씨는 걸인들이 문을 두드리면 밥상을 차려주고 헌옷가지를 주었다. 더러는 거두어 집에서 일을 하게 하기도 했다. 그 바람에 식량이 항상 부족했다. 이씨는 부족한 식량을 마련하기 위해 뽕나무를 심고 누에를 쳤다.

이씨는 어머니가 풍으로 쓰러져 운신을 못하게 되자 지극정성으로 봉양했다. 이때 이씨는 봉양을 결코 혼자 하지 않았다. 이씨는 아이들과 함께 봉양하여 사람들의 칭송을 받았다. 이씨는 어머니에 대한 효심이 알려져 효녀 칭호까지 받았다.

북평촌에 노미라는 농사꾼이 있었다. 장마가 졌을 때 노미는 인선을 업어서 개울을 건너게 해준 착한 사람이었다. 인선이 주역으로 운세를 풀어보니 급살急煞이 있고 부인에게는 도화살桃花煞이 있었다.

인선은 신명화와 함께 외출했다가 돌아오는 길에 밭에서 일하는 노미를 보았다. 신명화가 오는 것을 본 노미가 밭에서 나와 인사를 했다.

"아저씨, 오늘밤 초상집에 가면 집으로 돌아오지 마세요."

인선이 노미의 얼굴을 가만히 살피다가 말했다.

"아가씨, 그게 무슨 말씀입니까? 마을에 사람이 죽지 않는데 무슨 초상입니까?"

노미가 어리둥절해하며 불쾌한 표정을 지었다.

"오늘만 내 말을 들으세요."

"허허. 무슨 영문인지 모르겠네."

"아저씨에게 급살이 있어요."

"급살?"

노미의 눈빛이 사나워졌다. 신명화는 인선을 제지하려다가 그만 두었다.

"누구네 초상이 났소? 우리 마을에 사람이 죽지 않았는데 무슨 헛소리요?"

노미는 인선을 쏘아보았다. 급살은 사람이 갑자기 죽는 것으로 귀신이 부딪쳐 죽는 것이다. 그러나 노미는 괘사에 급살은 급살이되 살인을 당하게 되어 있었다.

노미가 불쾌한 얼굴로 집으로 돌아오자 과연 마을 노인이 죽었다는 기별이 와 있었다. 노미는 초상집에 가서 일을 하다가 밤이 되자 집으로 돌아왔다. 그런데 도화살이 낀 노미의 아내는 이웃집 남자와 정을 통하고 있었다.

노미는 부인이 간음하는 현장을 목격하고는 두 사람을 죽이려다가 칼을 놓고 돌아섰다. 이때 간부가 칼을 주워들고 노미를 죽였다. 그러한 일이 몇 번 반복되자 신명화도 그녀의 괘사를 믿지 않을 수 없었다.

신명화는 인선을 데리고 한양으로 올라왔다. 인덕은 혼례를 올릴 나이가 되어 이씨가 강릉에서 데리고 있었다.

'한양에 올라오니 인선이가 괘사를 풀지 않는구나.'

신명화는 마당에서 그림을 그리고 있는 인선을 내다보며 미소를 지었다. 인선은 최근 들어 곤충, 벌레, 꽃을 그리는 데 열중했다.

"음, 오늘은 가지를 그렸구나."

때때로 양팽손이 와서 인선에게 그림을 가르쳐주었다. 양팽손을 스승으로 초빙하지 않았는데 스스로 찾아와 그림을 지도하기도 하고 함께 그리기도 했다.

'우리 딸이 이제 규수가 되어가고 있어.'

양팽손과 함께 그림에 대해 이야기하는 모습을 본 신명화는 감탄했다. 그러나 항상 좋은 일만 있는 것은 아니었다.

인선은 그해 여름이 끝나갈 무렵 갑자기 병을 앓았다. 열이 올라 몸이 불덩어리처럼 뜨겁다가 춥다면서 몸을 벌벌 떨며 울었다.

"괜찮다. 울지 마라. 학질은 큰 병이 아니다."

신명화는 인선을 안아주었다.

의원을 불러 약을 썼으나 좀처럼 낫지 않았다.

'학질이 왜 낫지 않는 거지?'

신명화는 인선이 앓는 모습을 보면서 괴로웠다. 인선은 고통스러워하다가 의식을 잃기도 했다. 방 안을 데굴데굴 구르면서 울부짖었다. 그녀의 신음은 가슴을 조각조각 찢는 것 같았다. 인선의 소식을 들은 이씨가 강릉에서 한양으로 달려왔다.

"우리 딸이 이제 어른이 되는 거야."

이씨는 인선을 꼭 안아주었다. 인선은 이씨의 품에서 잠이 들고는 했다. 이씨는 여자가 성인이 되면서 한 달에 한 번씩 겪어야 하는 일, 남자를 만나 부부가 되는 일, 아기를 낳는 일에 대해서 설명해주었다. 인선은 조금씩 병이 차도를 보이더니 열흘이 되자 완전히 회복되었다. 인선의 병이 낫자 이씨는 다시 강릉으로 내려갔다.

인선은 병이 회복되자 많은 생각을 하게 되었다. 그녀는 사람이 왜 기뻐하거나 슬퍼하는지, 화를 내거나 웃는지 생각했다. 생로병사의 원인을 생각하느라고 하루 종일 넋을 놓고 앉아 있을 때도 있었다. 어느 날부터 그녀는 도가道家와 불가佛家의 책을 읽었다. 그녀는 마치 수행하듯이 그런 책들을 구해 읽었다.

가을이 가고 겨울이 왔다. 그해 겨울에는 눈이 유난히 많이 내렸다. 겨울이 가자 봄이 오고 꽃들이 다투어 피었다. 꽃이 지자 여름이 왔다.

쏴아아. 비가 내리고 있었다. 인선은 턱을 괴고 하염없이 밖을 내다보았다. 장독대 앞에 피어 있는 여름 꽃들이 비를 맞아 처량해 보였다. 사랑에서는 양팽손과 신명화가 술을 마시고 있었다. 신명화의 사촌인 신명인도 유쾌하게 어울리고 있었다.

'나는 무엇을 해야 할까?'

인선의 나이 어느덧 열네 살이었다.

'측천무후는 중국의 황제가 되어 천하를 다스렸는데…'

인선은 측천무후를 생각하자 마음속에서 무엇인가 뜨거운 것이 치밀고 올라오는 듯한 기분이 들었다. 그러나 측천무후는 당나라의 여자였고 천 년 전의 일이었다. 지금은 조선시대였고 여자들이 남자 앞에 나서는 것은 죄악이었다.

'나는 여자로 태어난 것이 가장 한스럽고 평민으로 태어난 것이 가장 슬프다.'

인선은 사내들과 당당하게 어깨를 겨루지 못해 우울했다. 조선

천하를 경영하고 싶은 야망이 꿈틀댔으나 여자이기 때문에 아무것도 할 수 없었다.

'조선에서 여자는 남자의 그늘 아래 살아야 한다.'

인선은 그 생각을 할 때마다 슬펐다.

쏴아아. 비는 밤에도 그치지 않고 내렸다. 오히려 밤이 되자 빗줄기가 더욱 굵어졌다. 신명화는 인선의 방에 불이 켜져 있는 것을 보고 우울했다. 인선이 잠을 이루지 못하고 있었다.

'인선이가 왜 잠을 못 이루지?'

인선이 잠을 자지 않자 신명화도 잠이 오지 않았다.

'우리 딸에게 무슨 일이 있는 거야.'

인선은 여름 내내 우울하게 보냈다. 인선이 읽는 책들도 대부분 도가의 책이나 불가의 책이었다.

'인선이 방황하고 있구나.'

신명화는 비로소 인선이 우울해하는 것을 이해했다.

쏴아아. 빗소리를 들으면서 누워 있는데 맹렬한 통증이 엄습해 왔다. 인선은 명치끝을 움켜쥐고 고통스러운 신음을 토해냈다. 매창이 달여온 탕약을 마셨는데 배가 더욱 아팠다.

"어머니…"

매창이 인선의 손을 잡고 울었다. 인선은 눈을 감고 이를 악물었다. 죽을 때 아이들을 괴롭히지 않겠다고 몇 번이나 다짐을 했다. 그러나 창자가 끊어지고 뱃속에서 불이 일어나는 것 같은 통증은 좀처럼 가라앉지 않았다.

"어머니…"

매창이 울음을 멈추지 않았다.

"울지 마라."

인선은 매창을 보면서 얼굴을 찡그렸다. 자신의 고통보다 딸이 슬퍼하는 것이 더욱 안타까웠다.

딸 매창은 시와 그림이 뛰어났다. 그녀의 남편은 충의교위忠毅校尉 조대남이었다. 학문적으로 뛰어난 인물이 아니었으나 딸의 그림과 시를 좋아하여 혼인을 시켰다.

"어머니, 정신 차리세요."

매창이 울부짖었으나 그녀는 점점 정신이 혼미해졌다.

4. 평생의 반려자

우르르. 뇌성이 울었다. 장마가 오는데 천둥번개가 왜 몰아치지
않는가 생각했다.

우르르쾅.

어둠 속에서 불이 번쩍 하고 천지를 조각낼 것 같은 뇌성이 떨어
졌다. 어디에 벼락이라도 친 것일까. 집이 부르르 흔들리고 건넌방에
서 아이가 칭얼대는 소리가 들렸다.

큰아들 선이 낳은 아이가 천둥번개에 놀라 울고 있었다. 맹렬한
통증은 그쳤으나 온몸이 식은땀으로 흥건하게 젖어 있었다.

'죽을 때 고통스럽지 않게 죽어야 하는데…'

인선은 더 고통스럽지 않기를 간절하게 바랐다.

"천하의 신인선이 천둥번개를 무서워해?"

문득 남편 이원수의 목소리가 들렸다. 이원수는 천둥번개가 몰아칠 때마다 무서워하는 인선을 가슴에 안고 껄껄대고 웃었다. 인선은 이원수를 생각하자 가슴이 묵직해져 왔다. 이원수를 사랑했고 이원수를 미워했다.

내가 사랑하는 남자. 내 몸속에 깊이 들어온 남자, 나를 설레게 하고 가슴 뛰게 하는 남자….

이원수를 생각하자 슬픔이 밀려왔다.

아아, 사랑은 한때의 물거품인가.

그렇게 열렬하게 사랑했는데 다른 여자를 품에 안았다. 그것은 인선이 여자로 태어난 것을 괴로워할 때처럼 그녀 가슴을 천 조각 만 조각으로 찢어놓았다.

'서방님….'

인선은 이원수에게 모든 것을 주었고 모든 사랑을 바쳤다. 백가지 꽃으로 술을 담가 주었고, 번번이 과거에 떨어져도 싫은 내색 한 번 하지 않았다.

'내가 사임당인데….'

주나라 문왕을 낳은 태임을 본받겠다고 호호탕탕 큰소리를 치고 사임師任이라는 호를 지었다. 천하에 두려운 것이 없고 무서운 것이 없었다. 임금 앞에서도 당당하여 천하의 신인선이라는 별호를 얻었다.

'부질없는 짓이었어.'

부질없는 짓인데 왜 이렇게 가슴이 아픈가. 자유로운 내 영혼은 어디로 간 것인가. 인선은 천둥번개가 자신에게 떨어지고 있다고 생각했다. 언제였던가. 금강산 유람을 떠날 때도 인선의 마음속에서는 천둥번개가 몰아치고 있었다.

신명화는 나귀를 끌고 나오는 둘째 딸 인선을 보고 얼굴을 찡그렸다. 규수가 몸가짐을 조신하게 하여 시집을 가야 하는데 갑자기 강릉 외가로 돌아가면서 금강산 유람을 하겠다고 나선 것이다.

'그래, 금강산을 보면 우울한 마음을 털어버릴 수도 있겠지.'

신명화는 인선이 금강산을 보면 마음이 달라질지도 모른다고 생각했다.

규수를 혼자 밖으로 내보내는 것은 양반가에서 금기로 여기는 일이다. 그래도 충직한 종 삼돌이를 따라 보내기로 했으니 그나마 안심이 되었다. 또 스스로 주역을 풀어서 대길大吉이라 떠난다는데 만류할 방법이 없었다.

"아버지, 아버지께서는 꼭 강릉 외가로 내려가셔야 해요."

인선이 대문 앞에서 신명화를 응시했다. 신명화는 지난해에 진사시에 급제해 대과를 앞두고 있었다. 그는 조광조, 김식, 김정 등과 어울리면서 공부했다. 그러나 과거에는 기이하게 계속 떨어져 뒤늦게 진사시에 급제한 것이다. 3년 후 급제할 것이라던 인선의 말이 신기하게 들어맞았다.

'그래, 이제 대과를 보자.'

신명화는 과거 공부에 더욱 전념했다. 그러나 인선이 대과를 보지 말고 강릉으로 내려가라고 권하고 있었다. 대과에 급제하면 곧바로 조정에 진출할 수 있어서 신명화는 기대를 갖고 있었다. 그런데 인선이 대과에 응시하는 것을 막고 있는 것이다.

"기묘년에 큰 사화가 일어날 것입니다. 아버지도 위험에 빠지게 됩니다."

인선이 주역을 풀어보고 나서 말하자 신명화는 가슴이 철렁했다.

'어린 것이 무얼 안다고…'

신명화는 딸의 말에 분노하기까지 했다. 그러나 그동안 인선의 괘사가 잘 맞았기 때문에 망설였다. 그는 대과를 보는 과시장 앞에까지 갔다가 포기하고 돌아왔다.

'어려움이 닥치더라도 대과를 보아야 했던 것이 아닐까?'

신명화는 때때로 그렇게 생각했다. 딸의 괘사를 믿고 대과를 포기한 자신이 한없이 어리석게 생각되었다.

'우리 딸은 예사 아이가 아니다.'

신명화는 인선을 믿었다. 그는 현량과도 보지 않고 조광조 등이 천거하려고 해도 응하지 않았다. 조광조는 이미 조정에 진출해 임금의 총애를 한 몸에 받으면서 도학정치를 실현하고 있었다. 도학정치는 송나라 주희의 영향으로 요순시대의 태평성대를 이룩하자는 것이었다.

조광조는 중종의 총애를 받아 신진 사대부들을 대거 조정에 진출

시키고 사림파를 형성했다. 임금은 반정으로 보위에 올랐기 때문에 공신들이 정권을 휘두르고 있었다. 중종은 공신들을 견제하기 위해 조광조 등 사림파를 등용했다. 조광조는 성리학에 바탕을 두고 조정을 대대적으로 개혁하기 시작했다. 현량과를 실시하고 소격서를 혁파해 선비들의 환영을 받았다. 신명화는 조광조 등과 교분을 나누면서 성리학에 바탕을 둔 도학정치를 실현하려고 했으나 딸 인선이 한사코 반대했다.

"아버지는 조정에 나가시면 안 돼요."

인선이 어두운 표정으로 말했다.

"그게 무슨 말이냐?"

신명화가 어리둥절하여 물었다.

"아버지께서 역적이 되시면 역적의 딸인 저는 어떻게 되겠어요? 저는 관노가 될 거예요."

"주역으로 푼 괘사냐?"

"예."

"사내대장부가 큰 뜻을 품었으면서 죽음을 두려워해서야 되겠느냐?"

"아버지는 저에게 화락하라고 했잖아요."

신명화는 인선의 대답에 할 말을 잃었다. 신명화가 대과를 보지 않자 인선은 금강산을 유람하기로 한 것이다.

"나는 대과를 포기했는데 너는 금강산에 오르겠다는 것이냐?"

"저도 노력할게요."

인선이 엷게 웃었다.

"태가 고와서 남장을 해도 규수 티가 나는구나."

신명화는 딸이 나귀에 오르자 웃으면서 말했다.

"아버지, 꼭 강릉으로 내려가세요."

인선이 나귀에 앉아서 말했다.

"알았다. 그런데 우리 약속 하나 하자."

"무슨 약속이오?"

"금강산을 유람한 뒤 너도 반드시 강릉으로 돌아오너라."

신명화는 인선이 혹시 출가할지도 모른다고 막연하게 걱정하고 있었다. 인선이 지그시 입술을 깨물었다.

"약속할게요."

인선이 마지못한 표정으로 대답했다.

신명화는 어서 떠나라고 손을 내저었다. 열네 살 딸이 남장을 하고 길을 떠나는데 잡을 수가 없었다.

딸랑딸랑. 나귀 방울소리가 경쾌하게 울려 퍼졌다. 인선은 나귀에 앉아 꾸벅꾸벅 졸면서 책을 암송했다. 한양을 떠난 지 이레가 되는 날, 비로소 제천에 닿았다. 그녀는 이사온이 살던 제천 봉양 땅을 둘러보기로 했다. 그러나 의림지까지는 아직도 한참을 더 가야 했다.

'아버지께서도 이제는 강릉으로 출발하셨겠지.'

인선은 나귀에 앉아 졸면서도 아버지 신명화를 생각했다. 어머니가 딸만 다섯을 낳아 실망한 눈치였으나 여전히 어머니를 사랑했다. 그녀는 길을 재촉했다. 행운유수, 구름이 가고 물이 흐르듯이 한가한 여정이었다.

"아가씨."

나귀를 끌고 가던 삼돌이 인선을 불렀다.

"제천에 다 왔습니다. 주막에 들러 요기를 하셔야지요."

삼돌은 혼잣말로 중얼거렸다. 인선은 나귀를 타고 가면서 서책을 암송하고 삼돌은 대화를 하듯이 중얼거리는 것이 일과였다. 아름다운 누각이나 정자에 이르면 시 한 수를 읊고 마음에 들면 화구를 펼쳐 그림을 그렸다.

"아가씨."

인선이 대답이 없자 삼돌이 목소리를 높였다.

"왜 그러나?"

"주막에 이르렀습니다. 내리십시오."

"그런가?"

인선은 춘몽에서 깨어나듯 하품을 하고 사방을 둘러보았다. 곧게 뻗은 한길이 세 갈래로 갈라지는데 한쪽은 충주로 가는 길이고 한쪽은 영월로 가는 길이었다. 삼거리에 주막이 한 채 있는데 사람들이 많지 않았다. 인선은 삼돌이 내미는 손을 잡고 나귀에서 내렸다.

'농사철이라 주막도 한가하구나.'

인선은 주막 안을 살핀 뒤 사람들이 식사하고 있는 평상에 올라가 앉았다. 사람들이 일제히 인선을 살폈다. 도포를 입고 갓을 썼으나 흙먼지가 묻어 시골 선비의 궁색한 차림이었다. 얼굴에도 흙먼지가 묻어 더러워 보였으나 눈빛은 기이할 정도로 맑고 알 수 없는 향기가 풍겼다.

"국밥 두 그릇 말아 올릴까요?"

주모가 다가와서 눈웃음을 치면서 물었다. 몸이 뚱뚱한 사십 대 아낙이었다.

"좋소."

인선이 부채를 살랑살랑 흔들면서 대답했다.

"탁주도 올릴까요?"

"그렇게 하시오."

인선의 대답은 시원시원했다. 남장을 했으니 탁주도 한 사발 걸쳐야 한다.

"선비가 계집애처럼 예쁘게 생겼네."

주모는 인선의 얼굴을 새삼스럽게 살피면서 부엌으로 들어갔다. 사람들의 시선도 인선에게 자주 향했다. 삼돌이 나귀를 매어놓고 평상으로 와서 앉았다.

"점심을 먹고 삼돌은 처가로 가게. 삼돌네 처가가 제천이라고 하지 않았나?"

평상에 앉는 삼돌을 보면서 인선이 말했다. 제천에는 삼돌의 처가가 있었다. 삼돌이 휴가를 내어 때때로 처가에 다녀오고는 했었다.

"그렇기는 하지만 아가씨는 어떻게 합니까?"

삼돌이 낯빛이 변해 낮은 목소리로 물었다. 주인집 아가씨를 혼자 돌아다니게 하면 경을 칠 것이다.

"나야 의림지를 돌아보고 금강산에 올라야지."

인선이 대수롭지 않은 일이라는 듯 말했다. 삼돌은 이해할 수 없다는 표정으로 인선을 쳐다보았다.

"아가씨."

"어허."

"아가씨를 어떻게 혼자 몸으로 보냅니까? 길에서 무슨 일을 당할지 어떻게 압니까?"

"내가 길을 나서면 귀인을 만난다고 하네. 나에게 귀인이 누구겠는가? 바로 배필 될 낭군이 아니겠는가? 낭군을 만날지 모르는데 방해할 셈인가?"

인선이 생글생글 웃었다. 다른 사람 입에서 그런 말이 나왔다면 해괴하다고 생각했을 것이다. 그러나 인선을 어릴 때부터 지켜본 삼돌은 그녀의 말을 천금처럼 생각했다.

"아가씨 말씀이니 따르겠습니다."

삼돌이 누런 이를 드러내놓고 싱글벙글 웃으면서 고개를 끄덕거렸다. 인선도 만족한 듯이 부채를 흔들면서 주막을 둘러보았다.

"우리 아가씨는 심성이 따듯하셔."

삼돌은 인선을 보고 있으면 눈이 부셨다.

"임풍옥수臨風玉樹로다."

그때 저만치 떨어져 앉아 있던 홍안의 선비가 감탄하여 중얼거렸다. 임풍옥수가 무엇인가. 바람에 나부끼는 수양버들을 하얀 손으로 가리키는 최종지라는 미소년이 너무 아름다워 이태백이 시를 지어 칭송한 말이다. 인선이 돌아보자 열대여섯 살쯤 되어 보이는 소년 선비가 있었다.

'아…'

인선은 소년 선비와 눈이 마주치자 벼락을 맞은 듯한 기분이었다.

칼날 같은 눈썹에 오똑한 콧날, 하얀 얼굴… 외모가 준수했다. 그러나 무엇보다도 크고 맑은 눈이 강렬했다.

'내가 왜 이러지?'

인선은 재빨리 고개를 돌렸다가 다시 소년 선비를 살폈다. 소년 선비도 그녀를 뚫어질 듯이 쳐다보고 있었다. 그때 주모가 국밥과 탁주를 갖다놓았다. 삼돌이 따른 탁주를 한 모금 마시면서 인선은 가슴이 뛰는 것을 느꼈다.

'저 사람이 귀인인가?'

그러나 알 수 없는 일이었다. 국밥을 숟가락으로 휘젓던 삼돌이 얼굴을 찡그렸다. 인선의 국밥에는 달걀이 들어 있는데 그의 국밥에는 내장과 우거지뿐이었다. 인선은 어디를 가나 사람들의 대우를 받았다. 인선이 양반이고 삼돌이 종이라서가 아니었다. 사람들은 인선을 보면 무엇이든지 주고 싶어 했다.

인선이 빙그레 웃으면서 자기 국밥에 있는 달걀을 건져 삼돌이 국밥에 넣어주었다. 그 모습을 본 주모가 눈을 샐쭉 흘겼다.

'심성도 고우시지.'

삼돌은 가슴이 따뜻해지는 것을 느꼈다. 인선은 강릉에 살 때도 동냥하는 걸인들을 한 번도 그냥 보내지 않았다. 집안이 부유하기는 해도 마을에서 굶어 죽는 사람이 없게 하라는 외조부 이사온의 영향을 받아서 적선을 아끼지 않았다.

'이씨 가의 종이 되면 관리가 되는 것보다 낫다.'

강릉에는 그러한 소문이 널리 퍼져 있었다.

'여기가 외할아버지의 고향인가?'

인선은 국밥을 뜨면서 잠시 생각에 잠겼다. 이사온은 학문도 뛰어났지만 기인이었다. 때때로 손녀들을 앉혀놓고 자신이 돈을 번 젊은 시절 이야기를 하고는 했다.

이사온은 한양에서 태어나 제천에서는 농사를 짓고, 강릉에서는 물고기를 잡았다. 양주에서는 질그릇을 굽고, 안성에서는 장사를 해서 크게 이익을 얻었다. 제천에서 농사를 지을 때는 사람들이 좋은 땅을 서로 양보하였고, 강릉에서 물고기를 잡을 때는 좋은 자리를 알려주었다. 질그릇을 구우면 깨지거나 못쓰게 되는 것이 하나도 없었다.

인선이 금강산을 오르기 전 제천에 온 것은 이사온의 발자취를 더듬어보기 위해서였다.

이사온은 아내와 딸을 잘 거느리고 화목하게 살아 주위의 칭송을 한 몸에 받았다. 그가 머무는 마을은 일 년이 지나면 촌락을 이루고, 이 년이 지나면 읍邑을 이루고, 삼 년이 지나면 도회都會가 되었다. 사람들이 효와 덕이 출중한 이사온을 본받기 위해 구름같이 몰려든 까닭이었다.

이사온이 손녀들에게 한 말이다.

"외조부는 허언(虛言, 거짓말)이 심하다."

인선은 이사온을 머릿속에 가만히 떠올리며 웃었다. 이사온이 한 이야기는 《서경》에 나오는 순 임금 이야기였다. 어찌되었거나 이사온은 양반인데도 닥치는 대로 일했고, 나름대로 돈을 벌어 동해 강릉에 정착했다.

'외할아버지가 제천에서 농사를 지은 곳이 봉양 땅이라고 했는데…'

인선은 의림지를 돌아본 뒤 봉양으로 가야겠다고 생각했다.

신명화는 딸 인선을 떠나보낸 뒤 한동안 집에서 두문불출했다. 조정은 조광조가 방어사 이지방을 함길도로 보내는 것을 그만두게 하면서 어수선했다. 선비들은 조광조가 임금을 가벼이 여겼다며 논쟁이 분분했다.

'강릉으로 내려가기 전에 조광조나 만나보자.'

신명화는 조광조의 집을 향해 걸음을 떼어놓았다. 조광조의 집에는 김식과 김정을 비롯해 사림파의 거두들이 모여 위훈삭제 논의를 하고 있었다. 중종반정으로 공신이 많이 생겼으나 반정에 아무런 공도 세우지 않은 사람들이 뇌물을 주거나 친지들에게 손을 써서 공신이 된 일이 많았다. 조광조와 사림파는 그들을 모두 공신록에서 삭제할 것을 논의하고 있었다.

"위훈삭제는 공신들을 적으로 돌리는 일입니다."

김식이 근엄한 표정으로 말했다.

"가짜 공신들이 활개를 치면 조정이 혼탁해집니다. 반드시 삭제해야 합니다."

조광조가 서슬이 퍼런 눈으로 좌중을 둘러보면서 말했다.

"그럼 위훈삭제는 언제 시작하겠습니까?"

"곧 해야지요."

조광조의 단호한 말에 사림파 선비들이 고개를 끄덕거렸다.

"신공은 현량과를 보지 않을 작정이오?"

조광조가 신명화를 보며 물었다. 사람들의 시선이 일제히 신명화에게 쏠렸다.

"조정에 출사하지 않아도 여러분과 언제나 뜻을 같이한다는 걸 알아주시오."

신명화가 웃으면서 말했다.

"신공은 벼슬에는 뜻이 없고 유유자적하는 걸 좋아하는 모양이오."

김정이 말했다.

"나는 신공이 하루빨리 조정에 나와 우리와 손을 잡고 도학정치를 했으면 좋겠소. 그래, 딸은 잘 있소?"

조광조가 신명화에게 물었다.

"강릉으로 돌아갔습니다."

"딸이 재주가 뛰어난데 누구에게 글을 배웠소?"

"이장곤 대감에게 배웠습니다."

"음."

조광조가 고개를 끄덕거렸다. 사람들이 모두 돌아가고 조광조와 둘이 남았을 때 신명화는 종이쪽지 하나를 내밀었다.

"이게 뭐요?"

"딸이 정암 선생께 드리라고 해서 가져왔습니다."

조광조가 종이쪽지를 펼쳤다.

기묘사화己卯士禍.

종이쪽지에는 네 글자가 씌어 있었다.

"기묘년에 사화가 일어날 것이라고 했습니다."

신명화의 조심스러운 말에 조광조의 얼굴이 굳었다. 사화가 일어난다는 것은 선비들에게 화가 미친다는 뜻이다. 조광조는 피바람이 불어오는 것 같은 기분을 느꼈다.

"공의 딸이 몇 살이오?"

"열네 살입니다."

"여자지만 드문 재원이오. 잘 키우시오."

"기묘년에 정말 사화가 일어납니까?"

"갓바치도 그리 말하였소. 하나, 내 갈 길은 정해져 있소."

조광조가 단호하게 말했다. 그의 눈에서 불이 뿜어나오는 것 같았다.

'조광조는 이미 죽음을 각오하고 있구나.'

신명화는 조광조의 집에서 나오자 강릉으로 떠날 채비를 했다.

삼돌을 처가로 보낸 인선은 나귀를 끌고 의림지로 갔다. 의림지는 드넓은 저수지였다. 수량이 풍부한 연못은 바람이 일 때마다 물결이 찰랑거렸다. 물가의 수양버들은 가지를 길게 늘어뜨리고 노란 나뭇잎을 떨어뜨렸다. 저수지 둑에 있는 정자에서는 선비들이 모여 시회를 열고 있었다. 인선은 부채를 흔들면서 의림지를 구경했다.

'시회나 구경할까?'

인선은 시회가 열리는 정자를 바라보았다. 정자에는 늙수그레한 선비들과 기생들이 둘러앉아 있었다.

"지나던 수자(竪子, 어리석은 선비)입니다. 어르신들께 인사 올립니다."

인선은 정자로 올라가 선비들에게 공손하게 인사를 올렸다. 선비들이 어린 선비 복색을 한 인선에게 곱지 않은 눈길을 보냈다.

"어디서 오는 길인가?"

오십 대 선비가 거만한 표정으로 인선에게 물었다.

"한양에서 오는 길입니다. 본관은 평산 신씨입니다. 어르신들이 정자에서 시를 짓기에 감상코자 하오니 허물치 말아주십시오."

"어린 선비가 무엇을 아는가?"

"그저 배우고자 하는 것입니다."

인선의 말에 선비들이 고개를 끄덕거렸다. 자신을 낮추고 시골 선비들을 받드는 인선이 예의바른 소년 선비라고 본 것이다. 선비들 가운데 한 사람은 인선에게 대견하다고까지 했다. 인선은 그중 한 선비가 지은 시를 낭랑한 목소리로 읽었다.

넓디넓은 푸른 못 그리 아니 맑은데
갑문 지난 물줄기소리 소나기처럼 울리네.

潏沆滄池澄不清
過閘泉飛急雨聲

인선이 시를 읽는 모습을 기생들이 홀린 듯이 응시했다. 오십 대 선비가 흡족한 표정으로 고개를 끄덕거렸다.

"참으로 좋은 시입니다."

인선의 시선이 다른 선비들의 시로 향했다.

넓고도 깊어라 일천 이랑 푸른 물결

안개 속 대낮에도 우렛소리 들리누나.

浩浩淵淵千頃碧

急霧時聞白日雷

인선이 낭랑한 목소리로 시를 읽자 선비들의 눈이 커지고 기생들
의 얼굴에 기뻐하는 표정이 나타났다.

"시를 지을 줄 아는가?"

"보잘것없는 재주이나 어르신들이 명하시면 한 번 지어보겠습
니다."

"그렇다면 한 수 지어보게."

오십 대 선비가 잘라 말했다. 어린 선비가 시를 지어봤자 얼마나
잘 짓겠느냐는 듯한 표정이었다.

인선의 옆에 있던 기생이 재빨리 종이를 펼치고 붓을 건네주었
다. 인선은 잠시 눈을 감았다가 뜬 뒤 빠르게 붓을 놀리기 시작했다.

짙게 바른 가을산 그린 눈썹 흡사한데

둥근 못은 푸른 유리 골고루 깔았구려.

濃抹秋山似畫眉

圓潭平布碧琉璃

인선이 붓을 놓자 옆의 기생이 손뼉을 쳤다.

"어린 선비의 시가 참으로 아름답습니다."

기생은 인선을 넋을 잃고 보았다. 비록 얼굴에 흙먼지가 묻고 귀밑에 솜털이 보송보송했으나 그림처럼 예뻤다. 기생의 가슴을 설레게 하기에 충분했다.

"스승이 어찌되는가?"

"이장곤 대감입니다."

"허, 이장곤 대감의 제자니 이리 뛰어나지. 공부는 어디까지 했는가?"

늙은 선비들은 그제야 인선에게 이것저것 묻고 음식까지 후하게 대접했다. 이장곤이 높은 벼슬에 있었기 때문에 시골 선비들도 그가 누구인지 잘 알고 있었다. 기생들은 다투어 인선의 입에 음식을 넣어주었다.

인선은 정자에서 내려와 갑문 가까이 이르자 나귀에서 화구를 내려 펼쳤다. 정자에서는 멀었으나 둑에 갈대가 무성했다. 군데군데 가을꽃인 들국화가 활짝 피어 청량한 향기를 뿜고 있었다. 화판에 종이를 얹고 붓과 먹통을 꺼내 그림을 그리기 시작했다. 지나가던 선비들이 넋을 잃고 구경하다가 돌아가고, 농사꾼들이 몰려들어 구경했다. 날은 서서히 기울기 시작하고 바람이 차가워졌다.

"어흠."

인선이 그림 그리는 데 열중하고 있을 때 등 뒤에서 기침소리가 들렸다. 인선이 돌아보니 삼거리 주막에서 본 소년 선비였다.

"주막에 계시던 선비 아닙니까? 저를 따라오셨습니까?"

인선이 경계하듯이 새침한 표정으로 물었다. 소년 선비가 뒤에 있어 자신도 모르게 가슴이 철렁한 것이다.

"아니요. 의림지가 명승이라고 하여 한 번 보려고 왔는데 우연히 만난 것이오. 그림이 참으로 좋소. 안견의 화풍이 느껴지기도 하고…."

소년 선비가 칭찬하자 인선의 얼굴이 붉어졌다.

"보잘것없는 솜씨올시다."

"아니요. 그림이 생생하여 눈을 뗄 수가 없소이다."

"핫핫, 선비의 칭찬에 몸 둘 바를 모르겠구려. 선비께서는 어디로 가는 길이오?"

인선은 일부러 남자처럼 목소리를 굵게 하여 물었다.

"충주에 있는 지인을 만나고 집으로 가는 길이오."

"집이 어디요?"

"교하요."

"교하…."

"개성에서 가깝소. 한양의 북쪽이오."

"멀리서 오셨구려."

인선은 자신도 모르게 가슴이 뛰는 것을 느꼈다. 그가 운명의 남자인지도 모른다는 생각이 번개처럼 머리를 스치고 지나갔다. 이렇게 잘생긴 남자의 사랑을 받았으면 좋겠다고 생각했다.

"교하에 밤나무 골짜기가 있소. 율곡이라고 하지요. 선비는 어디로 가시오?"

"나는 금강산을 유람하러 가는 길이오."

"호오. 참으로 좋은 일이오."

소년은 인선에게 바짝 관심을 기울이고 있었다.

"우리 인사나 나눕시다. 나는 덕수 이씨고 이름은 원수라고 하오."

"나는 평산 신씨로 이름은 인선이라고 하오. 이공이 보기에 이 그림이 어떻소?"

인선은 남장했기 때문에 선비의 말투로 이야기를 나누었다.

"내가 그림을 자세히 알지 못하나 참으로 아름답소. 그림과 실제 풍경이 분간이 되지 않소."

수양버들과 물결이 찰랑대는 그림이 세상 밖의 풍경인 듯 아름다웠다.

"과찬이오. 선비께서 여기에 글을 좀 넣어주시겠소?"

인선이 맑은 눈으로 이원수를 응시했다. 그녀의 얼굴이 붉게 상기되어 있었다.

"행여 그림을 욕보일까 봐 걱정이 되는구려."

"하하. 그런 걱정은 마시고 소제小第를 위하여 써주시오."

인선이 이원수에게 붓을 건네주었다. 이원수가 인선보다 나이가 많았기 때문에 동생이라고 칭한 것이다. 이원수는 잠시 생각에 잠기더니 인선의 그림에 글을 쓰기 시작했다.

한가한 날 담소를 나눌 그대 생각에
의림지에서 지기를 얻은 것을 기뻐하노라.

笑談暇日思君彥
喜義林池得知己

이원수가 쓴 글이었다. 의림지에서 인선을 만난 것이 기쁘고 다시 만나 이야기를 나누고 싶다는 간곡한 뜻이 숨어 있었다.

인선과 이원수가 각각 낙관을 찍었다. 가을이라 해가 짧았다. 의림지에 물결이 높게 일고 해가 기울기 시작했다.

"의림지는 경치가 아름다워 하루 종일 보아도 싫증을 느끼지 못한다고 하오. 한데 날이 벌써 저물고 있구려. 어디서 유숙할지 모르나 저 아래 주막에서 하룻밤 쉬면서 이야기나 나누는 것이 어떻소?"

이원수가 인선을 응시하며 물었다.

"노숙을 할 수도 없으니 주막으로 들어가야지요."

인선은 화구를 챙기면서 낮은 목소리로 대답했다. 남정네와 주막에 들어가 잠을 자야 한다는 사실이 부담스러웠다. 그러나 주막에는 봉놋방이 하나였기 때문에 양반과 상민, 천민까지 어우러져 잤고, 여자가 길을 나서면 특별히 주인의 방을 빌려 잠을 자야 했다. 그런 일이 번거로워 남장을 하고 여행길에 나섰으나 밤만 되면 남자들 틈에서 잠을 자야 하는 일이 괴로웠다. 그나마 삼돌이가 있을 때는 챙겨주었으나 이제는 그녀가 알아서 해야 했다.

인선은 이원수와 함께 주막으로 가서 저녁을 먹으며 많은 이야기를 나누었다. 이원수는 자신이 교하의 두운리에 산다는 이야기를 했고, 인선은 강릉의 북평촌에 산다는 사실을 이야기했다. 이원수와는 뜻이 통하고 말이 통하는 것 같았다.

인선은 남자 형제가 없었다. 그녀는 언니 하나에 여동생 셋뿐이었다. 주막의 봉놋방에는 손님이 없었다. 밤이 늦어지자 이원수는 아랫목에서 자고 인선은 윗목에 떨어져 잠을 잤다. 그러나 쉽사리 잠이 오지 않았다.

다음 날 인선은 삼거리 주막에서 이원수와 헤어졌다.

"공을 만나려면 어디로 가야 하오?"

이원수가 손을 잡고 물었다. 인선은 이원수가 손을 잡자 가슴이 뛰었다.

"강릉 북평촌의 신 진사 댁을 찾아오시면 됩니다. 그건 왜 묻소?"

"기회가 되면 찾아가려고요. 박대하지는 않겠지요?"

"우리 집에서는 손님을 박대하지 않습니다."

인선이 생글생글 웃음을 지었다 이원수는 한양으로 향해 길을 떠나고 인선은 봉양으로 떠났다. 이원수와 헤어져 걸음을 떼어놓는데 이상하게 걸음이 떨어지지 않았다.

인선은 봉양에서 외조부 이사온이 살던 집과 농사를 짓던 땅을 둘러보았다. 봉양에서 살던 사람들은 인선이 이사온의 외손주라고 하자 반가워했다. 그들은 이사온이 호탕한 인물이고 농사를 지으면서도 학문을 게을리하지 않았다고 했다.

'할아버지는 낮에 농사를 짓고 밤에 공부를 하셨구나.'

인선은 이사온의 젊은 시절을 돌아보고 양주로 향했다. 양반인데도 이사온은 양주에서 질그릇을 구워 팔았다.

"질그릇을 굽는 마을은 저쪽 산비탈에 있소."

양수척 마을에 이르러 물어보니 쇠꼴을 베고 있던 건장한 사내가 대답했다. 그는 더벅머리에 웃통을 풀어 젖히고 있었다.

"우리 외조부가 임가 성을 쓰는 사람과 같이 질그릇을 구웠다고 하는데 성씨가 어떻게 되시오?"

인선이 건장한 사내에게 물었다.

"내가 임가요."

사내가 인선을 쳐다보는데 눈이 부리부리했다.

"그럼 양반 이사온을 아시오?"

"나는 모르고 아버지가 아실 것이오. 아버지, 나와 보시오."

사내가 밭에서 일하는 노인을 향해 소리를 질렀다.

"왜?"

노인이 소리를 질렀다.

"나와 보시오."

사내가 소리를 지르자 허리가 구부정한 노인이 들깨밭에서 나왔다. 그는 인선을 아래위로 살피며 눈을 비볐다. 인선은 노인에게 외할아버지 이사온에 대해서 이야기했다.

"아유, 아씨를 꼭 닮았네."

노인은 손이라도 잡을 듯이 인선을 반가워했다.

"아씨는 누구를 말하는 겁니까?"

"외조부 따님, 그러니까 도련님 어머니지요. 우리 아씨가 귀공자를 낳으셨네. 아유, 소인 인사 올립니다."

노인이 길바닥에 엎드려 절을 했다.

"일어나세요. 저는 그냥 외할아버지가 사시던 곳을 둘러보는 것뿐이에요."

인선은 노인의 어깨를 잡아 일으켰다.

"거정아. 인사 올려라. 주인댁 도련님이다. 아, 뭐해? 절을 올리라니까."

노인이 호통을 치자 사내가 마지못한 듯이 어리둥절한 표정으로 절을 올렸다. 인선은 당황하여 그들을 일어나게 했다. 나중에 안 일이었으나 노인은 이사온이 젊었을 때 주인으로 모셨다고 했다. 백정 출신으로 가족을 이끌고 떠돌던 임 노인이 양주에 정착한 것도 이사온 덕분이어서 그를 은인으로 생각하고 있었다.

인선은 이사온이 살던 마을을 둘러보고 임 노인 집에서 하룻밤을 묵었다. 임 노인은 인선을 극진하게 대접했다. 이튿날 인선은 임 노인의 배웅을 받으면서 곽산으로 향하기 위해 길을 떠났다. 임 노인은 아들 거정에게 곽산까지 길안내를 해주라고 지시했다. 인선은 임거정의 안내를 받으면서 곽산으로 향했다.

"도련님, 양반의 자제는 모두 곱습니까?"

나귀를 타고 한나절을 갔을 때 임거정이 물었다.

"그게 무슨 말인가?"

인선은 나귀에 앉아서 임거정에게 물었다.

"도련님께서 여자처럼 고와서요."

"다 그런 것은 아니지."

인선은 임거정의 말에 공연히 얼굴이 붉어졌다. 길을 가면서 인선은 임거정과 이런저런 이야기를 나누었다. 임거정은 눈이 부리부리하여 장수의 상을 갖고 있었으나 순박했다.

"도련님, 저기가 고석정입니다."

임거정이 한탄강 앞의 깎아지른 듯한 절벽에 있는 정자를 가리켰다. 인선이 바라보니 기암절벽이 황홀하게 아름다웠다.

"참으로 아름답구나."

인선은 눈이 부신 풍경에 넋을 잃었다.

"소인이 어릴 때 놀던 곳입니다."

임거정이 해맑게 웃었다. 고석정을 지나 직탕폭포에 이르렀다. 내는 넓고 물은 깊었다. 인선은 나귀를 타고 내를 건넜다. 인선은 그에게 사주를 물어 풀어보았다.

'큰 도적이 될 인물이구나.'

인선은 임거정의 사주를 풀어보고 경악했다. 그러나 임거정에게는 내색하지 않았다. 인선은 임거정과 헤어져야 하겠다고 생각했다.

"여기서부터 곽산까지는 나 혼자 갈 수 있을 거다. 내 나귀를 줄 테니 가지고 돌아가라."

"도련님, 나귀가 없으면 어떻게 길을 가십니까?"

"곽산에 이르면 나귀가 필요 없게 된다."

"그럼 편히 돌아가십시오."

임거정이 나귀를 끌고 멀어져가기 시작했다. 인선은 그가 보이지 않을 때까지 바라보다가 터벅터벅 걸음을 떼었다.

인선은 직탕폭포에서 임거정과 헤어진 뒤 사흘이 지나 금강산 입구인 곽산에 이르렀다. 그녀는 곽산에 이를 때까지 내내 임거정과 이원수를 생각했다. 임거정은 백정 출신이었으나 단순하고 우직했다. 그런데 그가 수많은 사람을 죽음으로 이끌 사주를 갖고 태어난 것이다.

'임거정은 비참하게 죽게 된다.'

인선은 임거정에 대한 생각을 멈출 수 없었다.

'이원수는 교하로 돌아가고 있겠지.'

인선은 터벅터벅 길을 걸으면서 이원수를 생각했다. 길을 걸을 때나 잠을 잘 때나 이원수의 환하게 웃는 얼굴이 떠오르고는 했다.

'한가한 날에 담소를 나누자고?'

인선은 곽산의 한 농가에 누워 이원수를 생각했다.

쏴아아.

가을비 내리는 소리가 마치 우박이 쏟아지는 것 같았다. 곽산군의 농가에는 금강산에 오르기 위해 선비 일곱이 송도에서 와 있었다. 인선은 그들과 일일이 인사를 나눈 다음 동행하기로 했는데 밤부터 비가 내리기 시작한 것이다.

'비가 오면 날씨도 추워질 텐데….'

인선은 밖에서 내리는 빗소리에 귀를 기울였다. 그때 삿갓을 쓴 사내가 농가를 찾아들었다.

"선비님들께서 계셨군요. 천민 갖바치가 인사 올립니다."

비에 흠뻑 젖은 사내가 선비들에게 인사했다.

"방이 하나뿐이니 어쩔 수 없지. 거기 윗목에서 자게."

선비들이 갖바치에게 퉁명스럽게 말했다. 인선은 갖바치를 힐끗 쳐다보았다. 사내의 눈이 쏘는 듯 강렬했다. 갖바치도 그녀를 응시했으나 말을 건네지는 않았다. 인선은 밤이 깊을 때까지 잠을 이루지 못하다가 새벽에야 간신히 잠이 들었다.

'비가 그쳤구나.'

봉놋방이 어수선해서 눈을 떠보니 갖바치 사내는 산을 향해 떠나고 없었다.

'천민이 양반하고 같이 다닐 수는 없겠지.'

인선은 갖바치 사내가 먼저 산에 오른 것을 이해할 수 있었다. 선비들은 자리에서 일어나 의관을 갖추느라고 분주했다. 인선도 주섬주섬 의관을 갖추고 밖을 내다보았다. 비는 그쳤으나 날이 아직 어두침침했다. 세수를 하려고 밖으로 나오자 구름과 비안개가 산을 덮고 있었다.

행장이 갖추어졌을 때 농가의 아낙이 아침상을 들여왔다. 인선은 선비들과 아침식사를 했다.

주막에서 금강산까지는 20리 정도밖에 되지 않았다. 그러나 금강산은 여전히 구름과 비안개가 자욱하여 사방이 어두웠다.

"어허. 비가 올 것 같은데 산에 오를 수 있겠나?"

산을 오르려는 선비들이 모두 근심에 싸여 웅성거렸다.

"풍악楓岳을 구경 왔다가 구름과 안개 때문에 보지 못하고 그냥 돌아가는 일이 비일비재합니다. 표훈사表訓寺까지 가면 괜찮을 것입니다."

길을 안내하기로 한 농가 주인이 말했다. 그는 사십 대 초반의 나무꾼으로 평소에는 밭농사를 짓고 숯을 구워 팔면서 금강산에 오르는 사람이 있을 때는 길안내도 한다고 했다. 금강산은 봄이면 금강산, 여름에는 봉래산, 가을이면 풍악산, 겨울에는 개골산이라고도 불렀다.

"가다가 비를 만나면 어쩌겠는가?"

홍 참봉이라는 사람이 마땅치 않은 듯이 말했다. 그는 사십 대 후반으로 몸도 뚱뚱했다.

"비가 오면 맞아야지요. 날씨로 봐서 눈이 올지도 모릅니다."

나무꾼이 산 위의 하늘을 쳐다보면서 말했다. 사람들이 모두 산을 쳐다보며 웅성거렸다.

"어쨌든 기왕에 나선 길이니 출발합시다."

삼십 대로 보이는 윤 생원이라는 사람이 앞장을 서자 사람들이 괴나리봇짐을 등에 지고 뒤를 따랐다. 인선도 지팡이로 땅을 짚으면서 행렬을 따라 걸었다. 농가를 나와 산을 오르기 시작하자 주위의 숲이 절경을 이루었다. 울창한 수목은 바람이 일지 않는데도 나뭇잎이 하늘거리며 떨어지고 키 작은 나무들은 울긋불긋 단풍이 화려했다. 행렬은 깨끗한 물이 흐르는 계곡을 따라 올라갔다.

'산이 참으로 험준하구나.'

인선은 얼마 지나지 않아 숨이 차기 시작했다. 산이 험준하고 가팔라 걸음을 떼어놓기가 쉽지 않았다. 주막에서 15리쯤 걷자 음산한 구름 사이로 햇빛이 비치기 시작했다.

"젊은이, 괜찮은가?"

인선 앞에 가던 박 선비라는 사람이 물었다. 그는 유학儒學으로 오십 대의 늙수그레한 사내였다.

"예. 괜찮습니다."

일행은 모두 숨이 차서 헐떡거렸다.

"기운들 내십시오. 저 고개까지 올라가면 일만이천 봉우리가 보입니다."

안내하는 나무꾼이 말했다. 일행은 모두 고개에 올라가 쉬기로 했다. 고개까지 오르는 데 다시 한 시진이 걸렸다. 그러나 고개에 오르자 구름과 안개가 걷히고 하늘이 청명하게 개었다. 사람들이 모두 눈앞에 병풍처럼 펼쳐진 수많은 봉우리를 보고 탄성을 내뱉었다.

'아아, 금강산의 가을 경치가 무척 아름답구나.'

인선은 기암괴석으로 이루어진 봉우리를 보면서 황홀해했다. 눈앞에 펼쳐진 풍경은 꿈에서도 볼 수 없을 정도로 아름다웠다.

"여기가 절재라는 고개입니다. 금강산을 오르려면 누구나 이 고개를 통과해야 합니다."

나무꾼이 수많은 봉우리를 손으로 가리키면서 말했다.

"그런데 왜 절재라고 부르는가?"

"여기 오르면 멀리 산이 보이고 산이 보이면 누구나 절을 하는 것처럼 고개를 숙이기 때문에 절재라고 합니다."

나무꾼의 말에 저절로 고개가 끄덕거려졌다. 그래서 그런지 왼쪽에 배점(拜岾, 절하는 고개)이라는 이정표가 세워져 있었다.

절재에는 종각鐘閣이 하나 세워져 있었는데 우뚝 솟은 종각의 단청이 햇빛에 반사되어 그 경치 또한 산문山門의 일대 장관이었다.

'여기서 그림을 한 폭 그려야겠구나.'

인선은 사람들과 헤어져 절재에 남았다. 선비들이 모두 혼자 남는 것은 위험하다고 만류했다. 그러나 인선은 완강하게 남겠다고 주장했다. 선비들은 어쩔 수 없다는 듯 인선을 남겨놓고 떠났다. 인선은 괴나리봇짐에서 화구를 꺼내 그림을 그렸다. 수많은 봉우리를 하나하나 세어보았으나 일만이천 개나 된다는 봉우리를 다 셀 수 없었다.

'저 많은 봉우리… 저 많은 계곡… 수천 년을 비바람 속에 서 있었겠구나.'

인선은 그림을 그리면서 많은 생각을 했다. 수많은 시인묵객이 절재에 올라 그림을 그리고 시를 지었을 것이다. 인선은 그림 한 폭을 그린 뒤 다시 출발하여 표훈사에 이르렀다.

표훈사에는 먼저 길을 떠난 갖바치가 머물고 있었다. 표훈사 주지는 갖바치에게 정중하게 대했다.

'범상한 인물이 아닌 것 같구나.'

인선은 갖바치가 예사 인물이 아니라고 생각했다. 인선은 주지 청명대사와 상의하여 표훈사에 며칠 동안 머물기로 했다.

인선은 쓸쓸했다. 수진동 본가에서 나와 의림지를 비롯하여 양주를 떠돌다가 금강산에 이른 것은 허망한 마음 때문이었다. 여자로 태어났기 때문에 아무것도 할 수 없다는 사실이 서글펐다. 사람이 왜 태어나고 죽는지, 희로애락의 근원이 무엇인지 해답을 찾을 수 없었다. 굳이 금강산을 오르는 것은 불가에서 해답을 얻지 않을까 해서였다. 경우에 따라서는 출가해서 깨달음을 얻을 생각이었다.

인선은 청명대사와 많은 이야기를 했다. 대웅전에서 백팔배를 올리면서 부처에게 길을 묻기도 했다. 그러나 부처는 신비로운 미소만 짓고 있을 뿐 해답을 주지 않았다.

인선은 표훈사에서 사흘을 머물면서 그림을 그렸다. 첩첩 산을 보고 기암괴석과 울울창창한 숲을 그리는데 갖바치가 올라왔다. 그날도 표훈사 뒤의 산등성 바위에 앉아서 그림을 그리고 있었다.

"어흠."

등 뒤에서 기침소리가 나서 돌아보니 삿갓을 눌러 쓴 갓바치가 서 있었다. 그는 이미 중년에 이르렀으나 눈빛이 깊고 그윽했다.

"선비는 출가하러 온 것이 아니오?"

갓바치가 삿갓을 걷어 올리더니 깊은 눈으로 인선을 쏘아보았다. 인선은 여차하면 출가하기 위해 길을 나섰었다. 금강산을 두루 구경한 뒤에 출가하려고 생각했으나 신명화의 얼굴이 떠올라 괴로워하고 있었다.

"어찌 내 속을 아시오?"

인선은 갓바치를 살피며 퉁명스럽게 내뱉었다.

"내가 왜 여자로 태어났는지 알고 싶고 여자로 태어난 것이 한스럽소?"

갓바치의 말에 인선은 흠칫했다. 갓바치가 자신이 여자라는 사실을 눈치챈 것이다.

"그대는 점쟁이요?"

"인생은 덧없는 것이오. 하나 사람으로 태어나고 그중에 여자로 태어난 것도 복이오."

"여자로 태어난 것이 무슨 복이오?"

"세상에는 수많은 생령이 있소. 사람을 비롯하여 개돼지와 같은 가축… 온갖 새와 짐승… 한낱 미물인 벌레. 그들은 왜 태어나고 존재

하겠소? 하찮은 돌멩이나 풀 한 포기도 다 존재 이유가 있소이다."

인선은 갓바치와 많은 이야기를 나누었다. 그는 천민이었으나 학문이 깊었다. 한낱 돌멩이도 존재하는 이유가 있는데 여자인 내가 존재할 이유가 없다는 말인가? 인선은 쇠망치로 머리를 한 대 맞은 듯한 기분이었다. 인선은 갓바치 덕분에 깨달음을 얻었다.

표훈사에는 승려가 여럿 있었다. 인선은 표훈사를 떠나기로 했다. 승려들과 인사를 나누는데 청명대사가 사미승을 데리고 왔다.

"사미가 시주를 안내할 것입니다."

사미는 기껏해야 인선의 나이밖에 되지 않아 보였다. 합장을 하고 인선을 쳐다보는데 눈빛이 파르르 떨렸다.

"여기서 내금강을 유람하는 데는 두 갈래 길이 있습니다."

청명대사가 염주알을 굴리면서 말했다.

"어느 어느 쪽 길이 있습니까?"

"이 절의 동쪽에 보덕관음굴普德觀音窟이 있습니다. 사람들이 사찰을 순례할 때는 으레 여기서 시작합니다. 하지만 이곳은 골짜기가 깊고 길이 험합니다. 서북쪽에 정양암正陽庵이라는 암자가 있는데, 우리 태조께서 창건한 암자로 법기보살法起菩薩의 존상尊相을 봉안한 곳입니다. 비록 경사가 급하고 높기는 하지만 거리가 비교적 가까워 충분히 올라갈 수 있고, 또 이 암자에 오르면 풍악의 여러 봉우리를 한눈에 다 볼 수 있습니다."

청명대사가 빙그레 웃으며 말했다. 인선은 정양암 쪽으로 길을 잡고 사미승의 안내를 받아 가파른 비탈길을 올랐다. 정양암 일대의 수많은 계곡과 봉우리도 눈이 시리게 아름다웠다.

'절재보다 여기 경치가 더 아름답구나.'

인선은 눈앞에 펼쳐진 수많은 봉우리를 보고 감동에 젖었다. 인선은 다시 화구를 펼치고 그림을 그렸다.

"시주께서는 참으로 훌륭한 재주를 가지고 계십니다."

사미승이 인선의 그림을 보고 찬탄을 아끼지 않았다. 정양암 주위의 여러 암자를 돌아본 뒤 어스름 저녁에 장안사長安寺에 도착했다. 장안사는 대웅전이 2층 누각으로 건축되어 있고 가람 여러 채가 대웅전을 둘러싸고 있었다.

'수백 년 된 고찰이라 더욱 웅장하구나.'

인선은 장안사의 객방에 누웠으나 쉽사리 잠이 오지 않았다. 장안사는 산으로 둘러싸인 사찰이었다. 숲을 지나가는 바람소리에 제대로 잠을 이루지 못하는데 새벽 종소리가 심란했다.

이튿날은 눈발까지 날렸다. 산이 높고 골이 깊어 9월인데도 어지럽게 눈발이 날리고 있었다.

'눈이 쌓이면 미끄러울 텐데 어떻게 하지?'

인선은 산길을 걷는 일이 걱정되었다. 산이라 바람도 차가웠다. 인선은 공연히 금강산을 오르는 것이 아닌가 하고 생각했다.

'내가 금강산을 오르는 것은 단순하게 경치를 구경하기 위해서가 아니다.'

인선은 눈보라가 사납게 몰아치자 입술을 깨물었다. 인선이 눈발을 맞으며 유점사에 이르렀을 때 뜻밖에 이원수가 대웅전 앞에 앉아 있었다.

"이공이 유점사에는 어쩐 일이시오?"

인선은 깜짝 놀라서 자신도 모르게 미소를 지었다.

"집으로 돌아가다가 문득 금강산을 구경하고 싶어 발길을 돌렸소이다. 신공도 보고 싶었소."

이원수가 환하게 웃었다. 보고 싶었다는 이원수의 말에 인선은 가슴이 찌르르 울리면서 얼굴이 화끈거렸다.

"잘했소. 이공을 만나니 참 반갑소."

인선은 생사를 알 수 없던 동기간이라도 만난 듯 이원수를 만난 것이 즐거웠다.

"신공, 오늘 월출봉에 오르지 않겠소?"

점심을 먹고 나자 이원수가 인선을 살피면서 물었다.

"월출봉이오?"

"월출봉에 달이 떠오르는 것은 다시 없는 장관이라고 합디다."

"눈이 오는데 오를 수 있겠소?"

"한번 가봅시다."

인선은 표훈사 사미승을 돌려보내고 이원수와 함께 월출봉을 향해 걷기 시작했다. 눈은 점점 그쳐 가고 있었으나 길이 미끄러웠다. 그러나 날이 보름이었다. 월출봉에서 달이 떠오르는 것을 보려면 보름이어야 했다. 인선은 몇 번이나 엎어지고 넘어지면서 월출봉을 오르기 시작했다. 인선이 엎어지고 넘어지거나 미끄러질 때마다 이원수가 손을 내밀어 잡아주었다. 간신히 월출봉에 이르렀을 때는 날이 어두워지고 달이 떠올랐다. 9월 보름이라 만월이 두둥실 떠오르자 첩첩 봉우리 위로 푸른 달빛이 가득했다.

'아….'

인선은 월출봉에서 내려다보이는 수많은 봉우리에 달빛이 가득한 것을 보고 자신도 모르게 탄성을 내뱉었다.

"참으로 장관이오. 마치 신선이 살고 있는 것 같지 않소?"

이원수도 감동에 젖어 떨리는 목소리로 외쳤다.

"동방의 사람들이 금강산에 오르는 것이 꿈이라고 하는데 틀린 말이 아닌 듯합니다."

"금강산에 와서 월출봉에 올랐으니 이제 죽어도 여한이 없을 것 같소."

"정말 금강산은 신선들이 사는 곳 같아요."

인선은 이원수에게 맞장구를 쳤다. 그러나 눈이 그친 월출봉은 맹렬하게 추웠다. 푸른 달빛 아래 수많은 봉우리가 신비스러웠으나 추위 때문에 오래 서 있을 수가 없었다. 월출봉에는 유람하는 사람들을 위해 작은 암자가 있었다.

"저기 암자로 들어갑시다."

이원수가 암자를 가리켰다. 인선은 이원수와 월출봉에 있는 암자의 방으로 들어갔다. 암자는 중이 없어 비어 있었고 방바닥은 차가웠다. 문들도 창호지에 구멍이 숭숭 뚫려 있었다.

"춥지 않소?"

"추워요."

"내가 탁주를 가져왔는데 마시겠소? 술을 마시면 추위를 참을 수 있을 거요."

이원수가 괴나리봇짐에서 호리병을 꺼냈다. 푸른 달빛이 창으로 스며들어왔다. 인선은 이원수와 함께 술을 마셨다. 서서히 취기가 오르는데도 추위는 여전했다. 인선은 방바닥에 누워 잠을 청했다.

"아무래도 우리 체온으로 몸을 따뜻하게 해야겠소"

방바닥에 누워 몸을 떨자 이원수가 인선을 껴안으면서 말했다. 인선은 가슴이 철렁했으나 이가 딱딱 부딪칠 정도로 추워서 어찌할 수 없었다. 몸을 바짝 웅크리고 이원수의 넓은 가슴에 안겼다.

'아아, 규수가 이게 무슨 짓인가?'

인선은 거의 뜬눈으로 밤을 새웠다. 남자의 품에 안기면 안 된다고 생각하면서도 그의 품을 파고들 수밖에 없었다. 새벽에 눈을 뜨자 암자에서 잠을 잔 일이 꿈만 같았다. 이원수는 괴나리봇짐에서 자신의 헌옷을 꺼내 인선에게 덮어주고 자신은 벽에 기대어 벌벌 떨고 있었다.

"이공."

"일어났소? 아침이라 날씨가 몹시 춥소."

이원수가 눈을 뜨고 환하게 웃었다.

"거기 앉아 밤을 새웠소?"

"아니요. 조금 전에 일어났소."

아침에 암자에서 나와 길을 재촉하여 선녀담에 이르렀다. 선녀담에 암자와 중이 있어서 절밥을 얻어먹고 따뜻한 객방에서 쉬었다.

인선은 한나절을 쉰 뒤 다시 유람을 시작하여 구룡폭포에 이르렀다.

'아아, 참으로 아름답구나.'

인선은 장쾌하게 쏟아지는 물줄기가 너무 아름다워 입이 다물어지지 않았다. 이원수도 쏟아지는 폭포를 보면서 넋을 잃고 있었다.

'잘생긴 소년 선비다.'

인선은 이원수의 옆얼굴을 보면서 가슴이 울렁거렸다. 외금강의 만물상 계곡과 봉우리는 기기묘묘했고 수정봉에는 수정이 많았다. 인선은 예쁜 수정 몇 개를 주워 괴나리봇짐에 갈무리했다.

"동생들에게 주려는 거예요."

이원수가 의아한 표정을 짓자 인선이 생긋 웃었다. 이원수도 환하게 웃는데 인선은 가슴이 설레었다.

인선은 이원수와 함께 내금강과 외금강을 모두 구경했다. 때때로 눈발이 날리기도 하고 빗발이 뿌리기도 했으나 금강산 전체가 절경이었다. 인선은 그와 함께 금강산 곳곳을 구경한 뒤 온정리에 이르러 헤어지기로 했다. 언제까지나 그와 함께 돌아다닐 수는 없었다.

"신공, 여기서 헤어져야 할 것 같소."

온정리 삼거리에서 이원수가 아쉬운 표정으로 말했다.

"그러게 말이오. 인연이 있으면 다시 만나기를 바라오."

"강릉 북평촌이 집이라고 했지요?"

"왜요. 찾아오기라도 하게요?"

"내 반드시 북평촌으로 찾아갈 거요. 잘 가시오."

이원수가 손을 흔들고 발길을 돌렸다.

"잘 가시오."

인선도 손을 흔들고 고성으로 향했다. 이원수는 추지령 쪽으로 걸음을 놓았다.

'우리가 다시 만날 수 있을까?'

이원수와 헤어지자 걸음이 잘 떨어지지 않았다. 공연히 눈물이 흘러내려 옷깃을 적셨다.

인선은 걸음을 재촉하여 철령에 이르렀다. 철령은 고려 때부터 군사요충지였다.

"한 사람이 관문을 지키면 만 명이 공격해도 문을 열 수 없다."

사람들이 철령을 일컬어 하는 말이었다. 사람들은 철령 동쪽을 관동이라고 불렀다. 철령을 넘어 계속 걸어서 고성에 이르렀다.

"아유, 소인은 아가씨가 변이라도 당했는지 얼마나 가슴을 졸였는지 모릅니다."

삼돌이 인선의 앞뒤를 살피면서 의아한 표정을 했다.

"왜 그러나?"

"아가씨, 나귀는 어찌하셨습니까?"

"팔아버렸네."

"예?"

"나귀를 타고 금강산을 어찌 오르겠나?"

"과연 우리 둘째 아가씨입니다."

삼돌이 너털대고 웃음을 터뜨렸다.

"아가씨, 별일 없으셨지요? 변을 당한 일도 없고요?"

"내가 왜 변을 당해?"

"오시기로 한 날짜에 오지 않았으니 그렇지요. 그래, 금강산 구경은 잘하셨습니까?"

"잘했지. 이제 해금강이나 구경할까?"

"해금강이오? 댁으로 돌아가지 않으십니까?"

삼돌이 눈을 끔벅거렸다.

"박 서방이나 나나 언제 해금강을 구경하겠어? 평생 못하게 될지도 모르잖아?"

"그, 그렇기는 합니다. 그래도 주인나리께서 아시면 소인이 경을 칩니다. 나리께서 아가씨 혼자 유람하신 것을 알면…."

"아버지가 어떻게 아시겠어?"

인선은 선착장으로 가서 해금강을 도는 배를 수소문했다. 다행히 해금강을 운행한다는 배가 있었다. 한양에서 온 선비 다섯이 배를 예약해놓았는데 인선도 삼돌을 데리고 이튿날 아침에 출발하기로 했다.

"삼돌이, 탁주 한 사발 받아오게."

밤이 되어도 잠이 안 오자 인선이 삼돌에게 지시했다.

"예? 아가씨, 규수가 무슨 술입니까?"

삼돌이 눈을 크게 뜨고 입을 딱 벌렸다.

"술도 음식인데 왜 그래?"

"그런 말씀 마십시오. 나리께서 아시면 소인은 맞아죽습니다."

"어허! 천하의 신인선을 뭘로 보고…."

인선이 눈을 부릅뜨자 삼돌이 마지못해 탁주 한 호리병을 받아왔다.

"아가씨 때문에 아무래도 소인 명줄이 짧아질 것 같습니다."

삼돌이 울상을 지었다. 인선은 술 한 호리병을 다 마시고 잠을 잤다. 이튿날 인선은 날이 밝기도 전에 선착장으로 나갔다. 선주와 배꾼들은 이미 준비를 다해놓고 있었다. 날이 밝지는 않았으나 바람은 잔잔했다. 한양에서 온 선비들도 선착장에 나와 있었다. 그들은 승지 벼슬을 한 사람도 있고 왕가의 사람도 있어서 옷차림이 화려했다. 인선은 그들에게 공손하게 인사를 했다.

"자, 모두 배에 오르십시오."

선장의 지시로 선비들이 배에 오르고 인선도 배에 올랐다. 뒤이

어 선비들의 종과 삼돌도 배에 올랐다.

"출항!"

선장의 지시가 떨어지자 배꾼들이 노를 젓기 시작했고 배가 서서히 앞으로 나아갔다. 바다는 검푸른 빛이고 바람은 잔잔했다. 인선은 처음 배를 타서인지 멀미가 약간 났다. 그러나 곧바로 해가 뜨기 시작해서 장엄한 일출을 볼 수 있었다.

"일출이다!"

바다의 수평선에 붉은빛이 비치기 시작하자 배꾼들이 먼저 소리를 질렀다. 인선은 갑판에서 붉은 노을이 번지기 시작하는 수평선을 응시했다.

'아….'

수평선의 붉은빛은 좌우로 뻗쳐 있더니 점점 밝아지기 시작했다. 배꾼들도 노를 멈추고 수평선을 향해 몸을 돌렸다. 붉은빛이 점점 크게 번지더니 쟁반같이 둥근 해가 떠올랐다.

"와아!"

사람들이 환성을 질렀다. 수평선 위로 서서히 떠오르다가 어느 순간 돌연히 솟아오른 붉은 해는 너무 밝아서 눈이 부셨다. 가슴이 먹먹할 정도로 감동적인 순간이었다.

"장관이야, 장관이야."

선비들은 수평선을 바라보면서 환성을 지르고 탄성을 내뱉었다.

'장엄하다.'

인선은 황금빛의 거대한 해를 보고 그 장엄한 모습에 저절로 탄성이 터졌다. 해는 빠르게 솟아올랐다. 실바람이 불고 파도가 높아지면서 멀미를 하는 선비들도 있었다.

일출이 모두 끝나자 배꾼들이 다시 노를 저었다. 배가 삐거덕거리면서 해금강을 향해 나아갔다. 배는 수원단과 망대산望臺山을 향해 앞으로 나아갔다.

"저기가 망대산으로, 배꾼들이 저 산을 바라보고 항로를 찾는다고 하여 망대산이라고 부릅니다."

배의 선장이 친절하게 설명을 해주었다. 인선은 망대산을 바라보면서 고개를 끄덕거렸다. 산 이름을 왜 망대산이라고 했는지 이해할 수 있었다. 이내 크고 작은 바위가 양쪽으로 우뚝 서 있는 모습이 보였다.

"여기가 해금강으로 들어가는 입구입니다. 그래서 해금강문이라고 합니다. 옛날에는 촛대바위라고도 불렀습니다."

선장이 해금강 입구에서 선비들에게 설명했다. 인선은 바다에 양쪽으로 우뚝 솟아 있는 바위 두 개를 보고 감탄했다. 수백 년, 수천 년을 바다 위에 우뚝 솟아 있었다고 생각하니 사무치게 외로울 것 같았다. 배는 양쪽 바위 사이로 미끄러져 들어갔다. 인선은 뱃전에서 해금강의 장엄한 모습을 보았다.

"만물상 바위입니다."

선장이 가리키는 곳은 바닷가 절벽이었다. 천태만상의 기암괴석이 천길 벼랑으로 이어지고, 그 앞에는 수많은 바위섬이 떠 있어서 저절로 탄성이 흘러나왔다. 촛대를 닮은 촛대바위, 어린 소년을 닮은 동자바위, 책을 쌓아둔 것 같은 서적바위, 승려처럼 생긴 상좌바위, 쥐바위, 고양이바위 등이 있었다.

"절벽이 어떻게 이렇게 아름다운가?"

"이것은 하늘이 만들어낸 조화이다."

선비들이 연신 탄성을 내뱉었다. 인선도 눈앞에 펼쳐지는 장관에 넋을 잃었다.

"이곳은 부부바위입니다."

선장이 다정하게 서 있는 부부 모양의 바위를 가리켰다.

"부부바위요?"

인선이 의아하여 선장에게 물었다.

"전설에 따르면 서로 깊이 사랑하는 부부가 밤마다 이곳에서 피리를 불다가 죽어서 부부바위가 되었다고 합니다."

선장의 말에 인선은 부부바위를 바라보았다. 어떻게 저렇게 기묘하게 사람의 형상을 닮았을까. 부부 모양의 바위는 인간이 조각을 한 것 같았다.

"아가씨, 소인은 이제 죽어도 여한이 없습니다."

삼돌이 눈물을 흘리면서 말했다. 인선은 가슴을 꽉 채운 감동 때문에 대답을 할 수 없었다.

해금강을 구경하고 바위섬을 돌아서 선착장으로 돌아왔다. 어느 사이에 해가 기울기 시작했으나 주막에서 늦은 점심 겸 저녁을 먹고 잠자리에 들었다. 푸른 바다와 하얀 파도, 수백 개나 되는 기암괴석, 바위섬이 머릿속에 떠올랐다.

이튿날 아침 강릉으로 출발하여 밤이 늦어서야 도착했다. 인선이 도착하자 어머니 이씨와 언니, 동생들이 대문으로 달려나와 맞이했다. 아버지 신명화도 강릉에 돌아와 있었다.

"아버지, 돌아왔습니다."

인선은 사랑에 있는 신명화에게 절을 올렸다.

"그래, 무사히 돌아와서 고맙다."

신명화가 인선의 얼굴을 살피면서 말했다. 그의 얼굴에 눈물이 맺혀 있었다. 인선은 안방으로 돌아와 이씨에게는 봉황잠을 선물하고, 언니와 동생들에게는 한양에서 산 가락지와 금강산에서 가져온 수정을 선물했다.

"언니, 금강산 이야기 좀 해줘."

인교가 인선의 팔에 매달리면서 졸랐다.

"그래, 언니 좀 쉬고…."

인선이 인교의 손을 잡았다.

"언니, 산에 올라갈 때 힘들었어?"

"언니, 금강산 봉우리가 정말 일만이천 개야?"

인교와 인주가 번갈아 물었다.

"솔직히 일만이천 개인지는 모르겠다."

"세어보지 않았어?"

"한참을 세다가 잊어버렸어."

인선의 말에 동생들이 까르르 웃음을 터뜨렸다.

"언니, 잠은 어디서 잤어?"

"주막의 봉놋방이나 농가의 방을 빌려서 잤지."

"남자들하고 같이?"

"방이 없어서 옷을 입고 같이 잤어."

"엄마야."

동생들이 뾰족하게 비명을 질렀다. 이씨는 인선이 규수답지 못하다고 야단을 쳤고 언니와 동생들은 천하의 인선이 다르다고 웃음을 터뜨렸다.

"아무래도 너는 남자로 태어났어야 했어. 규수가 금강산을 돌아다녔으니…"

이씨가 허를 내둘렀으나 언니와 동생들은 좋아했다. 인선은 밤이 깊도록 동생들과 웃고 떠들었다.

'금강산을 유람한 것은 내 일생에서 잊을 수 없는 일이 될 거야.'

인선은 금강산을 생각하면서 이원수를 머릿속에 가만히 떠올렸다.

5. 은밀한 약속 깨끗한 인연이 기뻐라

사랑은 어떻게 오는 것일까. 꽃은 어떻게 해서 피는 것일까. 인선은 사랑이 꽃처럼 피어나는 것이라고 생각했다. 그러나 꽃은 열흘밖에 피지 않는다. 꽃이 지듯이 사랑도 지속되지 않을 것이다.

인선은 사랑을 생각하자 한 줄기 눈물이 흘러내렸다.

밤새도록 내리던 비가 점점 그치고 있었다. 그러나 사방은 어두웠고 열려 있는 문으로 보이는 하늘에서는 잿빛구름이 흘러가고 있었다.

'비가 그치는구나.'

인선은 이원수와 아이들의 얼굴을 또다시 떠올렸다. 그들도 이제는 잠을 자고 있을 것이다.

이원수를 처음 보았을 때 가슴이 설레었다. 그의 얼굴만 떠올리면 얼굴이 화끈거리고 몸이 떨렸다. 그에 대한 사랑 때문에 여자로 태어난 슬픔을 잊을 수 있었다.

얼마나 시간이 지났을까. 얼마나 내가 의식을 잃고 있었을까. 인선은 자신이 앓기 시작한 지 몇 시간이 지났는지, 며칠이 지났는지 알 수 없었다.

명치끝에서 또다시 통증이 엄습해왔다. 인선은 얼굴을 찡그리면서 통증이 일어나지 않기를 간절하게 바랐다. 통증 없이 운명하고 싶었다. 한 세상 살았지만 부질없다고 생각했다. 금강산을 오를 때도 인생이 부질없다고 생각했다. 금강산을 유람한 것은 인선에게 특별한 경험이었다.

'나는 여자로 태어난 것이 가장 한스러웠지만 언제나 자유롭게 살고 싶었다.'

금강산은 그녀의 영혼이 가장 힘들고 어려웠을 때 유람했다. 그러나 금강산 때문에 이원수를 만났다. 이원수를 생각하자 가슴으로 묵지근한 통증이 훑고 지나갔다.

이원수에게는 여자가 있었다.

'내가 질투를 하다니…'

인선은 처음에 자신을 질책했다. 문왕의 어머니 태임을 본받겠다고 사임이라고 호를 지었는데 질투를 하고 있는 자신이 싫었다.

쏴아아. 바람이 뒤뜰의 오죽을 흔들고 지나갔다. 인선은 글을 쓰다가 대나무숲을 흔드는 바람소리에 귀를 기울였다.

문득 이원수의 얼굴이 떠오르고 임거정의 얼굴도 떠올랐다. 금강산에서 만난 갓바치 얼굴도 떠올랐다.

'이원수는 늠름하게 생긴 귀공자야.'

이원수를 생각하자 이상하게 가슴이 뛰고 얼굴이 붉어졌다.

'그는 교하에 산다고 했는데….'

교하와 강릉은 천 리 멀리 떨어져 있었다. 하지만 그가 운명의 남자가 될 것 같은 예감이 들었다.

인선은 다시 글을 쓰기 시작했다. 제목은 〈금강산등유기金剛山登遊記〉로 의림지에서 이원수를 만나 헤어졌다가 금강산 장안사에서 다시 만나 산을 일주하는 내용이었다.

…강원도 임영 땅에 한 낭자가 살고 있었으니 본은 전주 이가요, 이름은 향기로울 향이라. 총명하고 아리따웠으나 여자로 태어난 것을 한스럽게 여기다가 홀연히 남장하고 길을 떠나니 때는 중추 가절이라 하늘은 높고 바람은 서늘하다. 나귀에 앉아 좌우를 둘러보니 오가는 행인 또한 둘러보는지라….

인선은 자기 이야기를 쓰자니 웃음이 나왔다. 그러나 이원수와 며칠 동안 금강산 유람을 한 일이 즐거웠다.

얼굴은 단정하고 마음씨는 곱도다. 눈썹은 길고 눈은 귀밑머리를 향하고, 코는 오뚝, 입은 자그마하니 미인 중의 미인이다. 혀는 향기롭고 부드러우며, 귀는 그중에서도 제일 붉고 윤태 나네. 월나라 서시보다 아름답고 문장은 문강을 능가하네. 목은 백옥 같고 머리는 구름송이 같고 눈썹은 그린 듯하며, 손은 봄날 죽순 같고 젖가슴은 포근포근, 허리는 호리호리하고 발은 꼭 싸매 맵시 좋으니, 다른 것은 더 말하지 마시라. 말하지 않아도 알 만하리.

이생이 어찌 한눈에 반하지 않으랴. 이생 또한 옥골선풍이라 이팔청춘 향이의 가슴이 벌렁벌렁….

인덕의 얼굴이 붉어졌으나 글에서 눈을 떼지 못했다.

"패설이구나."

인덕이 인선이 글을 쓰는 것을 보고 말했다. 패설은 소설을 말하는 것이다.

"그런데 이 소년 선비는 누구니? 정말 의림지에서 이 선비를 만났어?"

"응."

"이 선비를 좋아하니?"

"좋아하기는…."

인선은 고개를 흔들었으나 가슴이 세차게 뛰는 것을 느꼈다. 인선은 한 달 만에 〈금강산등유기〉를 완성했다.

인선은 모처럼 집에 돌아오자 편안했다. 집안은 크게 달라진 것이 없었다. 하인들은 가을걷이가 다 끝나 겨울에 땔나무를 준비하고 있었고 곳간에는 양식이 잔뜩 쌓여 있었다. 닭벼슬꽃은 시들어가고 있었으나 아버지, 언니와 함께 심은 국화는 서리를 맞고 탐스럽게 피어 있었다.

인선은 물을 데워 목욕을 한 뒤 오후에는 인덕과 들국화를 따러 들로 나갔다. 들국화꽃을 따서 볕에 말리면 겨울에 차를 끓여 마실 수 있었다.

'이제 곧 겨울이구나.'

가을걷이가 끝나 들판이 황량한 것을 보고 인선은 그렇게 생각했다. 들국화는 냇가와 바닷가에 많이 피어 있었다.

"인선아, 왜 선비들이 강릉으로 몰려오는 거니?"

인덕이 들국화를 따다가 속초 쪽에서 오는 선비들을 보면서 말했다. 그러고 보니 요즘 들어 선비들의 모습을 자주 볼 수 있었다.

"글쎄…."

인선은 허리를 펴고 한길을 살폈다. 한길에 나귀를 타고 가는 선비들이 보였다.

"강릉부에 무슨 일이 있나?"

인덕이 한길을 보면서 중얼거렸다. 인덕은 어느덧 열일곱 살이 되어 있었고 여기저기서 혼담이 들어오고 있었다.

"언니, 혼인할 거야?"

인선이 인덕에게 물었다. 인선은 인덕의 혼담이 오고 가자 생각이 많아졌다. 아직 혼담이 결정되지는 않았으나 여러 집안에서 혼담이 들어왔다.

"해야지. 혼인을 하지 않는 여자가 어디 있어?"

인덕이 얼굴을 붉히며 말했다.

'언니도 시집을 가는구나.'

인선은 문득 이원수의 얼굴이 떠올랐다.

"어떤 남자가 신랑이 되면 좋겠어?"

"몰라. 어른들이 결정할 텐데 내가 어떻게 해?"

인덕이 새침한 표정으로 대답했다.

"나는 내가 좋아하는 남자와 혼인할 거야."

"여자들이 집 안에만 있는데 어떻게 남자를 만나? 그리고 남자를 찾아다니는 것이 양반가의 규수가 할 일이니?"

인덕이 멀리 바다를 보면서 쓸쓸한 표정을 지었다.

"한양에는 소년 선비들이 많아."

"그럼 우리 본가에 올라갈까?"

"또 올라가? 어머니가 허락하지 않을 거야."

인선은 인덕과 바닷가를 걸어서 집으로 돌아오기 시작했다.

집에 이르자 손님들이 와 있었다. 그들은 작은 외조부의 아들들로 인선에게는 육촌이 되었다. 이명수가 스물다섯, 이명인이 스물둘, 이명일이 열여섯이었다. 이명일은 이명수와 이명인이 강릉부에서 실시되는 생원시를 보기 때문에 두 형을 따라 견문을 넓히려고 고성에서 왔다고 했다.

'아, 생원시가 열리는구나.'

인선은 비로소 강릉으로 선비들이 몰려오는 까닭을 알 수 있었다. 외가 쪽으로 육촌형제였기 때문에 그들이 안채까지 들어와 어머니 이씨에게 절을 올렸고 인선도 그들에게 절을 올렸다.

"둘째 누이가 재주가 뛰어나다는 말을 들었는데 과연 비범한 것 같습니다."

인사를 마치고 나자 이명수가 웃으면서 말했다. 이명일은 눈이 부신 듯 인선과 눈도 마주치지 못하고 있었다.

"몇 년 못 본 사이에 훤훤장부가 되었네그려."

이씨가 삼형제에게 말했다.

"자주 찾아뵙지 못해 송구합니다."

"공부하는 사람들이 무슨 여가가 있겠나? 학문 성취는 했나?"

"사서오경을 읽기는 했습니다만…."

"모쪼록 이번 향시에 급제하기를 바라네. 사랑채에 방을 준비했으니 쉬게. 인선아, 오라버니들에게 방을 안내하거라."

이씨가 인선에게 말했다.

"예."

인선은 치맛자락을 말아쥐고 일어섰다.

"물러가겠습니다."

이명수 삼형제가 머리를 조아리고 일어섰다. 인선은 그들을 안내하여 사랑채의 손님방으로 갔다.

인덕이 방을 청소하여 깨끗했고 대국을 들여놓아 방에 청량한 향기가 감돌았다. 인선은 이명수 형제와 손님방에 앉아서 즐겁게 이야기를 나누었다. 이튿날 또 다른 손님이 주문진에 와서 집안이 시끌벅적했다. 주문진에서 온 사람들은 조한구와 조한철로 모두 삼십 대 장년 사내였다. 그들은 외조부 이사온과 교분을 나누고 있는 조 참봉의 아들들이었다. 향시가 열릴 때마다 찾아와 머무르고는 해서 인선도 낯이 익었다. 이번에는 늙은 조 참봉까지 함께 왔다.

"외손녀들이 숙성했으니 시집을 보내야 하겠습니다."

조 참봉이 껄껄대고 웃으며 이사온에게 말했다.

"그렇습니다. 때가 되어 보내야 하는데 걱정입니다."

이사온이 수염을 쓰다듬으며 짐짓 걱정하는 표정을 지었다.

"사랑채에서 공부하는 손님들에게 간식을 갖다가 드려라."

밤이 되자 이씨가 인선과 인덕에게 접시에 떡을 담아주었다. 인선이 간식 접시를 들고 인덕과 함께 손님방 앞에 이르자 책 읽는 소리가 낭랑하게 들렸다.

"웬일이냐?"

그때 밖에서 돌아오던 이명수가 걸음을 멈추고 물었다.

"오라버니, 어디 다녀오세요?"

인덕이 눈을 반짝이면서 물었다.

"바람 좀 쏘이고 오는 길이다. 하도 책만 들여다보았더니 눈이 아파서 말이야."

이명수가 껄껄대고 웃었다. 그에게서 얼핏 술냄새가 풍겼다.

"오라버니, 과거를 벼락치기로 준비하니까 그렇죠."

인선이 이명수에게 눈을 흘겼다.

"너희는 과거를 보지 않아도 되니 얼마나 좋으냐?"

"오라버니, 그렇지 않아요. 제가 얼마나 과거가 보고 싶은지 아세요."

"허어. 여자가 무슨 과거냐?"

"그러니 문제죠. 여자도 과거를 볼 수 있다면 제가 아마 장원을 할 거예요."

"과거가 그리 쉬운지 아느냐? 나는 10년 넘게 과거를 보았어도 급제하지 못했다."

인선은 손님방 사랑 툇마루에 앉아 이명수와 이야기를 나누었다. 그러자 방에서 공부하던 이명일이 문을 열고 내다보았다.

"떡 먹어. 재당숙 아주머니께서 특별히 만드셨다."

이명수가 이명일에게 떡을 건네주었다. 이명일이 떡을 받아서 방에 들여놓고 인선을 응시했다. 그때 신명화가 안채에서 사랑채로 나왔다. 인선은 육촌 오라버니들과 이야기를 하고 싶었으나 신명화 때문에 안채로 돌아왔다. 이튿날의 일이었다. 인선이 화구를 들고 집에서 나와 바닷가 쪽으로 가는데 이명일이 따라왔다.

"동생은 어디로 가는 거야?"

이명일이 인선을 힐끗 보고 물었다.

"바닷가에요. 오라버니는 왜 바닷가로 가세요?"

"잡념이 일지 않는 곳으로 가고 싶다."

육촌형제라 군이 내외할 필요는 없었다. 인선은 이명일과 나란히 걸으면서 이런저런 이야기를 나누었다. 집에서 바다까지는 한참 걸렸다. 그래도 푸른 물과 하얀 파도가 밀려오는 것을 보자 가슴이 탁 트이는 기분이었다. 바닷가에 작은 정자가 세워져 있는데 이름이 수풍루水風樓였다. 인선은 정자 앞에 있는 풀숲에 화구를 세우고 그 앞에 의자를 놓고 앉아 그림을 그리기 시작했다. 바닷가에는 기암괴석이 병풍처럼 둘러서 있었다.

"수묵화를 그리려나 보구나? 날씨가 흐린데 괜찮겠어?"

"괜찮아요."

"바위를 그리는 화가는 많지 않은데 산수화를 그려보지 그래."

"바위를 그리는 것은 비가 와도 괜찮아요."

"언니는 과년했는데 시집 안 가?"

인선은 빠르게 붓을 놀리기 시작했다. 하늘은 잿빛이고 바닷가에 우뚝우뚝 솟은 바위는 하늘을 이고 있는 것 같았다. 인선이 별다른 대답을 하지 않자 이명일은 정자에 앉아서 책을 읽기 시작했다.

'저 오라버니는 과거에는 관심이 없고 언니에게만 관심이 있는 거야.'

인선은 속으로 웃음이 나왔다. 인선은 흐린 하늘과 바다 그리고 바위를 그렸다.

'바위는 천년을 이 자리에서 꿋꿋하게 버티고 있구나.'

인선은 바위에 농담農談을 주면서 그렇게 생각했다. 얼마나 시간이 지났을까. 인선이 그림에 열중하고 있을 때 빗방울이 떨어지기 시작했다.

"동생, 이리 올라와."

이명일이 정자에서 소리를 질렀다. 인선은 화구를 정리하여 정자로 올라갔다.

쏴아아.

빗줄기가 바다를 하얗게 물들이면서 쏟아졌다. 빗속에서 파도가 일고 정자 주위의 나뭇가지들이 사납게 나부꼈다. 갑자기 돌풍까지 불었다.

"가을 날씨가 왜 이렇게 변덕스러워."

이명일이 일어나서 비가 오는 모습을 내다보면서 중얼거렸다.

"동생, 어두워지면 밤을 새워야 하는데 어떻게 하지? 그냥 비를 맞고 집으로 갈까? 캄캄해지면 길을 찾을 수 없어."

"비바람이 이렇게 사나운데 어떻게 집으로 돌아가요?"

인선은 누각에 앉아서 폭풍우가 몰아치는 바다를 보았다. 바다도 파도가 거대해져 하얀 포말이 바위를 때리고 있었다.

"오라버니는 과거를 보지 않을 생각이에요?"

"형님들이 계시니까 형님들이 먼저 급제를 해야지."

이명일은 수재라는 소문이 파다했다. 인선은 그가 과거를 보지 않으려는 것을 비로소 이해할 수 있었다. 사방은 캄캄해지고 정자에도 비바람이 몰아쳤다. 인선은 이명일과 함께 난간에 기대앉았다. 비바람이 그치지 않아 맹렬한 한기가 엄습하여 몸이 떨렸다. 비바람소리는 세상에 종말이 온 듯 사나웠다.

'아아, 무서운 폭풍우구나.'

인선은 이명일의 어깨에 얼굴을 기댔다.

"인선아, 자라."

이명일이 그녀의 어깨를 감쌌다.

"잠이 오지 않아요."

"무섭니?"

"무섭지는 않은데 어머니, 아버지가 걱정하실 거예요."

"진작 산을 내려갈걸 그랬어."

"이젠 어쩔 수 없어요."

"나한테 기대서 자. 어차피 밤을 새워야 할 것 같아."

인선은 추위 때문에 잠이 오지 않았다. 이명일의 가슴으로 바짝 파고들자 조금 따뜻해지고 아늑한 기분이 들었다. 이명일이 그녀를 더욱 바짝 끌어안았다. 이명일도 추위 때문에 몸을 떨고 있었다.

'오라버니니까 괜찮아. 내외하지 않아도 돼.'

인선은 그렇게 생각하면서 눈을 감았다. 인선은 몇 번이나 눈을 감았다가 뜨고, 감았다가 떴다.

　날이 부옇게 밝기 시작했다. 비는 언제 그쳤는지 알 수 없었으나 바람은 아직도 불고 있었다. 눈을 뜨자 이명일이 그녀를 내려다보고 있었다.

　"오라버니."

　인선은 깜짝 놀라서 이명일에게서 떨어졌다.

　"이제 눈을 떴구나."

　"오라버니는 안 잤어요?"

　인선은 이명일의 품에서 빠져나왔다.

　"네가 자는 것을 보고 있었다."

　"창피하게 왜 봐요?"

　"우리는 남자 형제만 셋이야. 누나나 여동생이 없어서 내 동생이라고 생각하고 본 거야."

　"보니까 어때요? 동생이 예뻐요?"

　"예쁘지. 하늘에서 내려온 선녀처럼 예쁘더라. 어른들이 걱정하시니 빨리 가자."

　이명일이 인선의 화구를 들고 앞장서 걷기 시작했다. 인선은 치맛자락을 말아쥐고 이명일의 뒤를 따르기 시작했다. 정자에서 내려와 개울에 이르자 물이 범람하고 있었다.

　"업혀라."

이명일이 허리를 숙였다. 인선이 등에 업히자 이명일이 붉은 흙탕물이 범람하는 개울을 건넜다.

"내려줘요."

"조금만 더 업어줄게."

"무겁지 않아요?"

"가벼워."

멀리서 삼돌이가 달려오는 모습이 보였다. 인선은 이명일의 등에서 내렸다. 삼돌은 인선이 돌아오지 않아 집안이 발칵 뒤집혔다고 했다. 사람들이 빗속에서 그녀를 찾아다니느라고 난리가 났다고 했다. 인선은 집에 돌아와 폭풍우 때문에 밤을 새운 이야기를 했다.

"오라버니가 함께 있었으니 다행이다."

신명화가 인선을 살피면서 말했다.

"이젠 멀리까지 나가서 그림을 그리지 마라."

이씨도 마땅치 않은 듯이 눈을 흘겼다. 인선은 씻고 옷을 갈아입은 뒤 아침을 먹고 자리에 누웠다. 방이 따뜻해 저절로 잠이 쏟아졌다.

잠을 자고 사랑채로 나오자 이명일 형제가 글을 읽고 있었다. 인선은 국화차를 끓여서 사랑으로 가지고 나갔다. 노란 꽃잎 몇 개를 띄우자 국화향이 우러나왔다.

"오라버니."

문 앞에서 이명일을 불렀다. 이명일이 문을 열고 인선을 내다보았다.

"다른 오라버니들은 안 계세요?"

"강릉부에 접수하러 갔다. 과시생들은 모두 접수를 해야 하잖아."

"차 드세요. 국화차예요."

인선은 툇마루에 걸터앉았다. 주위의 눈이 있어서 방으로 들어갈 수 없었다.

"고맙다."

이명일이 잔을 들어 차를 한 모금 마셨다.

"국화향이 참 좋구나."

"작년에 따서 말린 거예요. 오라버니도 과거를 보시면 좋을걸."

"괜찮아."

이명일이 웃으면서 그녀를 응시했다.

"무슨 책을 읽고 있어요?"

"《서경》이다. 참 너는 사서오경을 줄줄이 왼다면서?"

"괜한 말이에요."

인선은 얼굴을 붉혔다. 이튿날은 눈이 내렸다. 강릉부에서 향시가 실시되어 사람들이 부아로 몰려갔다. 인선네 식객들도 향시를 보러 강릉부로 갔다.

이명일 형제는 향시에서 낙방했다. 그들뿐 아니라 조 참봉네 자식들도 모두 떨어져 신명화와 이사온에게 절을 올리고 집으로 돌아갔다.

"내년 봄에 진사시가 있으니까 다시 올게."

이명일이 인선의 손을 잡고 말했다.

"꼭 와야 해요."

"인선이 때문에도 올 거야."

"왜 나 때문에 와요?"

"예쁘니까. 예쁜 인선이 보러 와야지."

이명일 형제는 외가 친척이었기 때문에 안채에 들어와 하직인사를 했다.

"전도가 창창하니 너무 낙담하지 말게. 내년에 진사시가 있다고 하지 않는가?"

이씨가 이명일 형제에게 따뜻한 위로의 말을 건넸다.

"예. 집에 돌아가 더욱 공부에 전념하겠습니다."

이명수가 부끄러운 표정으로 말했다. 인선은 이명일 형제를 대문 앞에서 전송했다.

기나긴 겨울이 갔다. 봄이 오고 꽃이 피자 강릉부는 진사시를 치르기 위해 떠들썩해졌다.

'진사시가 실시되면 이명일도 오겠지.'

인선은 봄이 오는 소리를 들으면서 문밖을 하염없이 내다보고는 했다. 진사시가 가까워오자 조 참봉네 형제들이 오고 윤 선비 댁 자제들도 왔다. 윤 선비의 자제들도 이사온과 교분을 나누는 윤국현의 손자들이었다. 큰 자제가 윤민성이고 둘째가 윤민한이었다. 모두 삼십대 장년이었다. 이명수와 이명인은 과거가 실시되기 하루 전에 와서 이씨에게 절을 올렸다.

"또 아주머님께 폐를 끼치게 되었습니다."

이명수가 절을 마치고 공손히 말했다.

"남들도 와서 머무르는데 무슨 소리인가. 조카들은 내 집처럼 편히 지내게. 그런데 이번에는 셋째가 함께 오지 않았군."

이씨가 이명수 형제를 살피면서 의아한 표정을 지었다.

"송구합니다. 셋째는 세상을 떠났습니다."

"아니 그게 무슨 말인가?"

"겨울에 급병이 생겨서…."

"저런. 가슴이 아파 어쩌는가?"

이씨가 치맛자락으로 눈물을 찍어냈다. 인선은 옆에 앉아 있다가 눈물이 주르르 흘러내렸다. 이명일이 죽었다는 얘기가 거짓말 같았다.

'오라버니 대신 내가 향시를 볼 거야.'

인선은 남장을 하고 강릉부에 가서 응시자 이름을 접수했다. 신명화는 한양에 올라가 있어서 그녀를 간섭할 사람이 없었다.

"언니, 미쳤어?"

인선의 바로 아래 동생 인교가 눈을 크게 뜨고 소리를 질렀다.

"너는 언니가 미쳤으면 좋겠니?"

"그게 아니라 여자가 과거를 본 게 발각이 나면 난리가 날 거야.

들키면 어떻게 하려고 그래?"

"남장을 하니까 아무도 모를 거야."

인선은 과거를 보는 날이 되자 두루마기를 입고 갓을 쓴 뒤 과시장으로 갔다. 날씨는 좋았다. 하늘은 청명하고 햇살은 따뜻했다. 바람이 일 때마다 복사꽃을 비롯하여 봄꽃향기가 진동했다.

'사람들이 구름같이 모였구나.'

진사시인데도 응시생들로 경포대가 가득했다. 별시는 한양에서 치러지는데 1만 명이 넘는 선비가 몰려 밟혀 죽는 사람이 있다고 했다. 지방에서 보는 향시에도 수많은 인파가 몰려들었다.

시제는 맹자였다. 인선은 잠시 생각에 잠긴 뒤 〈진심〉편에 대해 썼다. 〈진심〉편은 맹자가 제나라 선왕을 가르치는 이야기로 필부론이 유명했다.

이튿날에는 오경 중 《시경》으로 시험을 보았다. 《시경》은 인선이 가장 좋아했기 때문에 가볍게 통과할 수 있었다. 인선이 초시에 급제한 것이다. 복시는 한 달 뒤 실시되었다. 소학과 가례를 중심으로 강을 하게 되어 있었는데 부를 지으라는 영이 떨어졌다.

'부를 지으라고?'

인선은 굴원의 〈이소경〉과 〈회사부〉를 좋아했다. 잠시 생각에 잠긴 뒤 부를 써내려가기 시작했다.

흡사 하얗게 꽃이 핀 것 같았다. 경포대에 모인 선비들이 넓은 갓을 쓰고 흰 두루마기를 입었기 때문에 하얗게 벚꽃이 핀 것도 같고 배꽃이 핀 것도 같았다. 강릉 부사 김진구는 경포대가 가까워지자 흐뭇했다. 강릉부의 가장 큰 행사인 진사시 복시가 식년시로 열리는 날이었다.

강릉 일대에서 수많은 선비가 몰려들어 강릉부는 흡사 장날 같았다. 강릉뿐 아니라 관동지역 선비들이 죄다 모여들었기 때문이다. 생원시나 진사시에 급제해야 한양에 올라가 성균관에 입학해 공부한 뒤 대과를 보고 관직에 나갈 수 있었다. 그러나 관직에 나가지 않더라도 향촌사회에서 막강한 영향력을 행사할 수 있어서 진사시나 생원시를 보는 사람들이 많았다.

김진구는 이내 경포대에 이르렀다. 그가 도착하자 시관들이 일제히 자리에서 일어나 맞이했다.

"수고들 많으십니다."

김진구는 시관들과 일일이 인사를 나누고 자리에 앉았다.

'저 어린 선비는?'

김진구는 응시생들을 살피다가 둘째 줄에 앉아서 부를 쓰고 있는 선비를 보고 깜짝 놀랐다. 갓을 쓰고 도포를 입기는 했으나 계집애처럼 얼굴이 하얬다.

'저 아이는 신명화의 딸이 아닌가?'

신명화의 딸은 금강산을 오른 뒤 〈금강산등유기〉를 써서 관동지역에 크게 화제가 되었다. 선비들이 너도나도 〈금강산등유기〉를 필사하여 읽었다. 특히 규수가 남장을 하고 금강산에 오르고, 이생이라는 선비를 만나 울울하게 사랑을 나누는 대목 때문에 부녀자들까지 다투어 읽는다고 했다.

"사또, 요즘 강릉부의 부녀들이 무슨 책을 읽는지 아십니까?"

하루는 김진구가 동헌에 앉아서 비가 오는 것을 내다보고 있는데 이방이 넌지시 물었다.

"부녀자들이 책을 읽어?"

김진구는 이방의 말을 듣고 기껏해야 패설을 읽겠지 하고 무심하게 생각했다.

"예. 기루에서도 난리입니다."

"무슨 책이 그렇게 난리인가?"

"금강산등유기입니다."

"금강산등유기라면 금강산을 구경하는 이야기가 아닌가?"

"예. 이걸 쓴 사람이 열네 살의 규수라고 합니다."

김진구는 대수롭지 않게 생각했다. 열네 살의 규수가 썼으니 문장도 갖추어지지 않았을 것이라고 생각했다. 그런데 며칠 지나지 않아 김진구가 퇴청하여 집에 돌아오자 부녀자들이 방에 모여 웅성거리면서 저녁도 짓지 않고 있었다.

"무엇들을 하고 있는 게냐?"

김진구는 노하여 부녀자들을 꾸짖었다. 부녀자들이 놀라서 부엌으로 우르르 몰려갔다. 그러나 저녁상을 좀처럼 들여오지 않았다. 김진구가 두 번이나 재촉을 한 뒤에야 저녁상을 들여왔는데 침모 사월의 눈이 퉁퉁 부어 있었다.

"집안에 무슨 일이 있는 거요? 사월이가 왜 울고 있소?"

김진구는 부인 송씨에게 물었다.

"금강산등유기라는 패설이 애절하여 운 것이라고 합니다."

송씨의 말에 김진구는 혀를 찼다. 그러나 부녀자들이 읽는 패설을 굳이 읽고 싶지 않았다. 얼마 후 강릉에서 송사가 벌어졌다. 송사의 내용은 양가의 두 여자가 책을 빌려가서 돌려주지 않는다는 이유로 싸움이 벌어져 밀쳤는데 한 여자가 기둥에 머리를 부딪혀 죽은 사건이었다.

"대체 무슨 책인데 싸움이 벌어진 것이냐?"

김진구는 노하여 양녀 춘금을 다그쳤다.

"금강산등유기입니다."

춘금이 꿇어 엎드려서 대답했다.

한번은 사사로운 일로 출타를 했다가 돌아오는데 책을 읽어주는 전기수傳奇叟 앞에 사람들이 구름처럼 몰려와 있었다.

"전기수가 무슨 책을 읽는 것이냐?"

김진구가 이방에게 알아보라고 지시했다.

"금강산등유기입니다."

이방이 사람들에게 물어보고 돌아와 고했다.

'왜 이 책 때문에 난리인가?'

김진구는 〈금강산등유기〉를 구해 읽기 시작했다. 그런데 책을 읽기 시작하자 다 읽을 때까지 한순간도 눈을 뗄 수 없었다.

'이걸 어린 규수가 썼다는 말인가?'

학문이 높은 선비들이 등유기니 창랑정기니 하고 여행기를 쓰는 일은 종종 있었으나 규수가 쓴 것은 처음이었다.

'천하에서 짝을 찾기 어려운 명문이구나.'

김진구는 〈금강산등유기〉를 읽고 무릎을 치지 않을 수 없었다. 무엇보다 감동적인 것은 남장 여인인 이향이 꽃가지를 꺾어 들고 신선대 위에서 노래를 부르는 대목과 소년 선비의 품에 안겨서 별을 헤는 대목, 오랜 세월이 흘러 열렬하게 사랑했던 소년 선비가 배신을 하여 첩을 얻자 쓸쓸하게 죽어가는 대목이었다. 아낙네들이 눈물을 흘리면서 읽을 만한 책이었다.

책을 쓴 사람은 열네 살의 규수로 진사 신명화의 둘째 딸이었다. 관동지역 사람들이 다투어 필사를 하는 바람에 종이값이 올랐다는 소문까지 나돌았다. 김진구는 신명화의 집을 찾아가서 규수를 만나보기까지 했다.

'글만 명문인지 알았는데 그림도 빼어나구나.'

어린 규수의 그림을 본 김진구는 무릎을 쳤다. 그녀가 그린 그림은 안견의 화풍을 닮았으나 점점 진경산수화 쪽으로 옮겨가고 있었다. 그런데 그녀가 과거장에 나타난 것이다.

'어째서 남장을 하고 진사시에 응시한 거지?'

김진구는 과거가 모두 끝날 때까지 기다렸다. 슬며시 옆에 가서 살피자 제목이 백마강이었다. 과시생 이름은 이명일로 되어 있었다. 응시생들이 모두 돌아가자 시험관들이 답안지를 채점하기 시작했다.

"이 사람의 부가 가장 출중합니다."

시관들이 채점을 마치고 김진구에게 보고했다.

"그래, 누가 장원이오?"

김진구는 장원의 답안지를 들여다보았다.

"이명일입니다. 부가 참으로 훌륭합니다."

김진구는 백마강부를 살폈다.

백제의 왕기는 연기와 안개같이 허공으로 사라지고

낙화암 아래 강물은 동쪽으로 흐르는구나.

검은 동풍이 일어 길손은 배를 돌리고

멀고 아득한 봄 시름을 방초에 맡기도다.

扶蘇王氣烟霧空兮

洛花巖下江波東兮

鴉札東風客回棹兮

茫茫春愁寄芳草兮

과연 인선이 지은 백마강부는 아름답고 웅장했다. 어린 소녀가 지었을 거라고는 상상도 할 수 없는 문장이었다.

"이자를 장원으로 뽑으면 안 됩니다. 급제를 시켜서도 안 됩니다."

김진구는 시관들을 돌아보면서 혀를 찼다.

"이렇게 훌륭한 부를 낙방시키라는 말이오? 아무리 사또라 해도 이럴 수는 없습니다."

시관들이 흥분하여 소리를 질렀다.

"허허. 이자는 과거를 볼 수 없는 자요."

"그게 무슨 말이오? 폐족廢族이란 말이오?"

폐족은 양반들 가운데 죄를 지어 과거를 볼 수 없는 가문을 말한다.

"아니요. 이자는 여자요."

"뭐요?"

시관들이 놀라서 입을 벌렸다.

"여러분도 잘 아는 신명화 진사의 둘째 딸이오."

김진구의 말에 시관들의 얼굴이 흙빛으로 변했다.

"허어. 이런 낭패가 있나? 사또, 어린 계집애가 과거장을 웃음거리로 만들었으니 엄히 다스려야 하오."

"맞소. 일벌백계로 다스려야 하오."

"신 진사의 체면을 봐서 이번에는 넘어갑시다. 그 대신 부아에서 공문을 작성하는 벌을 내리겠소."

김진구가 시관들을 달랬다.

인선은 강릉 부사 김진구를 긴장한 눈으로 쳐다보았다. 김진구 앞에 있는 책상에 그녀가 과시에서 지은 부가 놓여 있었다.

"네가 이 부를 지었느냐?"

"예."

"외워보라."

"예."

인선은 조용히 대답했다. 인선은 부가 과시에 뽑히면 발각될 것이라고 생각했다. 예상대로 김진구가 인선의 부를 알아본 것이다. 인선은 낭랑한 목소리로 부를 외기 시작했다.

"그만!"

김진구가 갑자기 언성을 높여 소리를 지르고 손으로 서안을 내리쳤다. 인선은 깜짝 놀라 김진구를 쳐다보았다.

"어찌하여 남자로 변장하고 과거를 본 것이냐?"

"소녀도 글을 배웠기에 어느 정도 학문을 했는지 알고 싶었습니다."

"과거는 국가의 큰 행사다. 네가 국가의 큰 행사를 그릇되게 하고도 무사할 것 같으냐?"

김진구의 호통에 인선은 긴장했다.

"송구하옵니다."

"내가 너에게 벌을 내릴 것이다. 강릉부에 수많은 공문이 있으니 매일 같이 부에 와서 이 공문을 정리하라."

"서리書吏를 하라 이 말씀입니까?"

161

"그렇다. 하겠느냐?"

"예."

"내일 아침에 나오면 이방이 할 일을 알려줄 것이다."

인선은 풀이 죽어 집으로 돌아왔다. 이튿날 아침 이방청으로 나가자 이방이 강릉부 군역에 대한 서류를 정리하라고 지시했다. 수십 년 된 서류가 산더미처럼 쌓여 있었다.

"아마 이 군역 서류를 다 정리하려면 한 달은 족히 걸릴 것이다."

이방이 웃으며 말했다. 인선은 군역 서류를 읽기 시작했다. 서류를 읽은 뒤 연도별로 정리했다.

"뭐라고? 사흘 만에 군역 서류를 모두 정리했다는 말이냐?"

인선이 군역 서류를 모두 정리하자 이방이 놀라서 눈을 둥그렇게 떴다.

"서류를 모두 외웠으니 정리하는 것은 어렵지 않습니다."

"한 번 보고 외웠다는 말이냐?"

"예."

이방은 인선의 말을 믿으려고 하지 않았다. 이방이 강릉부의 호적을 갖다놓고 첫 권을 읽게 했다. 그러자 인선은 한 번 읽고는 한 자도 틀리지 않고 그대로 옮겨 썼다. 그녀가 글을 얼마나 빨리 쓰는지 사락사락 붓이 움직이는 소리만 들렸다.

이방을 비롯하여 강릉부의 서리와 아전들이 모두 몰려와 구경했다. 인선은 한 달 만에 군역, 호적, 환곡 등 강릉부의 서류를 모두 정리했다. 김진구는 감탄을 하지 않을 수 없었다. 그녀가 〈금강산등유기〉를 썼다는 사실이 알려지면서 사람들이 몰려와 구경을 했다.

"삼종지도를 알고 있느냐?"

인선이 강릉부의 서류를 모두 정리했을 때 부사 김진구가 불러서 물었다.

"예."

"부녀자의 으뜸 가는 덕목은 남편을 잘 받들고 자식을 잘 키우는 것이다. 세상에는 더러 뛰어난 여자아이가 태어난다. 이 아이는 천부적인 역량을 갖고 있지만 벼슬을 할 수도 없고 세상을 움직일 수도 없다. 그러나 현명한 여자는 남편을 잘 이끌고 자식을 훌륭하게 교육하여 세상을 이롭게 한다. 알아듣겠느냐?"

"예."

"이 책을 보거라."

김진구가 인선에게 책을 한 권 주었다. 인선이 받아서 펼쳐보니 중국 역대 열녀전이었다. 인선은 집에 돌아와 책을 단숨에 읽었다.

'문왕의 어머니가 태임이었구나. 나는 태임을 스승처럼 본받을 것이다.'

인선은 어둠 속을 보면서 그렇게 생각했다.

신명화는 한양에서 돌아와 그 이야기를 듣고 화를 버럭 냈다.

"네가 글자 좀 안다고 세상을 우습게 보는 것이냐? 어찌 국가대사를 일개 아녀자가 가볍게 여기는 것이냐?"

신명화의 질책에 인선은 얼굴을 들지 못했다.

"어린애도 아니니 매를 들지는 않겠다. 하지만 당분간 문밖출입을 하지 마라."

신명화가 엄명을 내렸다. 인선은 출입금지령이 내려지자 집에서 책을 읽고 그림을 그렸다.

그러던 어느 날 언니 인덕의 혼사가 결정되었다. 신랑의 사주를 놓고 신명화가 인선을 살폈다. 인선은 가족 앞에서 언니 신랑의 사주를 주역으로 풀었다. 그는 조정에 나아가 출세할 관운은 없었으나 자손이 번성하고 인덕과 부부가 되면 해로할 사주를 갖고 있었다.

"언니는 이 사람과 혼인하면 백년해로할 거예요. 자손도 번성하고요."

인선이 주역을 풀어본 뒤 대답했다.

"관운은?"

인덕이 다급하게 인선에게 물었다.

"관운은 없을 것 같아."

"그럼 싫다."

인덕이 입술을 내밀고 반대했다.

"인덕아, 신랑 될 재목이 인물이 좋고 순박하다고 하더라."

신명화가 인덕을 달랬다. 순종적인 인덕은 더 반대하지 못했다.

'언니가 마침내 시집을 가는구나.'

언니의 혼인이 결정되면서 집안은 혼사 준비로 분주해졌다.

인선은 때때로 이원수를 생각했다.

'내가 임풍옥수라고?'

제천의 삼거리 주막에서 이원수가 한 말이었다. 의림지에서는 그녀의 그림에 글을 써넣기도 했다. 그가 쓴 글에서는 지기를 얻어 기쁘고 다시 만날 때를 간절하게 바란다고 했다. 금강산 유점사에서 만나 며칠 동안 산을 오르고 내금강과 외금강을 두루 유람하면서 즐거운 시간을 보냈다.

'벌써 3년이 흘렀으니…'

인선은 그림을 그리다 말고 가만히 한숨을 내쉬었다. 이원수의 얼굴이 가뭇하게 떠올랐으나 다시 만날 방법이 없었다.

'난 이원수와 반드시 혼인할 거야.'

인선은 혼자 있을 때면 이원수를 생각했다.

그녀는 주역의 괘를 풀어보기도 했다. 그런데 괘사가 제대로 풀어지지 않았다.

'외할아버지는 주역으로 푸실 거야.'

인선은 사랑채를 기웃거렸다. 이사온은 사람들을 좋아하여 사랑에는 항상 손님들이 와 있었다.

"할아버지."

인선은 손님들이 돌아가자 이사온의 방으로 들어갔다.

"인선이구나. 웬일이냐?"

이사온이 인자한 목소리로 물었다.

"할아버지, 이 사주 좀 주역으로 풀어주세요."

인선은 이사온에게 이원수의 사주를 보여주었다.

"너도 주역으로 풀지 않느냐?"

이사온은 이원수의 사주를 들여다보지도 않았다.

"이상하게 풀어지지가 않아요."

이사온이 인선을 살피다가 넉넉하게 웃었다.

"인선아."

"예?"

"네가 진짜로 좋아하면 괘를 풀지 마라."

"왜요?"

"기다릴 때는 그저 기다려야 한다."

인선은 이사온의 말을 선뜻 납득할 수 없었다. 그러나 달리 방법이 없었다.

언니 인덕은 풍덕 장씨인 장인우張仁友와 혼례를 올리기로 되어 있었다. 장인우는 효자로 유명한 사람이었다. 태어난 지 다섯 달 만에 부친을 여의었고 3년 뒤 모친까지 여의어 할머니 신씨辛氏 손에서 자랐다.

다섯 살이 되자 아버지와 어머니를 찾으면서 울었다.

"네 부모는 이미 죽었는데 어디서 찾는단 말이냐? 네가 부디 몸을 조심하여 어른이 되어서 집안을 꾸려나가는 것이 곧 효도하는 것이다."

신씨가 불쌍하게 여겨 품에 안고 위로하자 통곡하였다. 그 뒤로는 사람들이 부모를 부르는 소리만 들어도 슬퍼하고, 비록 금수禽獸일지라도 어미와 새끼가 서로 먹이를 먹여주는 것을 보면 반드시 손으로 가리키면서 부러워하였다.

"제가 일찍 부모님을 여의어서 제대로 집상執喪을 하지 못하였으니, 6년 동안 추복(追服, 상복)을 입어 조금이나마 효를 다하고 싶습니다."

장인우가 신씨에게 간곡하게 말했다. 신씨는 그의 뜻이 간절해서 말리지 않았다. 그가 상복을 입은 지 1년 만에 불행하게도 형이 죽었다.

"내가 처음에 너를 말리지 않은 것은 네 형이 있었기 때문인데, 이제 네 형이 나를 버리고 먼저 죽었으니 네가 아니면 내가 장차 누구에게 의지하겠느냐? 또 장씨 집안의 제사가 너 하나에 달려 있으니 몸을 함부로 해서는 안 된다."

신씨는 간곡하게 거상할 것을 권했다. 장인우가 마지못해 신씨가 하라는 대로 따랐으나 효행은 널리 알려졌다. 인덕은 그러한 효자와 혼인을 하게 된 것이다.

집안은 혼인 준비를 하느라고 어수선했다. 부녀자들이 모여 이불을 만들고 옷을 깁고 있었다. 가만가만 속삭이며 신혼 이야기를 했다. 인선은 인덕이 혼인을 하게 되자 마치 자신이 혼인을 하는 것처럼 설레었다.

"큰아가씨가 시집을 가면 둘째 아가씨 차례네."

"둘째 아가씨는 어떤 신랑을 만나게 될까?"

"둘째 아가씨 학문이 높아서 인근에서는 감히 중매를 넣지 못한 다면서?"

건넌방에서 여자들이 소곤대는 소리가 들렸다. 인선은 책을 읽다 가 고개를 들어 허공을 응시했다. 밖에는 봄비가 가만가만 내리고 있 었고 방은 따뜻했다.

"인선아."

인덕이 치맛자락을 말아쥐면서 방으로 들어왔다.

"언니."

인선은 책을 놓고 미소를 지었다. 혼례를 앞둔 인덕의 얼굴이 꽃 처럼 피어나고 있었다.

"우리 절에 갈래?"

"비 오지 않아?"

"이슬비라서 괜찮아."

인덕이 낮은 목소리로 말했다. 집 근처에 동해사라는 작은 절이 있었다. 인덕은 혼인이 결정된 뒤 매일 같이 절에 다니면서 신랑 될 사람을 위해 불공을 드렸다.

'석씨에게 기도하는 것은 옳지 않다.'

신명화는 딸이 절에 다니는 것을 달가워하지 않았다. 신명화는 성리학을 했는데 성리학은 불교를 배척하면서 불씨 혹은 석씨라고 비 하했다. 그러나 신명화는 한양에 가 있었고 인덕은 그 틈에 절을 오가고 있었다. 인덕의 신랑은 초당리에 살고 있는데 장차 향시를 볼 것이라고 했다.

"갈래?"

인덕이 조르듯이 말했다.

"알았어."

인선은 인덕을 따라 밖으로 나왔다. 밖에는 이슬비가 가만가만 내리고 있었다. 이슬비에 들판과 산이 촉촉하게 젖었다. 초가가 옹기종기 모여 있는 마을에서는 군불을 때는지 푸른 연기가 솟아오르고 있었다.

"어디 가니?"

이씨가 안방에서 나오면서 물었다.

"어머니, 절에 갔다 올게요."

인덕이 이씨를 향해 말했다.

"과년한 처녀들이 함부로 나들이를 하면 안 된다. 인덕이는 시집을 가야 하니 더욱 몸가짐을 삼가야 한다."

"인선이와 같이 가니까 괜찮아요."

"우산도 쓰고 간난이도 데리고 가라."

"예."

인선은 인덕과 함께 간난이를 데리고 집을 나섰다. 이슬비가 오고 있었으나 산이며 들에는 봄꽃이 화사하게 피어 있었다.

"비가 와서 꽃이 더욱 예쁘다."

인덕이 들에 핀 복사꽃을 보면서 말했다. 인덕은 혼인 때문에 들떠 있었다.

"언니, 혼인하니까 좋아?"

"신랑이 어떻게 생겼을지 제일 궁금해."

인덕이 얼굴을 붉히며 대답했다.

"반안과 송옥처럼 잘생겼겠지."

반안은 서진西晉 시대의 문장가로 어렸을 때부터 재능과 용모가 뛰어나 유명했다. 초나라 시인인 송옥은 굴원에 버금가는 인물로 역시 미공자로 명성을 떨쳐 후대에 잘생긴 남자를 일컬을 때 반안과 송옥 같다고 했다.

"설마?"

인덕이 까르르 웃으며 인선의 어깨를 때리는 시늉을 했다.

"첫째 아가씨가 시집가시면 나리와 마님께서 서운해 하실 거예요."

간난이 앞서 가다가 말했다.

"간난아, 너는 혼례를 올려서 좋아?"

간난은 인선의 집 종 언놈과 혼례를 올린 지 두 달밖에 되지 않았다.

"좋지유."

간난이 얼굴을 붉히면서 대답했다.

"뭐가 좋아?"

"신랑하고 매일 밤 같이 자?"

인선과 인덕이 다투어 물었다.

"그럼 신랑하고 자지 누구하고 자유?"

"어떻게 남자하고 같이 자? 부끄럽지 않아?"

"신랑인데 뭐가 부끄러워유? 신랑하고 잘 때가 나는 제일 좋아유. 시집만 가봐유. 신랑이 안아줄 때만 기다려져유."

간난의 말에 인선은 더욱 얼굴이 붉어졌다. 동해사로 오르는 오솔길에는 진달래가 활짝 피어 있었다.

"진달래는 정말 곱구나."

인선은 연한 분홍빛 꽃잎에 빗방울이 맺혀 있는 것을 보았다. 인덕이 꽃잎을 따서 인선의 입에 넣어주었다.

"올라가자."

인덕이 인선의 소매를 이끌었다. 인선은 인덕과 동해사 대웅전으로 들어가 향을 피우고 절을 했다.

신명화는 단정하게 앉아 있는 소년을 보고 기분이 미묘했다. 의관이 단정하고 눈빛이 맑았다. 그는 해가 설핏 기울 때 대문 앞에 나타나 신명화 진사의 둘째 아들을 찾는다고 했다.

"이 댁에는 둘째 도령이 없습니다."

청지기 황 노인이 고개를 갸우뚱하면서 소년 선비를 살폈다.

"이 댁이 신명화 진사 댁이 아닌가?"

"진사 어른이 우리 나리는 맞습니다만 둘째 도령은 안 계십니다."

"무슨 말인가? 둘째 도령이 출타라도 하셨는가?"

"출타하신 게 아니라 안 계십니다. 우리 나리께서는 아드님이 없습니다."

"그럴 리가 있는가? 내 분명히 신명화 진사의 둘째라고 들었네."

"우리 나리께서는 아들이 없는데 누구에게 그런 말씀을 들었습니까? 공연히 희롱하시는 것이 아닙니까?"

"이 댁에 인선 도령이 없다는 말인가?"

"예? 인선 도령이 아니라 인선 아가씨인데…."

대문 앞이 시끌벅적해지자 종들이 나와서 웅성거렸다. 이원수는 황 노인의 말을 듣고도 빙긋이 웃었다.

"진사 어른은 계신가?"

"예."

"그럼 진사 어른이라도 뵈어야겠네. 안에 기별해주게."

"예."

청지기 황 노인이 떨떠름한 표정으로 안으로 들어갔다.

이원수는 대문 안에 잔뜩 모여 웅성거리는 신명화의 종들을 살폈다. 신명화의 집은 오죽으로 둘러싸여 죽림정사처럼 깨끗하고 아름다웠다. 오죽은 처음에는 녹색 줄기에 녹색 잎사귀를 가지고 있지만 심은 지 1년이 지나면 줄기에서 검은색이 배어나와 검게 된다. 그래서 오죽 또는 흑죽이라고 불렀다.

'집안이 부유하구나.'

이원수는 오죽헌을 비롯하여 사랑채와 행랑채 등 집이 여러 채가 있는 것을 보고 탄복했다.

"들어오십시오."

한참을 기다리자 청지기 황 노인이 나와서 허리를 숙였다.

이원수는 황 노인을 따라 사랑채로 들어가서 신명화에게 절을 올렸다.

"소생 인사 올립니다. 본관은 덕수 이씨고 이름은 으뜸 원元자에 빼어날 수秀자를 쓰고 있습니다."

"편히 앉게."

신명화는 이원수에게 짧게 끊어서 말했다.

"감사합니다."

이원수가 단정하게 앉았다.

"우리 둘째 애를 찾아왔다고?"

신명화는 이원수를 찬찬히 살폈다. 이 소년이 딸의 책에 나오는 이생인가. 언젠가 이런 날이 올 것이라고 예상했으나 막상 닥치자 당혹스러웠다.

"예."

"그런데 나에게는 둘째 아들이 없는데 어쩌는가?"

"그렇습니까? 참으로 기이한 일입니다. 저에게는 분명 이 댁의 둘째라고 하였습니다."

이원수가 찾아온 목적을 알 수 없었다. 혼인을 청하려면 중매쟁

173

이를 앞세워야 한다.

　"나에게는 첫째도 둘째도 아들이 없네. 공연한 걸음을 했군."

　"애석한 일입니다. 소생이 공연히 번거롭게 해드린 것 같습니다. 이만 물러가보겠습니다."

　이원수가 자리에서 일어나려고 했다.

　"날이 저물었는데 어디를 가나? 손님을 그냥 보낼 정도로 내 집이 가난하지 않으니 하루 머물렀다가 가게."

　신명화는 이원수를 옆에 두고 살피고 싶었다.

　"초면에 어떻게 폐를 끼치겠습니까?"

　"폐라고 생각할 필요없네."

　신명화는 이원수에게 하룻밤 자고 가라고 권했다.

　인선은 이원수가 사랑채에 와 있다는 말을 듣고 가슴이 철렁했다. 이원수가 왜 사랑채에 온 것일까. 인덕과 이씨는 놀라서 입을 다물지 못했다. 인선은 얼굴이 붉어지고 가슴이 방망이질을 하듯이 쿵쾅거리고 뛰었다.

　"둘째 도령이라니 이게 무슨 해괴한 소리냐?"

　이씨가 눈을 흘기면서 인선을 나무랐다.

　"남장을 하고 금강산 유람을 할 때 제천 의림지에서 처음 만났어요. 별다른 일은 없었어요."

　인선은 이원수의 얼굴을 떠올리며 낮게 말했다. 이원수가 강릉까지 찾아올 거라고는 꿈에도 생각하지 못했다.

"무슨 약조 같은 것은 하지 않았고?"

"규수가 외간남자와 무슨 약속을 해요? 그런 일 없어요."

"그럼 왜 우리 집까지 찾아온 거야?"

"몰라요. 내가 어찌 알겠어요?"

"문 밖에 나가지 마라."

이씨가 엄명을 내리고 밖으로 나갔다. 이씨가 나가자 인덕과 동생들이 그녀를 에워쌌다.

"인선아, 너 그 남자를 만난 거야?"

인덕이 무릎걸음으로 바짝 다가와서 인선에게 물었다.

"응."

"얘기도 하고?"

"응."

"그 남자 잘생겼어?"

인선은 잠시 생각에 잠겼다. 이원수를 잘생겼다고 할 수 있을까. 그의 얼굴을 처음 보았을 때 가슴이 찌르르 울렸었다.

"장래를 약속하고 그런 것은 아니지?"

"언니는 처음 본 남자와 무슨 장래를 약속해? 그리고 장래는 부모님이 결정하는 거잖아?"

"이야기도 했어?"

"조금…."

"좋겠다. 너는 신랑 될 사람도 미리 보고…."

"언니, 신랑 될 사람이 아니야."

"어디에 산다든?"

"교하에 산대."

"교하가 어디야?"

"파주인데 개성이 가깝대."

"그렇게 멀어?"

인덕과 인교는 사랑채에 와 있는 이원수 이야기를 그치지 않았다. 이씨는 이원수를 위해 음식을 푸짐하게 차려 사랑으로 내보냈다. 인선은 밤이 되어도 잠이 오지 않았다. 뒤꼍에서는 바람이 오죽을 쓸고 가는 소리가 쉬지 않고 들렸다.

논밭 사이에는 꽃들이 화사하게 피어 있었다. 인선은 쓰개치마의 깃을 바짝 여미고 한양으로 올라가는 길에서 기다렸다. 천리 먼 길을 찾아온 이원수를 이대로 보낼 수는 없다고 생각했다. 신명화는 이원수가 찾아온 것에 대해 전혀 말하지 않았다.

인선은 이원수가 아침을 먹고 떠나겠다고 인사를 올리자 먼저 집을 나와 한양으로 올라가는 길목에서 기다린 것이다.

이원수는 한식경을 기다린 뒤에야 나귀를 끌고 왔다. 인선은 쓰개치마를 젖히고 이원수에게 인사했다.

"선비님."

"그대는….”

"신 진사댁 둘째입니다. 천리 먼 길을 오셨는데 인사를 드리지 않으면 도리가 아닌 것 같아 배웅을 나왔습니다."

인선이 얼굴을 붉히면서 말했다.

"하하. 역시 낭자였구려."

인선을 알아본 이원수가 유쾌하게 웃음을 터뜨렸다. 인선은 얼굴이 붉어져 고개를 들지 못했다.

"소녀가 남장했던 것을 아셨습니까?"

"남장을 했어도 은은한 향기가 풍기는 것은 어쩔 수 없지 않소? 실은 확인을 하려고 들른 것이오."

"이제 확인이 되셨습니까?"

인선이 생글생글 웃었다. 이원수는 몇 년 전보다 더욱 늠름해진 것 같았다.

"그렇소. 내 반드시 다시 오리다."

"다음에는 수진방으로 오십시오. 본가가 수진방에 있습니다."

"수진방, 어디로 가야 하오?"

"수진방 송현에 소나무가 있는 집입니다."

"알겠소."

잠시 대화가 끊겼다. 인선은 이원수를 바라보다가 얼굴을 붉혔다.

"어젯밤에 시 한 수를 지었소. 정표로 생각해주면 고맙겠소."

이원수가 소매에서 종이 한 장을 꺼내 인선에게 주었다.

아득한 임영 땅에 한 그루 붉은 꽃

천년의 동해에서 자랐도다.

잘 있다가 다른 해에 서로 볼 수 있을 것인가

은밀한 약속 깨끗한 인연이 기뻐라.

蒼茫江陵一朶紅

生長東海一千年

好在他年相見否

幽期喜與淨緣悁

인선은 이원수가 주는 시를 읽고 가슴에 꽃물이 드는 것 같았다.
이원수는 시에서 다시 만날 것을 약속하고 있었다.

임은 산너머 서쪽 바다에서 살고

소녀의 집은 산너머 동해인데

소녀의 얼굴은 꽃과 같고 마음은 돌과 같아

꽃은 비록 떨어져도 돌은 변하지 않으리.

君住山西海

女家山東海

女顏如花心似石

花縱飄零石不轉

인선은 소매에서 지난밤에 지은 시를 꺼내 이원수에게 주었다.

"고맙소."

이원수의 얼굴이 환하게 밝아졌다. 그는 격정을 못 이기겠다는 듯이 인선을 와락 끌어안았다.

'아….'

인선은 눈을 지그시 감았다.

이원수는 나귀를 끌고 대관령을 향해 가면서 몇 번이나 뒤를 돌아보았다. 인선은 그가 점점 멀어지자 눈앞이 흐려졌다.

6. 기묘사화의 피바람

　　큰딸 인덕의 혼사를 사흘 앞둔 날이었다. 한양에서 강릉부로 날아온 조보朝報를 본 신명화는 경악했다.

　　'정암이 기어이 위훈삭제 운동을 시작했다는 말인가?'

　　신명화는 눈앞이 캄캄해지는 기분이었다. 위훈삭제 운동은 공신들을 겨냥한 것으로 그들의 반격을 불러올 수 있었다. 인덕의 혼사로 온 집안이 떠들썩했다. 신명화는 인덕의 혼사 때문에 강릉을 떠날 수 없었다.

　　신명화는 딸의 혼례가 끝나자 인선을 데리고 한양으로 올라갔다. 대관령을 넘고 인제를 거쳐 한양 본가에 이르는데 열흘이 걸렸다. 조광조를 비롯하여 사림파는 공신들의 위훈을 삭제하기 위해 임금과 치열하게 맞섰다.

"위훈삭제는 반드시 해야 할 일입니다. 그러나 임금께서 허락을 하시겠습니까?"

김식이 걱정스러운 목소리로 물었다.

"허락하지 않으면 허락하게 만들어야지요. 우리에게는 사림이 있지 않습니까?"

조광조가 수염을 쓰다듬으며 말했다.

"사림의 힘으로 임금을 압박하자는 말씀입니까? 잘못하면 임금의 심기를 건드릴 수 있습니다."

"그래도 해야 합니다. 조정을 깨끗하게 해야만 나라가 바로 서고 백성이 편안하게 생업에 종사할 수 있습니다."

"공신들이 가만있지 않을 것입니다. 반드시 흉계를 꾸며 우리를 공격할 것입니다. 죽음을 각오하지 않으면 안 됩니다."

"선비가 믿는 것은 임금의 마음뿐입니다."

조광조는 대사간 이성동과 함께 훈구세력인 반정공신을 맹렬하게 공격했다. 중종반정에 공을 세운 사람들은 인정하지만 공을 세우지 않고도 공신 반열에 오른 사람들은 과감하게 축출해야 한다는 것이었다.

성희안은 반정에 참여하지 않았는데도 공신이 되었고, 유자광은 오로지 척족의 권력과 재물을 위하여 반정에 참여했기 때문에 삭제되어야 한다고 강력하게 주장했다.

'사림파가 기고만장했어. 이놈들을 그냥 두면 안 돼.'

공신들은 바짝 긴장했다. 조광조 혼자서 주장하면 얼마든지 반격할 수 있었다. 그러나 사림파가 집단으로 주장하면 목숨을 건 싸움이 된다. 공신파가 잔뜩 긴장하여 정국의 추이를 주시하고 있을 때 사헌부, 사간원, 홍문관, 승정원이 기다렸다는 듯 위훈삭제를 요구하고 나섰다. 마침내 사림파가 대신들을 대대적으로 공격하기 시작한 것이다.

중종시대 조정에 대거 진출한 사림파는 왕도정치를 실현하기 위해 공신들을 제거해야 할 세력으로 보았다. 목표는 성희안과 유자광 등 일부지만 실제로는 공신 전체를 겨냥한 것이었다. 이들의 공격으로 한 달 내내 조정이 들끓고 정치가 마비되었다.

조광조를 앞세운 사림의 위훈삭제 요구는 중종이 압박감을 느낄 정도로 강력했다.

"위훈삭제를 청하면서 신은 생사를 돌보지 않기로 하였습니다. 조정이 이 일로 논의가 분분한데 명색이 대신이라는 자들이 침묵을 지키며 보신만 하고 있습니다. 남곤은 1품인 재상으로서 육경의 반열에 있으며 나라의 일을 염려하지 않고 영릉(英陵, 세종의 능)의 향사(享使, 제사지낼 때의 사신)로 차출되어 갔습니다. 변을 보고 교묘히 피하였으니 그 마음 쓰는 것이 매우 간사합니다. 이를테면 유순, 김감 같은 자도 그 죄를 밝게 바루어야 할 터인데 도리어 공적에 끼어 있습니다."

대사헌 조광조는 현역 대신인 남곤까지 맹렬하게 공격했다.

"그가 향사가 된 것이 과연 피하려고 그런 것이겠는가. 나는 모르겠다."

중종은 조광조가 남곤을 탄핵하자 불편하게 생각했다. 대사간 이성동, 승지 유인숙도 남곤이 옳지 않다고 아뢰었다.

"안당은 사림 가운데 한 사람인데, 어찌하여 바른 대로 아뢰지 않습니까?"

조광조는 입을 다물고 있는 중도파 대신 안당까지 비난했다. 정승과 육경의 반열에 있는 대신들은 조광조의 비난을 받자 얼굴이 사색이 되었다.

"전하께서 속히 결단을 내리셔야 합니다."

안당이 조광조의 눈치를 살피며 중종에게 아뢰었다.

"신은 귀양 가거나 죽더라도 청을 멈출 수 없습니다. 속히 공신록을 개정하라는 영을 내리소서."

조광조가 중종을 재촉했다.

"개정할 수 없다."

중종은 고개를 외로 꼬고 조광조의 간청을 거부했다. 조광조 등은 어전에서 물러나온 뒤 항의하는 뜻으로 일제히 사직했다.

남곤은 조광조가 자신까지 비판했다는 말을 듣고 분노했다. 남곤은 김종직의 문인으로 김종직의 제자 김굉필에게서 가르침을 받아 조광조에게는 사형뻘 되는 사람이었다. 한때 대간들의 탄핵을 받아 물러난 적도 있었으나 문한(文翰, 문장)이 출중하다고 하여 다시 등용되었다. 그는 심정, 홍경주와 손을 잡고 조광조를 몰아낼 계략을 꾸몄다.

홍경주의 딸인 희빈 홍씨는 중종이 총애하고 있었기 때문에 궁중에서 조광조를 모함했다.

"전하, 온 나라의 인심이 모두 조광조에게 돌아갔다고 하옵니다."

희빈 홍씨는 은밀하게 조광조를 비난했다.

'조광조가 임금까지 업신여기는구나.'

중종은 조광조가 점점 불쾌해졌다.

심정, 남곤, 김전 등 훈구파가 사림파에 대한 반격을 준비하고 있을 때 육조의 모든 대신과 의정부, 승정원의 사림파까지 가세하여 중종을 몰아세웠다.

'너희 요구는 들어줄 것이다. 그러나 너희가 임금을 핍박했으니 그 죄를 받아야 할 것이다.'

중종은 마침내 대간들을 불러들여 위훈을 개정해 공훈이 없는 자들을 공신록에서 삭제하라는 영을 내렸다. 조광조를 비롯한 사림의 요구가 워낙 강경했기 때문에 중종은 마침내 2, 3등 공신의 일부, 4등 공신 전원, 즉 공신의 4분의 3에 해당하는 76명의 훈작을 삭탈하기에 이르렀다. 숫자는 76명에 불과했지만 훈작이 삭탈되면서 노비와 재산까지 모두 몰수되어 훈구파 사이에는 일대 파란이 일어났다.

남곤, 심정, 홍경주는 마침내 궁중의 여인들을 움직였다. 그들은 대궐의 나뭇잎에 '주초위왕走肖爲王'이라는 글자를 쓰고 꿀을 발라놓게 했다. 주초위왕은 주초走肖를 합치면 조趙자가 되기 때문에 조광조가 왕이 되려고 한다는 뜻이었다.

벌레들이 꿀을 먹기 위해 나뭇잎을 파서 글자를 만들었다. 희빈 홍씨와 경빈 박씨가 이 사실을 중종에게 보고했다. 중종은 조광조 등의 강력한 요구를 들어주기는 했으나 사림파와 더는 정치를 같이할 수 없다고 생각했다. 그리하여 주초위왕이라는 글자를 빌미로 조광조를 하옥하기에 이르렀다.

조광조가 체포되면서 한양은 발칵 뒤집혔다.

"형님, 조광조를 체포하는 것은 이해할 수 없습니다."

신명화의 사촌동생인 신명인이 분개하여 말했다. 신명인은 김식의 제자로 학문이 뛰어나 사림파 사이에서 촉망받고 있었다.

"그래. 어떻게 하면 좋겠는가?"

"성균관 유생들을 이끌고 임금에게 항의하겠습니다."

"좋은 생각이야. 나도 선비들을 이끌고 대궐로 가겠네."

신명인은 성균관으로 달려갔고 신명화는 조정대신들을 만났다.

"조광조가 무엇을 잘못했습니까?"

조광조는 뚜렷한 죄목도 없이 옥에 갇혀 있었다. 대신들은 입이 있어도 말을 하지 못했다.

"조광조는 죄가 없으니 석방해야 합니다."

대신들도 일제히 조광조를 석방하라고 요구했다. 그러나 남곤, 심정을 비롯하여 훈구파는 조광조 등을 옥에 가두고 신문했다.

신명인은 이약수 등과 함께 대궐 앞에 엎드려 통곡했다.

"임금을 만납시다."

"대궐로 쳐들어갑시다."

선비들은 광화문 앞에 하얗게 몰려들어 외쳤다. 선비들은 광화문을 지키는 병사들을 뚫고 대궐로 난입했다.

"성균관 유생들을 모조리 잡아들이라."

중종이 대노하여 유생들을 옥에 가두었다. 성균관 유생과 선비천여 명이 옥에 갇혔다. 신명인과 신명화도 옥에 갇혔다.

"유생들은 충성스러운 마음에 저러는 것입니다."

정광필을 비롯하여 대신들이 잇달아 유생들을 석방하라고 요구했다.

"조광조의 죄가 무엇인지 밝혀주십시오."

중종은 대신들의 요구에 대답이 궁색했다.

인선은 대궐을 바라보았다. 천여 명에 이르는 선비가 옥에 갇혀한양이 발칵 뒤집혀 있었다. 한양 인근에 있는 선비들도 속속 상경하여 한양이 뒤숭숭했다.

인선은 신명화가 옥에 갇히자 옥바라지를 했다.

"내 걱정은 하지 말고 집안을 잘 돌보거라."

신명화가 눈을 지그시 감고 말했다.

"아버지, 걱정하지 마세요."

신명화는 신명인과 함께 갇혀 있었다.

인선은 신명화를 면회하다가 조광조의 옥사 앞에 이르렀다. 조광조는 옥사에 단정하게 앉아 있었다.

'도학정치는 한낱 꿈에 지나지 않는 것인가?'

사림파의 영수인 조광조가 옥에 갇혀 있는 모습을 보자 요순의 태평성대는 이루어질 수 없는 꿈으로 생각되었다.

"나리."

인선은 조광조를 가만히 불렀다.

"누구신가?"

"신명화 진사의 둘째 딸입니다."

"오오 그런가? 이제는 어엿한 규수가 되었군."

조광조가 비로소 인선의 얼굴을 살폈다. 인선은 기묘년에 사화가 일어날 것이라고 조광조에게 예언했었다.

"도학정치는 한낱 꿈입니까?"

"나도 잘 알고 있네."

"그럼 왜 목숨을 가벼이 여기십니까?"

"내가 죽을 날이 멀지 않았다는 말로 들리는군."

인선은 조광조의 얼굴을 가만히 살폈다. 조광조는 옥에 갇혀서도 얼굴빛이 온화했다.

"내가 죽은 뒤 조선은 성리학이 더욱 발전할걸세. 내 역할은 그것만으로 충분하네."

조광조가 빙그레 웃었다. 신명화와 신명인은 나흘 만에 석방되었다.

187

중종 14년 11월 16일, 조광조는 옥에서 피 끓는 상소를 올렸다.

신이 어리석고 우직한 자질로 성조를 만나 경연에 출입하면서 전하를 가까이 모실 수 있었으므로, 다만 임금의 밝은 성명만을 믿고 어리석게 속에 있는 진실을 모두 말씀드려 사람들의 시기를 얻었습니다. 임금이 있는 것만 알고 다른 것은 전혀 헤아리지 않았습니다. 오로지 우리 임금이 요순 같은 임금이 되게 하고자 했습니다. 이것이 어찌 제 한 몸을 위한 것이었겠습니까? 밝은 하늘 아래에 추호도 사심邪心이 없었습니다. 임금을 위한 것이 죄라면 신의 죄는 만 번 죽어도 후회가 없으나, 사류士類의 화禍가 한 번 시작되면 걷잡을 수 없어서 뒷날에 국가의 존립이 우려될 뿐입니다. 임금이 계신 곳이 멀리 떨어져 있어서 감히 신의 생각을 아뢸 길이 없으나 이대로 죽는 것도 참으로 견딜 수 없사오니, 친히 물으시면 만 번 죽더라도 여한이 없겠습니다. 뜻은 넘치고 말은 막혀서 차마 아뢸 바를 모르겠습니다.

조광조는 옥중상소에서 자신이 죽는 것은 문제가 아니나 사화가 한 번 일어나면 많은 사대부가 죽을 것이고 이는 국가의 명맥을 흔드는 일이라고 하면서, 차라리 중종이 친히 국문을 해달라고 애달프게 호소했다. 불과 며칠 전까지만 해도 중종의 총애를 한 몸에 받으며 도도하게 개혁정치를 주장하고 공신들을 신랄하게 비판했던 조광조가 한순간에 몰락하여 임금의 선처를 바라고 있는 것이다.

중종은 조광조를 옥에 가두었으면서도 그 죄명도 밝히지 않고 국문도 하지 않아 조정의 대신들을 의아스럽게 만들었다. 중종은 어처구니없게도 정광필을 비롯한 대신들에게 "대신들이 조광조에게 죄가 있다고 했기 때문에 의금부에 가둔 것이다"라고 했고, 대신들은 "언제 그런 일이 있었느냐"라고 항의하기에 이른다.

훈구파는 조광조가 교만하다는 것으로 죄안罪案을 삼았다. 중종은 그것만으로도 충분하니 조광조를 치죄하라고 영을 내렸다.

중종 14년 11월 16일 마침내 조광조 등에 대한 국문이 이루어졌다. 판사判事 김전과 이장곤, 지사知事 홍숙이 의금부에 가서 국문했다.

"못난이여, 못난이여, 섭섭하구나."

조광조는 이장곤이 추고를 하려고 하자 비웃었다.

'일찍이 벼슬에서 물러났어야 했는데 이게 무슨 꼴인가?'

이장곤은 조광조와 가까이 지냈으나 남곤 등의 무고를 막지 못하고 오히려 추국하는 당상관이 되자 비웃음을 당한 것이다.

"홍숙아, 네가 어찌 감히 우리를 추고하느냐!"

조광조는 홍숙에게도 이름을 부르면서 호통을 쳤다. 그러나 국문이 시작된 이상 공초供招를 바치지 않을 수 없었다. 사림파는 차례로 공초를 바쳤다.

"신의 나이는 서른두 살입니다. 신은 본래 어리석으나, 다만 옛사람과 스승과 벗들을 사모하여 뜻을 같이하는 선비들과 교유하였습니

189

다. 사람들을 벼슬에 끌어들이고 물러나게 하는 것은 신이 한 일이 아니며 착한 자를 좋아하고 착하지 않은 자를 미워하여 한갓 공론을 가지고 서로 쟁론했을 뿐입니다. 붕당을 맺고 파당을 지어 조정을 날로 잘못되게 하였다는 것은 신의 뜻과는 다릅니다."

김구의 공초였다.

"신의 나이는 서른아홉 살입니다. 우악한 성상의 은혜를 입어 대관이 되었고, 과거에 급제하여서는 대사성으로 승수되었으므로 조금이라도 사직에 보탬이 되고자 전력을 다했습니다. 권력의 중심에 있지 않으므로 사람들을 벼슬에 끌어들이거나 물러나게 한 일이 전혀 없습니다. 붕당을 맺고 국론을 오도하여 조정을 날로 잘못되게 했다는 것은 신이 하지 않은 일입니다."

김식의 공초였다.

"신의 나이는 서른여덟 살입니다. 선비가 세상에 태어나서 믿는 것은 오직 임금의 마음뿐입니다. 국가가 병들고 혼탁하게 하는 것이 이利의 근원에 있는 줄로 망령되게 생각하여 국맥을 무궁한 바탕에 두고자 혁신하였을 뿐이고 다른 뜻은 전혀 없었습니다."

조광조의 공초였다.

"신의 나이는 서른두 살입니다. 성품이 본디 미치광이 같고 어리석으나, 다만 옛사람의 글을 읽어서 옳고 그름을 조금 압니다. 국가대사를 논할 때에 조광조, 김정, 김식, 김구 등과 서로 뜻이 같아서 함께 교유하였습니다. 그 논의가 궤격하다는 것은 이해할 수 없는 일이며,

사사로이 서로 붕당을 맺었다는 것은 신이 한 일이 아닙니다."

윤자임의 공초였다.

"신의 나이는 스물여덟 살입니다. 젊어서부터 옛사람의 글을 읽었으므로, 집에서는 효도를 다하고 나라에서는 충의를 다해야 한다고 생각했습니다. 뜻을 같이하는 선비와 옛날의 도리를 강구하고 국가가 반드시 요순의 정치에 이르게 하고자 하여 선한 자는 사귀고 선하지 않은 자는 멀리했습니다. 조광조는 젊어서부터 사귀어왔으며, 김식, 김구, 김정은 늦게 상종하였는데, 우리 논의가 결코 궤격하다고 생각하지 않습니다."

기준의 공초였다.

"신의 나이는 스물아홉 살입니다. 나이가 젊고 성품도 어리석으나 명현의 글을 공부하였으므로 오로지 정성을 다하는 것이 신의 직분이었습니다. 조광조는 신이 젊어서부터 교유하였고 김식, 김정, 김구도 늘 교유하였으나 그 논의가 궤격하다고는 생각하지 않았으며, 사사로이 부화뇌동하지 않았습니다."

박세희의 공초였다.

"신의 나이는 서른여섯 살입니다. 성품이 미열迷劣하나, 옛사람의 글을 읽었으므로 스스로 그들을 본받아 임금에게 충성하고 어버이에게 효도하려고 밤낮으로 생각해왔습니다. 또한 좋은 스승과 벗이 없으면 성인이 될 수 없으므로 조광조, 김정, 김식, 김구 등과 서로 교유하였습니다. 그러나 논의가 궤격한 일은 없었고, 사사로이 서로 부화하였다는 것은 신이 한 일이 아닙니다."

박훈의 공초였다. 공초에서 나타나 있듯이 이들의 나이는 이십 대 후반에서 삼십 대 후반까지였다. 젊은 개혁주의자들이 일거에 숙청을 당한 것이다.

사림파에 대한 대대적인 검거는 유생들의 반발을 불러왔다. 성균관의 유생 이약수李若水 등 150여 명은 궐하闕下에서 상소를 올리고 반응이 없자 궐문을 밀고 난입하여 곧바로 합문 밖에 이르러 조광조의 무죄를 주장하면서 통곡했다. 유생들의 곡성이 대궐 뜰에 진동했다. 승지 성운이 봉장封章을 가지고 들어가 중종에게 아뢰었다.

"저 곡하는 자가 누군가?"

중종은 유생들이 궐 안까지 들어와 항의한다는 말에 놀랐다.

"성균관의 유생들이 봉장하고 복합伏閤하여 통곡합니다."

"상소는 올릴 수 있으나 어찌 대궐에 난입하여 통곡할 수 있는가? 유자儒者의 사체事體가 이러해야 하는가? 이제 곡성을 들으니 매우 놀랍다. 괴수魁首 대여섯 명을 곧 의금부에 내려서 가두라."

중종은 가슴이 뜨끔했으나 성균관 유생 대표를 의금부에 하옥하라는 영을 내렸다.

중종 14년 11월 17일, 성균관의 생원 임붕林鵬 등 240여 명이 상소하여 조광조의 억울함을 아뢰고 옥에 함께 가겠다고 청했다.

조광조에 대한 구명운동은 폭넓게 전개되었다. 정광필을 비롯하여 안당도 단지 과격하다는 이유만으로 죄를 주어서는 안 된다고 주청했다.

"전하, 조광조 등에게 죄를 주려면 그 이유가 있어야 하는데 사초에 기록하기가 매우 어렵습니다. 이는 매우 중한 일인데, 후세에 무엇에 근거하여 사실을 상고하겠습니까? 조광조 등은 나라를 위하였을 뿐인데 어찌 다른 뜻이 있었겠습니까?"

기사관記事官 채세영蔡世英도 아뢰었다. 중종은 성균관 유생들이 상소를 올리고 기사관까지 조광조를 두둔했으나 확고한 결심이 서 있었다. 왕도정치를 실현한다고 과거 합격자들을 위한 행사에도 참여하지 않아 국왕인 자신을 능멸한 조광조를 결코 용서할 생각이 없었다.

"신들은 근본을 모르고는 사초에 기록할 수 없습니다. 조광조 등에게 과격한 일이 있었더라도 어찌 자신을 위하여 한 일이겠습니까?"

기사관 이공인李公仁도 아뢰었으나 중종은 대답하지 않았다.

김전, 이장곤, 홍숙이 조광조 등의 죄를 결정하기 위해 중종을 알현했다

"원율元律이 없으므로 비율比律로 맞추었으나, 지극히 과중하므로 신 등은 크게 몰랐습니다. 들건대 조광조 등이 지만취초遲晩取招 때에 다들 통곡하며 '성명만 믿고 국사를 위하고자 하였을 뿐인데 무슨 다른 뜻이 있겠습니까?' 하기에 신 등이 이 말을 듣고 매우 측은하였습니다. 이 율로 죄를 주면 만세에 비난을 받을 것입니다."

중종은 의금부에 영을 내려 조광조 등의 형률을 결정하게 했다. 의정부 대신들은 사림의 눈치를 보느라 조광조의 형량조차 정하지 못

하고 있었다. 유림이 조광조의 숙청을 반대했으나 중종의 뜻이 조광조를 제거하려는 것임을 알고 이에 영합하는 자들도 나타났다.

조광조가 의금부에 구속되자 대사헌에 유운柳雲이 임명되었다. 유운은 부인의 상중이었으나 조광조가 죄 없이 옥에 갇히는 것을 보고 죽기로 결심하고 중종에게 조광조를 하옥해서는 안 된다고 아뢰었다. 그러자 대사간大司諫 이빈李蘋이 유운을 탄핵하여 대사헌 자리에서 내쫓았다. 대사헌에 이항李沆이 임명되자 이빈은 이항과 함께 사림파를 모조리 숙청했다.

중종은 조광조를 능성으로 귀양 보낸 지 한 달 만에 사사하라는 영을 내렸다. 의금부 도사 유엄柳渰이 사사의 명을 받들기 위해 능성에 이르렀다.

"나는 참으로 죄인이오."

조광조는 유엄이 사사하라는 어명이 내렸다고 하자 땅에 앉아서 물끄러미 하늘을 쳐다보았다.

"사사의 명만 있고 사사의 글은 없소?"

유엄이 글을 적은 쪽지를 보여주었다.

"내가 전에 대부 줄에 있다가 이제 사사받게 되었는데 어찌 다만 쪽지만을 만들어 금부도사에게 붙여 신표로 삼아 죽이게 하겠소? 도사의 말이 아니었다면 믿을 수 없을 뻔하였소."

조광조는 쪽지 한 장을 보내 죽이라고 한 중종의 태도에 실망했다. 조광조는 누가 정승이 되었고 심정이 지금 어느 벼슬에 있는지 물었다. 유엄은 사실대로 대답했다.

"그렇다면 내 죽음은 틀림없소."

조광조가 허탈하게 웃으며 말했다.

"조정에서 우리를 어떻게 말하오?"

"왕망王莽의 일에 비교해서 말하는 것 같습니다."

왕망은 전한시대의 정치가로 황제의 권력을 찬탈하여 자신이 황제가 되었다.

"왕망은 사사로운 이익을 위해서 일한 자요. 죽으라는 명이 계신데도 한참 지체하는 것은 옳지 않은 일이 아니겠소? 하나 오늘 안으로만 죽으면 되리다. 내가 글을 써서 집에 보내 분부해서 조처할 일도 있으니, 처치가 끝나고 나서 죽는 것이 어떻겠소?"

조광조는 금부도사가 사약을 받들고 왔는데도 태연했다. 유엄은 조광조의 요청을 허락했다. 조광조가 옥에 들어가 조용히 자기 뜻을 글로 쓰고 또 회포를 썼다.

임금을 어버이처럼 사랑하였고
나라를 내 집처럼 근심하였네.
해가 세상 아래를 굽어보니
충정을 밝게 비추리.

조광조는 글쓰기를 마치자 거느리는 사람들에게 유언을 했다.

"내가 죽거든 관을 얇게 만들고 두껍게 하지 마라. 먼 길을 가기 어렵다."

조광조는 죽기 전까지 자주 문 밖을 내다보았는데, 혹시라도 중종이 살려주지 않을까 하는 희망 때문이었다. 조광조는 글을 쓰고 분부하는 일을 끝낸 뒤 사약을 바로 마시지 않고 독한 술을 마시고 나서 죽었다.

해가 져서 하늘은 먹 같고
산이 깊어 골짜기는 구름 같구나.
군신의 의리는 천년토록 변치 않는 것
섭섭하다, 이 외로운 무덤이여!

성세창의 꿈에 조광조가 살아 있을 때처럼 나타나 써주었다는 시다. 이 말을 들은 많은 사람이 눈물을 흘렸다.

"아버지."

인선은 조광조가 죽었다는 소식을 듣고 몹시 슬펐다. 조광조를 비롯하여 사림파의 꿈이 허망하게 무너졌다고 생각했다.

"도학정치를 하려는 우리 꿈이 무너졌구나."

신명화가 비통해했다.

'훌륭한 선비가 이렇게 요절하는구나.'

인선은 조광조의 죽음이 안타까웠다.

조광조의 죽음은 신명화나 신명인뿐 아니라 다른 많은 선비에게
도 큰 충격을 주었다. 많은 선비가 공부해야 소용없다면서 책을 팽개
쳤다. 신명화와 신명인도 책을 버리고 술에 취해 살았다. 조광조가 애
써 만든 현량과가 폐지되고 소격서가 부활되었다.

신명화가 우울해하고 있을 때 이장곤이 중인 한 사람을 데리고
왔다. 날씨가 따뜻하여 인선은 대청에서 포도를 그리고 있었다. 중인
의 시선은 인선이 그린 포도에서 떨어지지 않고 있었다.

"스승님."

인선은 자리에서 일어나 이장곤에게 머리를 조아렸다. 이장곤은
신명화와 인사를 나누고 중인 사내를 신명화에게 소개했다.

"한어 역관 일을 하는 사람일세."

역관은 중인 신분이라도 부유하고 책을 많이 읽어 학문이 높았다.

"어숙권이라고 합니다."

이장곤은 조광조의 옥사 때 위관을 맡았기 때문에 선비들에게서
지탄을 받았다. 그러나 그는 정광필, 안당 등과 함께 사림파를 구하려
고 애를 썼었다.

"반갑소."

신명화는 어숙권을 천천히 살폈다. 어숙권이 비록 서자였으나 학
문이 높았다.

"따님이 그림을 그리고 있었던 것 같습니다."

"무료하여 딸에게 글을 가르치고 있던 참이오."

"그림 속의 포도가 참으로 절묘합니다. 마치 금방 딴 것처럼 싱싱합니다."

어숙권은 무릎을 치면서 감탄했다. 인선은 그림 그리던 것을 한쪽으로 치우고 여종들에게 술상을 차리게 했다.

"옥사도 끝났는데 신공도 이제 그만 출사하는 것이 어떻소?"

이장곤이 수염을 쓰다듬으며 신명화에게 물었다.

"임금이 선비를 사랑하지 않는데 출사하여 무얼 하겠습니까?"

신명화가 불만스럽게 내뱉었다.

"조광조를 구하기 위해 애를 많이 썼는데 소용이 없었소."

"훈구대신들에게 진 것입니다."

"아니요. 이번 옥사는 임금이 한 것이오."

"어째서 그렇습니까?"

"임금께서 사림파가 너무 커졌다고 보고 잘라낸 것이오."

이장곤이 한숨을 내쉬었다. 이장곤은 술을 마시며 인선을 옆에 앉히고는 이것저것 학문에 대해 이야기를 나누었다. 어숙권은 이장곤과 인선의 대화를 주의깊게 들었다.

'신명화의 딸이 그림만 잘 그리는 줄 알았더니 학문도 높은 경지에 이르렀구나.'

어숙권은 인선에게 감탄했다. 인선은 이장곤의 시중을 들며 간간이 어숙권과 이야기를 나누었다. 어숙권이 중국 이야기를 하자 깊은 감명을 받았다.

비 냄새가 확 풍기면서 검은 물체가 방으로 성큼 들어왔다. 아이고 이 사람아, 왜 비를 맞고 왔나? 머리가 천장에 닿을 듯이 우뚝 솟아 있는 조대남을 보고 인선은 소리를 질렀다. 조대남은 무인이라 키가 컸다. 평소에도 집에 올 때면 키가 커서 장승이라고 불렀다.

"장모님, 저 왔습니다."

조대남의 목소리가 쩌렁쩌렁 울렸다.

"저녁은 어떻게 했나?"

"지금 저녁이 문제입니까? 장모님 몸은 좀 어떠십니까?"

"괜찮네."

"장모님이 편찮으신데 장인어른은 어디로 가신 겁니까?"

조대남은 수다스럽기까지 했다.

"장모님, 하루 종일 아무것도 안 뜨셨다는데 죽이라도 조금 뜨십시오."

"나는 괜찮으니 자네나 저녁을 먹게. 시장하겠네."

인선은 손을 내저었다. 매창이 조대남을 데리고 밖으로 나가 도란도란 이야기를 주고받았다.

'천생연분이구나.'

인선은 매창과 조대남이 이야기하는 소리를 들으면서 흐뭇했다. 조대남은 제 색시를 유난히 아낀다고 했다.

'혼인을 잘 시켰어.'

인선은 눈을 감았다.

쏴아아.

밖에는 여전히 비가 내리고 있었다. 매창과 조대남의 아이가 우는 소리가 들렸다. 훈련도감에서 일을 하는 조대남이 달려온 것은 인선이 위독하다는 연락을 받았기 때문이다.

치맛자락이 끌리는 소리가 들리더니 매창이 옆에 와서 앉았다.

"어머니."

매창이 옆에 앉아서 탕약을 숟가락으로 떠서 입에 흘려 넣어주었다. 인선은 고개를 흔들었다. 매창은 큰딸이었기 때문에 그녀를 도왔다. 인선은 그녀가 어릴 때부터 글과 그림을 가르치고 바둑과 거문고를 가르쳤다.

"매창이는 너를 꼭 닮았구나."

어머니 이씨가 인선에게 말했다. 매창은 시가 뛰어나고 바둑은 국수國手에 못지않을 정도였다. 강릉 일대에서는 그녀를 상대할 적수가 없었다.

'거문고도 뛰어난데…'

매창의 재주가 뛰어나 인선은 조대남과 혼인을 시키는 것이 아깝다고 생각했다. 그런데 매창을 우연히 본 조대남이 매일 같이 집을 찾아와 청혼을 했다.

"사내가 규수 집에 와서 이리하는 것은 유자儒者의 도리가 아니네."

이원수가 조대남을 사랑으로 불러 꾸짖었다.

"저는 유자가 아니라 무인입니다."

"무인이라고 예를 모르는가?"

"저는 혼사를 허락할 때까지 찾아오겠습니다."

조대남은 비가 오나 눈이 오나 인선의 집을 하루도 거르지 않고 찾아왔다. 조대남 때문에 집안이 발칵 뒤집혔다. 여종들이 대문 틈으로 내다보고 깔깔대고 인선의 딸들까지 조대남을 훔쳐보았다. 그런데 대문 틈으로 내다보던 매창이 비를 맞고 있는 조대남에게 지우산을 갖다주고 혼인을 허락해달라고 말했다.

"어찌하여 무인과 혼인을 하려는 것이냐?"

인선이 깜짝 놀라 매창에게 물었다.

"저를 사랑하는 사람입니다. 여자는 자신을 사랑하는 남자에게 시집을 가야 행복할 수 있습니다."

매창의 당돌한 말에 인선은 고개를 끄덕거렸다. 인선은 이원수를 설득했고 조대남을 들어오게 하여 발을 치고 마주앉았다. 조대남은 대청으로 올라오자 절부터 넙죽 했다.

"어찌하여 우리 아이에게 청혼을 하게 되었나?"

이원수가 조대남을 살피면서 물었다.

"처음에는 아가씨의 거문고 소리를 들었습니다. 거문고 소리를 들었는데 그 소리가 어찌나 아름다웠는지… 꼭 거문고를 연주하는 아가씨를 만나고 싶었습니다."

"그래서 어떻게 했나?"

"집 근처를 매일 같이 서성거렸습니다. 하루는 달빛이 밝은데 규수께서 출타했다가 돌아오고 있었습니다. 어렴풋이 비치는 달빛 아래 그 얼굴을 바라보니 잊으려도 잊을 수 없이 아름다웠습니다."

조대남의 말에 인선은 고개를 끄덕거리지 않을 수 없었다. 매창은 그렇게 하여 조대남과 혼인을 하게 된 것이다.

7. 임은 성중의 장부 첩은
한 송이 예쁜 꽃

쏴아아. 빗소리가 더욱 커지고 있었다. 인선은 이상하게 비가 계속 내리고 있다고 생각했다. 시간은 얼마나 된 것일까. 그녀의 침상을 지키던 아이들이 보이지 않았다. 아들도 딸도, 사위도 며느리도 잠을 자는 것일까. 깊은 침묵과 적막, 그리고 빗소리 때문에 의식이 혼란스러웠다.

인선이 눈을 뜨자 매창이 옆에 단정하게 앉아 있었다. 매창에게서 은은하게 지분냄새가 풍겼다.

"매, 매창아…."

인선은 딸을 보고 경악했다. 딸이 손가락을 입에 가져가 깨물고 있었다. 매창이 그녀를 위해 단지斷指를 하려는 것이다.

"매창아, 안 돼."

인선은 가슴이 터질 것 같아 소리를 질렀다. 그런데 그녀의 소리가 들리지 않는지 매창이 손가락을 그녀의 입에 가져왔다. 인선은 눈물이 왈칵 쏟아졌다.

"아가, 안 돼."

인선은 속으로 울었다. 매창을 금이야 옥이야 키웠다. 그런데 그녀가 단지를 하여 인선을 살리려 하고 있었다. 손을 움직여 매창을 만류하려고 했으나 몸이 움직이지 않았다.

'아아, 내가 빨리 죽어야 하는데…'

인선은 울음조차 나오지 않았다. 한참을 그녀의 입에 피를 흘려넣던 매창이 밖으로 나갔다.

'내가 죽어서 너희를 지켜주마.'

인선은 통곡을 하고 싶었다. 울음조차 나오지 않았으나 그래도 매창을 아끼는 조대남이 있어서 다행이라고 생각했다. 인선은 매창의 혼인이 자신과 비슷하다고 생각했다. 매창이 자신의 뜻대로 혼인했던 것처럼 인선도 자신의 의지대로 혼인했었다.

조광조가 죽자 인선은 많은 생각을 하게 되었다. 조광조는 자신이 죽을 것을 알면서도 죽음을 선택했다. 그의 죽음은 선비들에게 충격과 슬픔을 안겨주었다. 인선은 강릉과 수진동을 오가며 한가하게 보냈다. 그녀는 때때로 이원수를 생각했다. 그런데 기이하게 이원수에게서 도무지 연락이 없었다.

인선에게는 계속 혼담이 들어왔다.

"언니도 혼인을 하여 잘살고 있지 않느냐? 너도 이제는 시집을 가야 한다."

신명화가 인선을 앉혀놓고 타일렀다.

"아버지, 조금만 더 기다려주세요."

인선이 입술을 지그시 깨물고 말했다.

"교하의 그 소년 선비를 기다리는 것이냐?"

인선은 대답을 하지 않았다.

"그 소년 선비는 집안이 보잘것없다. 너는 장안의 명문가와 혼인을 할 수 있다. 오늘 들어온 혼담은 대사헌을 지낸 정윤수 대감의 셋째 자제로 이미 향시에 급제했다고 한다."

"저는 그와 혼인하지 않을 것입니다."

"자고로 혼인은 인륜지대사로 부모가 결정한다."

신명화가 단호하게 말했다.

"아버지께서 강제하셔도 따르지 않을 것입니다."

"뭐라고?"

신명화는 인선의 말에 가슴이 철렁했다.

"혼인은 부부가 함께 사는 것입니다. 아무리 어른들이 결정하는 일이라고 해도 당사자가 원하지 않는 혼인을 할 수가 없습니다."

신명화는 가슴속에서 불이 일어나는 것 같았다. 인선이 똑똑하다고 하더라도 자신의 말을 노골적으로 거절할 것이라고는 생각하지 않았었다.

"문밖으로 한 발자국도 나가지 말거라."

신명화는 인선에게 엄중하게 명을 내렸다. 그러자 인선이 곡기를 끊고 단식을 하기 시작했다.

'이런 고약한 놈이 있나?'

신명화는 인선이 고집을 피우자 더욱 분개했다. 하루가 지나고 이틀이 지났다. 인선은 여전히 곡기를 입에 대지 않고 있었다.

'불효한 놈.'

인선이 곡기를 끊은 지 닷새가 되자 신명화는 쓸쓸했다. 인선은 곡기를 끊은 지 이레가 되던 날 갑자기 자리에서 일어나 머리를 감고 옷을 단정하게 갈아입었다.

'무슨 짓을 하는 거지?'

신명화는 인선이 분단장까지 마치자 어리둥절했다.

홍문관 부제학 이행이 수진동 본가로 찾아온 것은 여름날의 해가 뉘엿이 기울고 있을 때였다. 학문이 뛰어난 이행은 연산군 때는 충주와 초거로 유배되었다가 중종반정이 일어나 관직에 나아갔다. 그러나 사림파가 폐비 신씨 복위를 주장할 때 반대하다가 배척을 당했다.

이행은 조광조 등 사림파가 칼바람을 맞은 뒤 호조참의 등 여러 벼슬에 임명되었으나 사직하고 나아가지 않다가 중종이 간곡하게 부르자 마침내 부제학으로 출사한 것이다.

"부제학 영감께서 어쩐 일이십니까?"

신명화가 사랑으로 맞아들여 인사를 나누고 물었다.

"집안일로 들렀소. 사림파의 일로 너무 탓하지 마시오."

이행이 부드럽게 웃으며 사랑채를 살폈다. 여름이라 문을 활짝 열어놓아 바람이 솔솔 불어 들어오고 뜰에는 작약이며 능소화가 만발해 있었다. 담쪽으로는 포도나무 넝쿨도 있고 배롱나무도 보였다.

"영감께서 강직한 분이라는 것은 세상이 다 아는 일입니다. 탓하는 것은 당치 않습니다."

신명화는 이행을 상석에 앉게 했다.

"과찬이오. 내 당조카 가운데 원수라는 아이가 있소."

이행이 이런저런 이야기를 하다가 이원수를 거론하기 시작했다.

"강릉으로 한 번 찾아온 일이 있습니다. 인물이 훤하더군요."

신명화는 마침내 이씨 가에서 혼인을 청하러 왔다고 생각하여 긴장했다. 오래전부터 이원수를 기다렸으나 이제야 온 것이다.

'인선이가 머리를 감고 옷을 단정하게 입은 것은 이행 때문인가?'

신명화는 가슴이 쿵쾅거리고 뛰었다.

"어려서 부친을 여의기는 했지만 심성은 고운 아이요. 그래서 신공의 둘째 따님과 길례를 올리게 하고 싶은데 어떨지 모르겠소."

이행은 신명화의 눈치를 살폈다.

"제 딸은 미욱합니다."

신명화가 일단 사양하는 시늉을 했다.

"신공, 부디 거절치 마시오."

이행이 사정을 하듯이 말했다. 신명화는 인선이 단식까지 하고 있었기 때문에 어쩔 수 없다고 생각했다.

'자식 이기는 부모 없는 법….'

신명화는 인선의 뜻대로 따라야 하겠다고 생각했다.

"저는 불행하게도 대를 이을 아들이 없습니다. 내자의 집안 또한 외동딸이라 일 년의 반 이상을 처가에서 지내고 있습니다. 저는 딸이 다섯인데 하나는 시집을 보냈고 넷이 남았습니다. 둘째 딸이 미욱하기는 해도 제가 유난히 사랑하는지라 저희 집안을 이끌 남자에게 시집을 보내려고 진작부터 마음에 품고 있었습니다."

신명화는 데릴사위를 들여야 한다고 이행에게 말했다.

"원수는 그렇게 할 것입니다."

"그렇다면 저로서도 다른 생각이 없습니다."

"하하, 그럼 혼례가 결정되었군요."

이행이 유쾌하게 웃음을 터뜨렸다. 혼례가 결정되자 신명화는 술상을 차리게 하고 인선을 불러 절을 올리게 했다.

"이제 네 시당숙이 되실 어른이시다."

인선은 곱게 웃으면서 이행에게 공손하게 절을 올렸다. 이원수와 혼례를 올린다고 생각하자 가슴이 뛰고 얼굴이 화끈거렸다.

'나는 이제 한 남자의 아내가 되는 거야.'

인선은 그날 밤 잠을 이루지 못했다.

이튿날부터 인선은 그림 그리는 것을 접고 〈여훈〉, 〈내훈〉, 〈열녀전〉 등 여성수신서를 읽었다.

"여자가 시집을 가면 가장 중요한 것이 시부모를 봉양하는 것이다."

이씨가 인선을 가르치기 시작했다.

"첫째가 시부모 공경, 둘째가 남편 봉양, 셋째가 자식 교육이다. 또한 의복과 음식 만들기, 손님접대는 물론 재물을 절약하고 아껴야 한다."

인선은 이씨의 가르침을 가슴에 깊이 새겼다.

인선의 혼례는 빠르게 진행되었다. 인선은 혼례 준비를 하면서 때때로 먼 허공을 응시했다. 이원수를 생각할 때마다 가슴이 뛰고 얼굴이 붉어졌다.

'운명이란 이런 것인가?'

이원수와 운명적으로 맺어질 수밖에 없다고 생각했다. 그동안 여러 사람에게서 혼담이 들어왔으나 모두 거절했다. 그 바람에 신명화와의 사이가 소원해졌다.

'부부는 평생 살을 맞대고 살아야 한다.'

인선이 신명화가 권하는 혼담을 거절한 것은 그 한 가지 이유 때문이었다. 이원수가 강릉에서 떠날 때 기다려달라고 말했었다. 그 기다림이 어느 사이에 3년이 된 것이다.

이원수는 그녀와 약속한 대로 당숙 이행을 중신아비로 내세워 혼담을 청했고 신명화는 처가를 돌본다는 조건으로 수락했다. 양가에서 사주단자가 오가고 혼인 날짜가 잡히자 인선은 설레면서도 긴장

되었다.

딸을 시집보내는 집은 분주했다. 이부자리를 비롯해 시가의 옷을 지어야 했고 목수를 불러 농짝도 짜야 했다. 인선이 몇 년 동안 입을 옷도 준비해야 했기 때문에 이씨의 손이 바빴다.

'우리 딸 잘살아야 하는데….'

이씨는 때때로 인선을 가슴에 꼭 안아주고는 했다.

'혼인을 하면 이씨 가문의 사람이 된다.'

인선의 혼인은 3월로 잡혔다.

'혼인하기 전에 신랑을 만날 수도 없다니….'

인선은 이원수에 대한 생각이 많아졌다. 이원수와 같이 밥을 먹고 같이 잠을 잔다는 생각을 하면 몸이 더워지고는 했다. 그러나 신씨가 사람에서 이씨 가문의 사람이 된다는 사실을 생각하면 무엇인가가족과 멀어지는 듯한 기분이었다.

혼인날은 점점 다가왔다. 하루는 인선이 안채에서 나오는데 신명화가 오죽헌 앞에 있는 오동나무를 보고 있었다.

"아버지."

인선은 신명화에게 쪼르르 달려갔다.

"인선이구나. 어디를 다녀오는 게냐?"

신명화가 인선을 돌아보고 웃었다.

"외할아버지에게요. 무얼 보고 계세요?"

"오동나무를 보고 있었다. 오동나무가 아주 크지 않느냐?"

"예. 커요. 이 나무가 정말 언니가 태어났을 때 심은 거예요?"

"그래, 언니가 시집갈 때 농을 짜주려고 오동나무를 심었지."

"저 복숭아나무는 제가 태어났을 때 심었고요?"

"그렇지. 복숭아꽃처럼 예쁘라고 심었다."

신명화는 딸이 태어날 때마다 나무를 심었다.

"《시경》에 아주 좋은 말이 있다. 시집가는 아가씨야, 온 집안을 화락케 하라."

인선은 신명화의 말에 가슴이 쿵하고 울리는 것 같았다.

"우리 딸도 시집가면 온 집안을 화락케 해야 한다."

신명화가 미소를 지으며 말했다.

"아버지, 온 집안을 화락케 할 테니 걱정하지 마세요. 그동안 죄송했어요."

인선은 신명화와 굳게 약속했다.

"화락했느냐?"

신명화의 목소리가 이명처럼 귓전을 울리는 것은 그날의 일 때문일 것이다.

이원수와 혼인을 올린 뒤 인선은 그 소리를 수없이 들었다.

쏴아아. 바람이 불 때마다 꽃잎이 자욱하게 떨어졌다. 동뢰상이 차려진 방에서는 촛불이 일렁거리고 저 멀리 어느 숲에선가 접동새가 울었다. 접동새가 울 때마다 어둠이 파르르 몸을 떨었다. 나른한 긴장과 설렘이 아직도 인선의 어깨를 짓누르고 있었다. 혼례 때문에 집안 팎이 어수선했다. 일가친척과 동네 사람들이 음식을 먹고 술을 마시 느라고 떠들썩했다.

이내 이원수가 방으로 들어왔다. 인선은 살며시 고개를 숙였다.

"내가 늦었소."

이원수가 사모를 벗고 상을 끌어당겨 술을 따랐다. 그는 자신이 한 모금을 마시고 인선에게 건네주었다. 인선은 조심스럽게 잔을 받 아서 술을 마셨다.

"술 향기가 참 좋소. 무슨 술이오?"

"봄에 여러 가지 꽃을 따서 말린 뒤 담근 술이에요."

"아, 이것이 말로만 듣던 백화주였구려. 향기가 좋으니 한 잔 더 마셔야겠소."

"제가 따를게요."

인선은 미소를 지으며 술을 따랐다.

"그대가 내 아내가 되어 참으로 고맙소."

이원수가 인선의 머리 위에서 족두리를 벗겼다. 그러자 꽃처럼 아름다운 새색시의 모습이 온전히 드러났다. 이제는 첫날밤을 치러야 했다.

"서방님."

"응?"

"서방님 말씀을 듣고 시상이 떠올랐어요."

"그렇소? 한 번 써보시오. 지필묵이 있나?"

"있어요."

인선은 윗목의 서안에서 지필묵을 가져와 펼쳤다. 이원수가 호기심이 가득한 눈으로 인선의 동정을 살폈다.

님은 성중의 장부	君城中丈夫
첩은 한 송이 예쁜 꽃	妾一朵夭紅
우리 둘이 한 쌍의 원앙새 되어	願爲雙鴛鴦
좋은 나무에 같이 깃들기를 바랍니다.	同棲珠樹中

인선의 필체는 단아하고 예뻤다. 그러나 이원수는 필체보다 시의 내용이 더 좋았다.

"어때요?"

인선이 웃음을 머금고 물었다.

"좋소. 아주 좋소."

이원수가 유쾌하게 웃었다.

"서방님도 시를 한 수 지으세요."

"창화唱和를 하자는 말이오?"

"첩이 의지할 수 있게 증표를 보여주세요."

"좋소."

이원수가 고개를 끄덕이고 한참 생각에 잠겼다. 인선은 맑은 눈으로 이원수를 응시했다. 이원수가 아미를 접고 생각에 잠기다가 시를 짓기 시작했다.

아내가 하얀 손으로 술을 권하니	婦玉手勸酒
아내가 꽃처럼 어여쁘고 아름답구나.	婦女花夭夭
아내와 함께 아끼고 사랑하면서	婦共亦可愛
백년을 오늘과 같이 살리라.	百年同今日

인선은 이원수가 지은 시를 소리 내어 읽기 시작했다. 무엇보다 마지막 두 구절이 무척 좋았다.

인선은 열아홉 살이었다. 이원수를 마음과 몸으로 받아들였다. 파과破瓜의 고통이 엄습했으나 세상에서 가장 아름답고 축복받은 밤이었다.

신혼은 즐거웠다. 그러나 신명화가 갑자기 아프기 시작했기 때문에 즐거움을 내색할 수 없었다. 신명화는 가족과 함께 강릉으로 내려가게 되었다.

"아버지, 강릉에 내려가시면 넷째 인주와 권씨 가와 정혼하세요."

셋째 인교는 이미 홍호와 혼처가 결정되어 있었다.

"저도 시가에 인사드리고 내려갈게요."

인선은 얼굴에 병색이 완연한 신명화의 손을 잡고 울었다.

"알았다. 너무 걱정하지 말거라."

신명화가 가을 햇살처럼 스산한 미소를 지으며 인선의 등을 두드렸다.

'인생이 덧없구나.'

신명화는 강릉으로 내려오자 강원고 관찰사를 지낸 권륜에게 중매쟁이를 보내 넷째 딸 인경과 그의 손자 권화와 정혼을 했다. 권륜의 아들 권송은 연산군 때 누이가 후궁 숙의로 입궐하자 외척으로 지목될 것을 우려하여 한양에서 강릉으로 낙향했다. 큰아들에게 아들이 없자 권화를 양자로 들여 대를 잇게 했는데 신명화의 넷째 딸과 정혼을 한 것이다.

이원수의 집은 교하 두운리에 있었다. 이원수는 말을 타고 인선은 가마를 탔다. 서대문을 나서 거의 하루가 걸려서야 시집에 이를 수 있었다. 화석정에서 잠시 쉬었다가 두운리에 들어가자 날이 기울고 있었다. 시가는 이미 잔치가 벌어져 사람들이 가득했고 시어머니 홍씨가 대문 앞까지 마중을 나왔다. 인선이 가마에서 내리자 새색시 얼굴을 보려고 사람들이 구름처럼 모여들었다.

"아유, 색시가 예쁘다."

"색시가 달덩어리처럼 곱네."

가마에서 내린 인선을 보며 사람들이 떠들어댔다. 인선은 안방에 들어가 시어머니 홍씨에게 절을 올렸다.

"아들딸 많이 낳아 이씨 가문을 번성하게 하거라."

홍씨가 환하게 웃으며 덕담을 했다. 홍씨에게 인사를 드린 뒤 사당에 가서 시아버지 위패에 절을 올렸다.

"절을 얌전하게 하는구나."

홍씨는 인선이 흡족했다. 두운리에 머무는 동안 인선은 항상 홍씨의 잠자리 시중을 들었고 아침저녁으로 국화차를 올렸다.

"어머니, 이게 국화차입니다."

"국화차?"

"제가 바닷가의 국화꽃을 따서 볕에 말린 것입니다."

"국화차가 몸에 좋으냐?"

"국화차를 마시면 백 년을 무병장수하고 국화주를 마시면 천 년을 산다고 합니다."

"그래?"

"중국에 국화주를 마시고 8백 년을 산 신선도 있다고 합니다."

인선의 말에 홍씨가 유쾌하게 웃었다. 인선이 시집을 오면서 재산과 노비들을 약간 데리고 왔기 때문에 이원수의 재산이 늘어났다. 인선은 노비들에게 지시할 때 조금도 언성을 높이지 않았다.

인선은 이원수의 공부를 뒷바라지하면서 자신도 책을 읽고 그림을 그렸다. 수를 놓기도 하고 바느질을 하기도 했다. 빨래를 자주 하여 가족에게 항상 깨끗한 옷을 입게 했으나 사치한 옷은 입지 않았다.

'며느리가 신기한 아이구나.'

인선은 책을 읽고 그림만 그리는 게 아니라 모든 일을 다했다. 봄에는 꽃을 따서 술을 담그고 장도 잘 담갔다. 음식도 살림을 오래한 여인처럼 손맛이 좋았다. 그녀가 음식을 할 때는 종들이며 이웃 아낙네들까지 몰려와서 구경했다. 농사를 짓는 일도 파종부터 김을 매고 거름을 주는 일까지 직접 종들을 이끌었다.

'우리 농사가 인근에서 가장 잘되었네.'

홍씨는 가을이 되자 누렇게 고개를 숙인 들판을 보고 감탄했다. 소출도 다른 해보다 월등히 많았다.

마을의 노인들도 감탄을 했다. 인선은 시가에서 지내며 병든 친정아버지 신명화 때문에 가슴앓이를 했다. 그러나 밤이면 이원수가 글을 읽는 옆에 앉아서 바느질을 했다.

이원수는 자기 재주가 출중하다고 여겨 학문을 게을리했다. 그는 성품이 활달하여 저자거리를 돌아다니기를 좋아하고 연배가 비슷한 선비들과 시회를 즐기고 한양을 자주 오갔다.

인선은 그런 이원수에게 공부할 것을 권했다. 그러나 치기 어린 이원수는 인선의 말을 잘 듣지 않았다.

"장부가 세상에 태어났으니 높은 벼슬을 하면 집안의 영광이 됩니다. 서방님은 재주가 뛰어난데 어찌 과거 공부를 하지 않습니까?"

인선은 이원수에게 정중하게 권했다. 혈기방자한 이원수는 인선의 말을 듣지 않았다. 그러나 인선이 계속 권고하자 마지못해 공부를 하게 되었다. 등불을 밝히고 이원수는 책을 읽고 인선은 옆에서 바느질을 했다. 젊은 부부가 책을 읽고 바느질을 하면서 밤을 새울 수는 없었다. 이원수는 하품도 하고 인선을 힐끔거리기도 하면서 공부를 하지 않고 딴청을 부렸다.

"부인, 이제 그만 잡시다."

이원수가 인선에게 눈웃음을 치면서 말했다.

"서방님, 아직 인정도 되지 않았습니다."

인선은 바느질거리에서 눈도 떼지 않고 대답했다. 한쪽 무릎을 세우고 등잔불에 바짝 다가앉아서 바느질을 하는 부인의 모습이 그림처럼 아름다웠다. 이원수는 등잔불에 비친 인선의 아리따운 모습을 홀린 듯이 바라보았다. 동백기름을 발라 곱게 가르마를 타서 빗어 넘긴 뒤에 비녀를 꽂은 머리, 옥색 저고리와 풍성한 남색치마를 보자 안고 싶어서 안달이 났다.

"사람은 밤에 자야 한다오. 우리가 어디 올빼미요?"

"호호호. 주경야독이라고 하지 않았습니까?"

인선은 그때서야 이원수를 바라보고 웃음을 깨물었다. 남편에 대한 사랑이 담뿍 담겨 있는 웃음이었다.

"나는 낮에도 책을 읽었소. 이제 자려는 것은 당신을 사랑하기 때문이오."

"저에게 숙부인 첩지를 받게 해주실 건가요?"

"물론이오. 내 반드시 당상관이 되어 숙부인 첩지를 받게 해주겠소."

"호호호. 그럼 태만하지 마십시오. 당신이 태만하면 저의 숙부인 첩지가 늦어진답니다."

인선은 애교를 부리면서 공부할 것을 권고했다. 인선은 이원수를
다그치지 않았다. 이원수의 사주에 관운이 없는 것은 진작부터 알고
있었다. 그에게 공부를 하라고 권하는 것은 혹시나 하는 생각 때문이
었다.

"잡시다."

이원수가 불을 끄고 요 위에 벌렁 누웠다. 인선은 바느질 그릇을
윗목으로 밀어놓고 주섬주섬 옷을 벗고 이원수 옆으로 누웠다. 이원
수가 팔을 뻗어 그녀를 안았다.

집 뒤 자운산에서 바람이 나뭇가지를 흔들고 지나가는 소리가 들
렸다.

"서방님."

"응?"

"가을걷이가 끝나면 강릉에 내려가야 하겠어요. 아버님이 더 편
찮으신 것 같아요."

"당신 혼자?"

"서방님도 함께 가셔야지요. 나 혼자 길을 가다가 변이라도 당하
면 어떻게 해요? 서방님의 부인을 강도가 빼앗아 가면 어떻게 해요?"

인선이 눈을 흘기는 시늉을 했다.

"알았소. 그렇게 합시다."

인선이 팔을 뻗어 이원수를 안았다.

아침에 눈을 뜨자 서리가 하얗게 내려 있었다. 인선은 무와 배추를 뽑아서 김장을 담갔다. 강릉에 있으면서 어머니 이씨와 함께 해마다 김치를 담갔기 때문에 어렵지 않게 김장을 할 수 있었다.

"새 아씨가 손도 야무지네."

마을 아낙네들이 일을 도와주며 감탄했다. 그러나 시어머니 홍씨는 점점 인선을 고까워하지 않게 되었다. 인선은 이원수에게 시집을 오면서 교하에 많은 논과 땅을 샀다. 하지만 인선의 어머니 이씨 이름으로 되어 있어서 실제 주인은 인선이었다.

"재산과 노비는 용인 이씨의 것이다."

이씨는 재산에 대해서 단호했다. 홍씨는 교하에 산 땅을 이원수의 이름으로 해주지 않는다고 불만이었다.

인선은 가을걷이와 김장까지 끝내자 이원수와 함께 강릉의 친정으로 향했다. 그녀는 길을 단축하기 위해 한양을 거치지 않고 양주를 거쳐 춘천, 인제로 방향을 잡았다.

들판은 대부분 가을걷이가 끝나 황량하고 수목은 잎사귀를 떨어뜨려 앙상했다.

"옛날에 의림지에서 당신을 처음 만났을 때가 생각나는구려."

이원수가 인선이 탄 나귀를 끌면서 말했다.

"나중에 유점사에서도 만났지요."

인선도 여러 해 전에 이원수를 처음 만났던 일을 떠올렸다.

"맞소. 그때 당신과 함께 손을 잡고 험한 산을 오르는데 참 좋았소."

"지금은 안 좋으세요?"

"지금도 좋소. 절세미인이 내 부인이니 선녀와 함께 있는 것 같소."

이원수는 인선의 얼굴을 볼 때마다 여전히 눈이 부시고 가슴이 설레었다.

"이제 인제에 이르렀구려."

교하를 떠난 지 이레가 되었을 때 인제에 도착했다. 대관령을 넘을 때마다 들르는 농가에서 하룻밤을 묵었다. 이튿날 아침 일찍 대관령을 오르기 시작했다.

"내 손을 잡으시오."

대관령은 산이 높고 험했다. 나귀나 가마를 탈 수 없어서 걸어야 했다.

"서방님이 업고 오르면 더 좋을 텐데…."

인선이 애교스럽게 말했다.

"허어, 이 험한 산길에서 부인을 업으라는 말이오?"

"이럴 때가 아니면 언제 업어주시겠습니까? 서방님이 업어주지 않으면 죽어도 아니 움직이겠습니다."

"알았소. 알았소."

이원수는 유쾌하게 웃으면서 인선을 업어주었다. 굽이굽이 산모퉁이를 돌면서 산을 올랐다.

대관령에 올라서자 저 멀리 바다가 한눈에 내려다보였다. 오른쪽에는 설악산이 병풍처럼 둘러서 있고 왼쪽으로는 설악산의 능선들이 아득하게 펼쳐져 있었다.

인선은 어머니, 아버지가 계신 강릉으로 돌아온다고 생각하자 가슴이 설레었다.

"여기는 벌써 겨울이 시작된 것 같군."

대관령 고갯마루에는 바람이 차고 눈발까지 날렸다. 인선은 미소를 지으면서 이원수를 응시했다. 교하에 홀어머니를 두고 처가로 향하는 걸음이 무거울 것이라고 생각했다.

'농사를 모두 마쳤으니 시어머니께서 힘든 일은 없을 거야.'

인선은 며느리 된 처지에서 친정에 가는 것이 쉬운 일은 아니었다. 그러나 시어머니 홍씨의 친척들이 근처에 살고 있고 이원수에게는 형제도 있었다. 그들이 홍씨를 봉양할 것이다. 게다가 아버지가 시름시름 앓고 있다는 소식을 들어 친정으로 돌아오게 된 것이다.

"설악산의 겨울 풍경도 아름다워요."

"그렇소? 그럼 시간 내어 구경 옵시다."

"알았어요. 어른들에게 인사 올리고 함께 구경 와요."

"갑시다."

이원수가 앞에 서고 인선이 뒤따랐다. 혼인을 올린 지 몇 달 만에 친정으로 가는 길이었다. 하인들까지 둘을 데리고 이런저런 물건까지 나귀에 싣고 있었다. 산은 높고 가팔랐다. 이원수를 따라 조심스럽게 산을 내려가기 시작했다.

인선이 강릉 오죽헌에 이른 것은 해가 기울 무렵이었다.

"우리 인선이가 왔구나."

이씨가 맨발로 달려나와 인선의 손을 잡았다.

"어머니."

인선은 공연히 눈물이 흘러내렸다. 이씨를 껴안고 울었다.

"오느라고 고생했다. 어서 오너라."

"아버지는 좀 어떠세요?"

"안 좋으시다."

"아버지는 어디가 아프신 거예요?"

"의원은 반위反胃라고 한다. 약을 계속 드시는데 차도가 없구나."

이씨가 어두운 얼굴로 말했다. 인선은 사랑으로 가서 병석에 누워 있는 신명화에게 절을 올렸다. 신명화의 방에서는 탕약 냄새가 코를 찔렀다.

"우리 둘째 왔구나."

신명화가 희미한 눈빛으로 인선을 응시했다. 인선은 몇 달 사이에 신명화가 부쩍 늙었다고 생각했다. 인선은 시집에서 있었던 일을 신명화에게 조곤조곤 이야기했다. 신명화는 딸의 이야기를 들으면서 초췌한 얼굴에서 웃음이 떠나지 않았다. 그러나 말을 하지 않고 인선의 이야기를 가만히 듣고 있었다.

"아버지는 왜 말씀이 없으세요?"

"무슨 말을 해?"

"딸에게 잔소리도 하고 그러서야 하잖아요."

"딸은 그냥 보고만 있어도 좋구나."

신명화는 흐릿한 눈으로 미소를 지었다. 신명화의 말에 인선은 가슴이 뭉클했다.

'아버지가 많이 아프시구나.'

인선은 신명화의 병이 위중하다고 생각했다. 신명화가 얼마 살지 못할 거라고 생각했으나 무엇을 해주어야 할지 알 수 없었다.

인선은 외조부 이사온의 방에 가서도 절을 올렸다. 이사온은 얼굴에 주름이 가득했으나 여전히 강건했다.

"먼 길 오느라고 고생이 많았다. 아범에게 인사 올렸냐?"

이사온이 쉰 목소리로 물었다.

"예. 할아버지는 강령하시죠?"

"그래. 늙은 내가 죽어야 하는데 아범이 중병을 앓고 있으니 하늘이 원망스럽구나. 네 어미를 볼 낯이 없어."

이사온은 외동딸 이씨를 걱정하고 있었다.

"그런 말씀 마세요. 어머니가 할아버지에게 얼마나 의지하는데요. 저도 할아버지를 사랑해요. 할아버지가 늘 저를 업어주셨잖아요?"

"네가 아주 영악했어. 맨날 할아비 수염을 잡아당겼어. 할아비 수염 잡아당긴 놈은 네놈밖에 없어."

이사온이 유쾌하게 웃음을 터뜨렸다.

인선은 날이 화창한 날 신명화를 부축하여 바닷가로 산책을 나

갔다. 바닷가를 걸으면서 이런저런 이야기를 하다가 바위에 걸터앉
았다.

"아버지, 아버지는 인생에서 가장 하고 싶었던 일이 뭐예요?"

인선은 파도가 하얗게 포말을 일으키며 달려오는 바다를 보면서
물었다. 신명화는 빙그레 웃기만 했다.

"말씀해보세요."

인선이 애교를 부리듯이 신명화를 졸랐다.

"도학정치를 해서 백성을 이롭게 하는 것이지."

신명화는 조정에 나가 정치를 하지 못한 것이 천추의 한이라고
생각하는 것 같았다.

"아버지, 대과를 보지 못하게 해서 죄송해요."

신명화는 인선 때문에 대과를 보지 않았다.

"아니다. 내가 조정에 나갔다고 한들 무엇을 할 수 있었겠느냐?"

"고마워요, 아버지."

인선은 신명화의 팔짱을 끼었다.

신명화가 병을 앓고 있었기 때문에 집안 분위기가 무겁게 가라앉
아 있었다. 무엇보다 이씨의 얼굴에 언제나 수심이 가득했다.

"어머니, 아버지 사이가 그렇게 좋았는데 어떻게 하니?"

시집을 간 인덕은 이틀에 한 번씩 집에 와서 신명화와 이씨의 안
부를 살폈다.

"어머니를 잘 위로해야 해."

인선이 인덕이 낳은 딸을 안고 말했다.

"언니, 아버지 떠나시기 전에 잔치 한 번 할까?"

"잔치?"

"어머니도 좋아하실 거야."

"그래. 잔치 한 번 하자."

인덕이 인선의 손을 잡고 기뻐했다. 인선은 자매들과 함께 잔치 준비를 하기 시작했다. 신명화가 언제 죽을지 알 수 없었다. 떡을 하고 술을 거르고 새 옷도 지었다. 모든 준비가 갖추어졌을 때 눈까지 푸짐하게 내렸다.

신명화는 거문고를 타는 첫째 딸 인덕에게서 시선을 거두어 생황을 부는 둘째 딸 인선에게 보냈다. 거문고는 선비들이 즐겨 타고 생황은 고대 중국의 열녀들이 즐겨 불었다.

인덕은 고고한 선비의 기상이 있고 인선은 자유분방한 예인의 기질이 있었다. 셋째인 인교와 넷째인 인경은 피리를 불었다. 다섯째인 인주는 창가를 불렀다. 창가를 부르는 인주의 목소리는 가을 하늘처럼 맑았다.

"다섯 딸이 다 모이니 어때요?"

이씨가 슬픔을 감추고 신명화에게 물었다. 딸들이 신명화를 위해 잔치 자리를 마련하여 이씨는 흐뭇하면서도 비수에 가슴이 찔리는 것처럼 아팠다.

"허허. 내가 무엇을 더 바라겠소?"

신명화가 엷게 웃었다. 인선이 혼인하면서 갑자기 찾아온 병마였다.

"아쉬운 것은 없으세요?"

이씨는 신명화의 손을 가만히 잡았다. 신명화는 평생 첩조차 두지 않고 그녀만을 사랑했다. 이승에서 그 은혜를 다 갚지 못할 거라고 생각했는데 덜컥 병이 든 것이다.

"없소. 나는 당신과 예쁜 딸들과 함께 평생을 살았으니 무엇을 더 바라겠소?"

"아들이 그립지 않으셨어요?"

"아들 대신 사위들이 있지 않소?"

"사위들이 마음에 드세요?"

"딸들이 좋아하니 나 또한 좋은 것이오."

신명화가 눈을 지그시 감았다. 아들이 있었으면 싫었겠는가. 그러나 딸들이라고 해도 어느 아들 못지않게 총명하고 예뻤다.

"술 한잔 드릴까요?"

"좋소. 달이 밝고 국화가 이렇게 활짝 피었는데 어찌 술을 마시지 않을 수 있겠소?"

국화는 오상고절傲霜孤節이라고 했다. 분에 옮겨 방에 들여놓자 초겨울에도 꽃이 지지 않고 청량한 향기를 뿜었다.

"얘들아, 아버지께 술 한잔씩 따라 올려라."

이씨가 딸들에게 말했다.

"아버지 병환이 계신데 괜찮아요?"

인덕이 놀라서 물었다.

"괜찮아. 큰애부터 따라 올려라."

이씨의 말에 인덕이 얌전하게 술을 따라 올렸다. 신명화는 인덕을 살피면서 고개를 끄덕거렸다.

"아버지, 건강하세요."

술을 따르는 인덕의 눈에 눈물이 맺혔다.

"그래."

신명화는 잔을 받으며 고개를 끄덕거렸다. 인덕은 큰딸이라서 든든했고 딸과 아들을 낳아 그에게 외손주를 안겨주었다.

"아버지."

인선이 신명화의 얼굴을 살피며 술을 따랐다. 신명화의 얼굴이 수척해 보여 가슴이 아팠다.

"음, 우리 둘째로구나."

신명화가 술을 마셨다.

'아버지께서 우리와 작별을 하시는 거야.'

인선은 신명화의 초췌한 모습을 보자 가슴이 타는 것 같았다. 신명화의 시선은 먼 허공을 더듬었다. 어쩌면 자신의 길지 않은 생애를 더듬고 있는지도 모를 일이었다.

마흔여섯 살.

짧지도 길지도 않은 생애였다. 그가 이제 세상을 떠나려 하고 있었다.

"둘째를 보니 더할 나위 없이 좋구나."

신명화는 지그시 눈을 감았다가 떴다. 인선이 신랑인 이원수와 무엇인가 이야기를 하면서 유쾌하게 웃고 있었다. 웃는 얼굴이 꽃처럼 예쁘고 웃음소리가 옥이 굴러가는 것 같았다.

'사내아이로 태어났더라면…'

인선에게 그렇게 말한 적이 있었다.

"걱정하지 마세요. 하늘이 여자로 태어나게 한 데는 다 뜻이 있을 거예요."

인선은 여자로 태어난 것을 원망하지 않았다. 처음에는 몹시 괴로워했으나 금강산 유람을 다녀온 뒤 달라졌다.

신명화는 잔치를 치르고 사흘 만에 죽었다. 반위의 고통이 심해 이를 악물고 참다가 새벽이 되자 숨을 거두었다. 남편이 반위로 고통스러워하자 이씨가 술을 마시게 하여 병이 더 발작하게 된 것이다. 이씨는 그의 고통을 덜어주었다.

'아버지가 이렇게 허망하게 돌아가시다니…'

인선은 신명화의 죽음이 믿어지지 않았다. 그래도 장례를 치르고 권씨 가의 선영에 모셨다. 신명화가 이미 권씨 가와 정혼했기 때문에 다행히 그들의 선영에 모실 수 있었다.

신명화를 매장하던 날은 눈까지 내렸다. 상주가 없어서 인덕의 신랑과 인선의 신랑 이원수가 상주가 되어 장례를 치렀다.

"아버지 장례를 치르느라고 고생했어요. 고마워요."

인선은 이원수에게 진심으로 사례했다.

"아니요. 아버님은 학문이 높은 분인데 단명하여 아쉽소."

이원수가 인선의 손을 잡고 위로했다.

신명화의 죽음으로 가장 충격을 받은 사람은 이씨였다. 인선은 이씨의 슬픔을 위로하느라고 신명화의 죽음을 슬퍼할 겨를이 없었다. 신명화가 떠난 빈 자리는 의외로 컸다. 가족이 한동안 슬픔 속에서 지냈다. 그러나 겨울이 가고 봄이 왔다. 인선은 가족이 슬픔에서 벗어나자 비로소 신명화를 생각하며 울었다. 그러나 언제까지나 울고 있을 수는 없었다. 봄이 왔고 농사꾼들이 농사를 짓기 시작했다.

이씨는 셋째 딸 인교를 시집보내기 위해 다시 바빠졌다. 신명화의 대상(大喪, 일주기)이 지나면 혼례를 올릴 계획이었다.

조정은 반정공신들이 차례로 죽으면서 대윤과 소윤이 치열하게 대립하고 궁중암투까지 벌어졌다. 임금이 계비 문정왕후를 맞아들여 대군을 낳으면서 장경왕후가 낳은 왕세자를 위협하고 있었다.

왕세자는 세 살 때 글을 읽을 정도로 학문이 뛰어났고 동궁으로 있을 때는 화려한 옷을 입은 궁녀를 내칠 정도로 검약했다. 그러나 문정왕후와 그의 아우 윤원형이 서서히 권력을 장악해가고 있었다.

해가 바뀌자 인교도 혼례를 올렸다. 날이 따뜻하여 꽃들이 활짝 핀 날 인교는 혼례를 올리고 가마를 타고 떠났다. 인교가 시집을 가자 집 안이 텅 빈 것 같았다.

'아기가 생겼어.'

인교가 시집을 가고 얼마 되지 않았을 때 인선은 태기가 있었다. 한양에 올라갔다가 내려온 이원수가 크게 기뻐했다. 이원수는 과거 공부를 하고 인선은 태교를 하기 시작했다.

'착한 아기가 되어라.'

인선은 뱃속의 아이에게 책을 읽어주었다. 생명을 잉태했다는 것은 새로운 기쁨이었다. "나는 이제 교하로 올라가야 하겠소. 내가 없어도 괜찮겠소?"

이원수는 한양에서 과거를 보아야 했다.

"다녀오세요. 저는 태교를 잘하고 있을게요."

인선은 이원수가 과거도 보고 홀어머니에게도 다녀와야 한다고 생각했다.

이원수는 교하에 이르자 걸음이 빨라졌다. 멀리 자운산이 보이고 산 밑에 아늑한 농가들이 보이자 가슴이 설레었다. 2년 만에 고향으로 돌아오는 길이었다.

"아이고 이게 누구야?"

대문으로 들어서자 부엌 앞에서 푸성귀를 다듬고 있던 홍씨가 맨발로 달려왔다.

"어머니."

이원수는 홍씨의 손을 덥석 잡았다.

"먼 길에 고단하지. 어서 올라오너라."

이원수는 홍씨의 손을 잡고 마루로 올라가 절을 올렸다. 한여름이었다. 가만히 있어도 땀이 줄줄 흘러내렸으나 뒷문을 열어놓아 자운산에서 시원한 바람이 불어왔다.

"어머니, 강건하시죠?"

이원수는 홍씨의 얼굴을 살폈다. 홍씨는 얼굴도 구릿빛이고 눈빛도 맑았다.

"그래. 바깥사돈이 돌아가셨다는 말은 들었다. 아가는 어떠냐? 아직 태기가 없느냐?"

"다행히 태기가 있습니다."

"그래? 산달이 언제야?"

"9월입니다. 아기를 낳으면 데리고 올라올게요."

"손자를 낳았으면 좋겠구나. 내 정신 좀 봐. 시장할 텐데 얼른 점심 준비할 테니 조금만 기다려라."

홍씨가 부엌으로 들어가자 이원수는 안방과 건넌방을 살폈다. 방은 변함이 없고 책은 그대로 쌓여 있었다.

이원수는 이튿날부터 과거공부를 시작했다. 공부하다가 지치면 밤나무 골짜기를 돌아다녔다. 공부는 잘되지 않았다. 책을 펼치면 새색시 인선의 얼굴이 가뭇하게 떠올랐다. 꽃이 피어나는 것처럼 환하게 웃는 그녀의 얼굴이 떠오르면 사무치게 그립고 보고 싶었다.

'공부를 하자.'

이원수는 서둘러 산보를 마치고 돌아와 책을 읽었다. 과거에 급제하면 인선이 환하게 웃으리라. 그렇게 생각하자 조바심이 났다.

과거는 8월에 실시되었다.

이원수는 목욕재계하고 과거 볼 준비를 했다. 별시別試인 탓에 한양 거리가 과거를 보는 사람들로 메워졌다. 과거장도 입추의 여지없이 빽빽했다. 이원수는 가까스로 과거장에 들어가 응시했으나 낙방하고 말았다.

'아내가 실망하겠구나.'

이원수는 과거에 떨어지자 씁쓸했다. 그러나 강릉으로 돌아가지 않을 수 없었다. 인선의 산달이 점점 가까워지고 있었다.

밖에는 비바람이 사납게 몰아치고 있었다. 인선은 비바람소리를 들으면서 산통을 했다. 모진 산통 속에서도 과거가 끝났으니 이원수가 돌아올 때가 되었을 거라고 생각했다. 그가 삼현육각三絃六角을 울리며 강릉으로 돌아왔으면 싶었다. 산통은 낮에 시작되었다. 그러나 밤이 되었는데도 아기를 낳지 못하고 있었다.

'비가 이렇게 심하게 오니까 길을 나서지 못할 거야.'

캄캄한 어둠 속에서 빗줄기를 뚫고 돌아오지는 못하리라. 인선은 그렇게 생각하며 전신에 힘을 주었다. 그때 밖이 와자해지면서 이원수가 돌아왔다고 떠드는 소리가 들렸다.

233

'돌아오셨구나.'

인선은 그 순간 아기를 낳았다.

"응애."

인선이 탈진하여 눈을 감고 있는데 아기 우는 소리가 들렸다.

"아들이다."

이씨가 환하게 웃으면서 말했다. 인선은 온몸이 땀으로 흥건하게 젖어 있었다. 이씨가 아기를 씻기고 인덕이 그녀의 몸을 따뜻한 수건으로 닦아주었다. 인선은 아기를 보았다. 자신의 몸에서 낳은 아들을 보자 신기하면서도 기뻤다. 아기를 낳자 몸이 날아갈 것처럼 개운하면서 졸음이 쏟아졌다.

얼마나 잠을 잤을까. 아기가 울어 젖을 물렸다. 아기를 낳을 때 시중을 들던 이씨와 인덕이 방에 들어가 잠을 자느라고 조용했다.

"수고하셨소."

이원수가 방으로 들어와 그녀의 손을 잡아주었다.

"비가 이렇게 오는데 어떻게 오셨어요?"

인선은 아기를 낳을 때 이원수가 돌아와 기뻤다.

"당신이 아기를 낳는데 어찌 오지 않을 수 있소?"

"고마워요."

인선은 눈을 감았다. 이원수가 아기를 안고 흔들었다. 그때 아기가 다시 울기 시작했다. 인선은 아기를 받아서 젖을 물리고 흐뭇한 시선으로 내려다보았다. 아기가 젖을 빠는 모습이 깨물어주고 싶을 정도로 귀여왔다.

"아들의 이름은 아름다울 선瑢⋯ 선이라고 지었소."

이원수가 아기가 젖을 먹는 것을 보다가 낮게 말했다. 밖에는 비가 그치지 않고 내렸다.

"선이⋯ 이름이 좋아요. 그럼 이선李瑢이네요."

인선이 이원수를 돌아보고 미소를 지었다. 신명화가 죽은 지 3년, 인선이 첫아들을 낳은 것이다.

"아버지가 이 아이를 보셨으면 얼마나 좋았을까?"

아기를 낳자 인선은 신명화의 얼굴이 먼저 떠올랐다.

"우리 집에 대를 잇게 해주어 고맙소."

이원수가 인선의 손을 잡았다.

"아들을 많이 낳을 테니까 첩을 두시면 안 돼요."

인선의 얼굴에 애교스러운 미소가 피어났다. 아들의 아버지인 이원수가 듬직했다.

"알았소."

이원수가 젖을 빨던 아이를 들여다보았다. 아이는 배가 부른지 젖꼭지를 뱉어내고 스르르 잠이 들었다. 인선은 아이를 눕혔다.

"젖이 무거워요."

"어떻게 해야 하오?"

"젖을 짜내야 해요. 서방님이 짜주세요."

"내가 먹을까?"

235

"먹고 싶어요? 그럼 조금만 먹어봐요."

인선이 웃으면서 이원수에게 가슴을 내밀었다. 이원수는 인선의 젖을 물고 조심스럽게 빨았다. 유액이 그의 목을 타고 넘어갔다.

"어때요?"

"향기롭소."

"서방님이 젖을 빠니까 시원해요."

"젖이 풍족해 아기가 다 먹지 않아. 이를 어떻게 하지?"

"서방님이 먹어야지요."

인선이 웃음을 깨물며 아기를 안듯이 이원수의 머리를 안았다. 인선은 행복했다. 이원수가 과거에 낙방했다고 했으나 다음에 또 보면 된다고 위로했다.

가을이 가고 겨울이 왔다. 그해 겨울은 유난히 추웠으나 인선은 아들을 돌보느라고 추운 줄도 몰랐다. 이원수는 사랑에서 과거 공부에 전념했다.

봄이 되자 인선은 아기를 데리고 교하에 가기로 했다. 이제는 시어머니와 조상들에게 인사를 드려야 했다.

"준비는 다 됐어요?"

"준비는 모두 마쳤소. 아기가 먼 여정을 견딜지 모르겠소."

"걱정 마세요. 아기는 잘 견딜 거예요."

인선은 아기를 안고 여행을 떠날 준비를 했다. 이씨가 만류했으나 남의 집 며느리니 인사를 드려야 한다고 고집을 피웠다.

날씨는 점점 따뜻해지고 있었다. 인선은 4월 초에 길을 나섰다. 이원수와 삼돌이, 간난이를 비롯하여 하인들까지 셋을 데리고 집을 나섰다.

이씨가 눈물로 전송했다. 이씨의 눈물을 보자 인선은 가슴이 아팠다. 아침에 출발하여 점심때가 훨씬 지나 대관령 영마루에 올라섰다.

'바다는 눈이 부시게 파랗구나.'

아기에게 젖을 먹이고 바다를 보았다. 멀리 강릉에 남아 있을 어머니를 생각하자 쓸쓸했다. 인선은 시 한 수를 지었다.

학처럼 하얀 머리의 어머니를 임영(臨瀛, 강릉) 땅에 남겨두고
몸을 한양으로 향해 홀로 떠나는 이 마음
머리 돌려 북평촌을 때때로 한 번씩 바라보니
흰 구름 날아 내리는 저녁 산만 푸르구나.

慈親鶴髮在臨瀛
身向長安獨去情
回首北坪時一望
白雲飛下暮山靑

대관령 영마루는 바람이 찼다. 인선은 포대기로 아기를 꼭 감쌌다. 한양으로 향하면서 한 번씩 강릉 땅을 돌아볼 때마다 가슴이 묵직

했다. 인제의 농가에서 밤을 지내고 양주로 걸음을 재촉했다. 인선이 양주를 거쳐 교하에 이른 것은 열흘이 지났을 때였다. 시어머니 홍씨는 손자까지 데리고 온 인선에게 냉랭했다.

"우리 손주 인물이 훤하구나. 누구를 닮았노?"

그러나 인선이 낳은 아들은 좋아했다.

"모두 아범을 닮았다고 합니다."

인선이 웃으며 대답했다. 시어머니에게서 찬바람이 부는 것 같아 조심스러웠다.

인선은 3년 만에 돌아온 시집에서 분주하게 보내기 시작했다. 집을 수리하고 이원수가 학문에 전념할 수 있도록 정성을 다했다.

'남자가 부귀해야 여자도 귀해진다.'

인선은 이원수가 편하게 공부할 수 있도록 사람들이 사랑채 근처에는 얼씬도 못하게 했다. 남편이 공부할 때는 아기의 옷을 깁고 이원수와 홍씨의 옷을 지었다. 마름과 함께 논을 돌아보며 일일이 농사법을 상의했다. 아기가 잠들면 화구를 펼치고 그림을 그렸다. 그러나 홍씨가 인선이 그림 그리는 것을 달가워하지 않고 있었다. 인선은 홍씨가 냉랭하여 우울했다.

"양반가의 부녀자가 환쟁이 노릇을 하려느냐? 내 집에서는 그림을 그리지 마라."

시어머니 홍씨가 단호하게 말했다. 인선에게는 벼락을 치는 것 같았다. 가슴이 뛰고 얼굴이 화끈거렸다.

"예."

인선은 머리를 숙이고 대답했다.

'조선에서 여자로 태어났으니 어쩔 수 없지.'

인선은 가만히 한숨을 내쉬었다. 그래도 사랑하는 남편 이원수가 있었기에 견딜 수 있었다. 이원수가 공부를 마친 뒤 나란히 누워서 도란도란 속삭이는 것이 좋았다.

"화락했느냐?"

신명화의 목소리가 들리기 시작한 것은 그 무렵의 어느 날이었다. 마당에서 아들 선을 업고 《시경》을 외워주는데 문득 하늘 어딘가에서 신명화의 목소리가 들렸다.

'행복하게 살아라.'

신명화의 목소리는 그렇게 말하는 것 같았다.

"화락해요. 아버지 손주도 낳았잖아요?"

인선은 신명화의 목소리가 들리는 하늘을 향해 혼잣말로 중얼거렸다.

"서방님, 모처럼 본가에 돌아오니 좋아요?"

이원수와 함께 마을을 한 바퀴 돌면서 인선이 물었다.

"고향에 돌아오니 당연히 좋지. 내일은 당숙 판윤 어른이나 한 번 찾아뵐까 하오."

이원수의 당숙 이기는 신명화와 나이가 같았다. 연산군 때 과거에 급제하여 청직을 지낸 뒤 함길도 병마절도사로 12년 동안 있으면서 여진족을 토벌하는 데 많은 공을 세우고 한성부판윤으로 돌아와 있었다.

"저도 인사를 드리면 안 돼요?"

인선은 이기가 어떤 인물인지 알고 싶었다.

"당신이?"

"집안 어른인데 인사를 드려야 하잖아요?"

"그럼 같이 가서 인사를 드립시다."

인선은 이튿날 아침 이원수와 함께 한양에 들어가 이기에게 인사를 올렸다. 문무를 겸비한 이기는 청수한 중년문사의 풍모를 갖고 있었다.

"신명화의 여식이라고? 신명화의 여식이 우리 집안 며느리가 되었다는 말은 들었네."

이기가 수염을 쓰다듬으며 말했다.

"당숙 어르신은 문무를 겸비하셨으니 우리 서방님이 본받아야 할 것입니다."

"하하, 내가 함길도에서 12년을 보낼 때 참으로 고독했다. 그래도 함길도에 있었기에 화를 피할 수 있었다."

이기는 술을 마시며 함길도 이야기를 들려주었다.

"나는 장차 일인지하 만인지상이 될 것이다. 당조카 며느리가 재원이라는 말은 들었다. 낭군을 잘 보필하고 집안을 이끌어라. 남자가 크게 되려면 반드시 여자가 내조를 잘해야 한다."

"당숙모께서도 내조를 하셨습니까?"

"함길도가 얼마나 먼 길이냐? 함길도를 오가며 시가를 이끌고 내가 불편함이 없도록 했다. 오늘의 내가 있는 것은 아내 덕분이다."

이기의 말에 인선은 감탄했다.

"신명화는 소싯적에 몇 번 만난 일이 있다. 학문은 뛰어났으나 지나치게 급진적이었어."

"당숙부님, 저도 열심히 공부하겠습니다."

이원수가 다짐했다. 이기의 집에서 나와 이행의 집으로 가서 인사를 드렸다. 이행도 뛰어난 인물이었다. 이원수와 인선의 혼인을 중매한 인물이다. 이행은 이원수에게 학문에 전념하라 이르고 인선을 귀하게 여기라고 당부했다.

이행은 신명화의 학문이 뛰어난데 요절했다며 아쉬워했다.

이원수는 육촌형제인 이행의 아들들과 즐겁게 인사를 나누었다.

6월이 되자 자운산에서 밤나무꽃향기가 자욱하게 풍겨왔다. 인선은 아기를 업고 다니며 농사일을 돌보았다. 시간이 있을 때는 그림을 그리고 싶었으나 홍씨가 좋아하지 않았다.

"여자가 글을 읽고 그림을 그리는 것은 남자를 능멸하는 일이다."

홍씨는 인선이 그림으로 사람들의 입에 오르내리는 것을 싫어했다. 이원수는 계속 과거에 떨어지고 있었다. 홍씨는 이원수가 인선보다 못하다는 사람들의 수군거림에 더욱 분노하고 있었다.

'남편이 과거에 급제하지 못하는 것은 내 탓이 아니다.'

인선은 겨울이 되자 한양의 수진동으로 이사했다. 두운리에서 홍씨와 부딪치고 싶지 않았다. 그러자 홍씨가 시어머니를 봉양하지 않는다고 비난했다.

'시어머니도 여자인데 나를 더욱 괴롭히는구나.'

홍씨가 비난하는 말을 들은 인선은 씁쓸했다.

"서방님, 제 호를 주나라 문왕의 어머니 태임太任을 본받는다는 뜻으로 사임당師任堂으로 지었어요."

인선은 그림에 낙관을 찍을 때 사임당이라는 호를 쓰겠다고 이원수에게 말했다.

"그렇다면 당신이 문왕을 낳아야겠군."

이원수가 유쾌하게 웃음을 터뜨렸다.

"우리 아이들 가운데 반드시 문왕과 같은 훌륭한 아이가 나올 거예요."

인선은 자식을 훌륭하게 키우는 것도 여자의 도리라고 생각했다.

인선은 자신이 점점 땅속으로 가라앉는 듯한 기분을 느꼈다. 기이하게 몸이 점점 침잠하고 있었다. 매창이 옆에 앉아 손을 주무르고 있었다. 인선은 희미한 눈으로 매창을 응시했다.

'매창아, 손은…'

밖에는 여전히 비가 내리고 있었다. 매창은 아기를 낳은 지 얼마 되지 않아 젖냄새가 풍겼다.

'친손주와 외손주를 보았으니 다복하구나.'

인선은 매창을 보며 그렇게 생각했다.

"매창아."

"예. 어머니."

"화락하여라."

신명화가 한 말을 매창에게 해주었다.

'복숭아꽃처럼 아름다운 아가씨야, 시집가서 온 집안을 화락케
하라.'

부모가 자식에게 바라는 마음이었다.

"매창아."

"예. 어머니."

"거문고…."

인선은 눈으로 벽에 세워져 있는 거문고를 가리켰다.

"알았어요."

매창이 거문고를 가지고 와서 탄주하기 시작했다. 거문고의 둔중
한 음이 실내를 가득 메웠다. 인선은 눈을 지그시 감았다.

쏴아아.

비가 다시 장대질을 하고 있었다.

8. 남자를 기다리는 여심

　　인선은 남편 이원수를 두운리에서 공부하게 하고 자신은 강릉으로 돌아왔다. 신명화가 죽은 뒤 이씨가 자주 병치레를 했다. 이원수는 인선이 강릉으로 돌아오자 몇 달도 되지 않아 강릉으로 따라 내려왔다.

　　"어머님은 어떻게 해요?"

　　인선은 걱정이 되어 이원수에게 물었다.

　　"아랫것들도 있고 일가도 있으니 괜찮다고 했소. 외삼촌이 같은 마을로 이사 와서 걱정이 없소."

　　"외삼촌이 이사를 오셨어요?"

　　"외삼촌이 살림이 궁색하여 옆에 와서 살며 우리 농사도 짓게 되었소. 외삼촌이 이사 오니 동기간이라 어머니도 매우 좋아하셨소."

"다행이네요. 저도 근심을 많이 했는데 얼마나 다행인지 모르겠어요."

이원수는 강릉에서 과거 공부를 했다.

인선은 이원수를 수발하며 친정 살림을 이끌었다. 그러는 동안 인선은 다시 아기를 갖게 되었다.

'이번에는 딸을 낳고 싶구나.'

아들 선이 아장아장 걷는 것을 보며 인선은 그렇게 생각했다. 이원수는 인선이 잉태하자 한양으로 올라갔다. 인선은 이원수가 한양으로 올라간 지 석 달 만에 딸을 낳았다.

'호호. 내가 원하는 대로 딸을 낳았구나.'

인선은 딸 이름을 매창으로 지었다. 오죽헌 뜰에 흙을 고르고 신명화가 그랬듯이 매화를 심었다.

'우리 서방님은 공부를 열심히 하고 계실까?'

아이에게 젖을 먹이고 아이를 키우며 인선은 이원수를 생각했다. 이원수는 강릉보다 교하에 있는 날이 더 많았다. 인선은 이씨를 도와 강릉 살림을 돌보면서 글을 쓰고 그림을 그렸다. 그러는 동안 인선은 둘째 아들 번을 낳았다. 그녀는 어느 사이에 세 아이의 어머니가 되어 있었다. 이원수는 주로 한양의 수진방과 교하의 두운리에서 지냈다.

'시댁과 친가가 너무 멀리 떨어져 있으니 생이별을 하는구나.'

인선은 이원수가 그리웠다. 이원수가 강릉에 내려오지 않아 쓸쓸하게 지내는 날이 많았다. 비가 부슬부슬 내리는 저녁 무렵, 눈이 사락사락 내리는 겨울 밤, 바람이 뒤꼍의 대나무 잎사귀를 지나가는 밤….

인선은 이원수가 그리웠다. 그가 학문을 잘하든지 못하든지, 그가 과거에 급제하든지 못하든지 상관이 없었다. 그는 그녀의 남자였다.

'남자가 없는 밤이 이렇게 쓸쓸하다니….'

인선은 잠을 뒤척이는 날이 많았다. 어쩌다가 이원수가 강릉에 내려오면 그렇게 좋을 수가 없었다.

"교하와 강릉을 오가느라고 힘들지 않으세요?"

인선은 부부가 떨어져 지내는 것이 바람직하지 않다고 생각했다.

"힘들어도 어쩔 수 없지 않소?"

이원수가 인선을 가슴에 안고 말했다.

"교하와 강릉 중간쯤에 집이 있으면 어때요?"

"중간이면 평창이 될 것 같은데…."

"한번 집을 알아보세요."

"그럽시다."

이원수는 이튿날 삼돌을 데리고 평창으로 넘어갔다. 인선은 어머니 이씨와 외조부 이사온에게 평창에 집을 마련하겠다고 말했다.

"그래라."

이씨는 두말없이 찬성했고 나이가 들면서 말이 없어진 이사온은 고개만 끄덕거렸다.

'어른들이 아무 탓도 하지 않고 허락하시네.'

인선은 고개를 갸우뚱했다. 이씨와 이사온이 반대할 거라고 생각했으나 뜻밖이었다.

"평창에 마침 좋은 집이 나와 있소."

이원수가 평창에서 돌아와 인선에게 말했다.

"서방님, 제가 한 번 볼 수 있을까요?"

"왜 그러는 거요?"

"풍수를 보고 싶어서 그래요. 전에 풍수학을 조금 공부했었어요."

"허, 당신은 모르는 게 없구려."

이원수가 어이없다는 듯 고개를 절레절레 흔들었다. 며칠이 지나자 이원수는 인선을 나귀에 태우고 평창으로 갔다.

"여기는 풍수가 좋지 않아요. 오다보니 봉평이 괜찮을 것 같은데…."

인선은 평창이 마음에 들지 않았다. 그녀는 이원수를 재촉하여 봉평으로 넘어갔다. 봉평 역시 평창 지경 안에 있었으나 여우재라는 큰 고개를 넘어야 했다. 마침 봉평의 백옥포리라는 마을에 마땅한 집이 있었다.

"이 집은 너무 외지지 않소?"

인선이 사고 싶어 하는 집은 마을 뒤쪽에 있었다. 주인이 문전옥답과 함께 집을 팔고 영월로 이사 가려고 하고 있었다.

"봉황비소鳳凰飛小형의 길지예요. 집이 아주 좋은 곳에 있어요."

인선이 아담한 기와집을 살피면서 말했다.

"봉황비소?"

"봉황이 날아드는 길지인데 서방님이 첩을 얻을 것 같아요. 그게 좀 걱정이 되네요."

인선이 이원수에게 밉지 않게 눈을 흘겼다.

"에이, 그럴 리가 있소? 나에게는 부인밖에 없소."

이원수가 손사래를 했으나 인선은 웃지 않았다. 인선은 백옥포리의 땅과 집을 사고 이사했다. 이원수는 그동안 집을 수리하고 행랑채를 지었다.

이원수는 때때로 백옥포리의 집터를 돌아보았다. 풍수상 최고 길지라는 인선의 말이 이해가 되지 않았다. 집 뒤에는 야트막한 산이 있고 사철 마르지 않는 개울물이 집을 휘돌아 흐르고 있었다. 야트막한 산에는 수령이 수백 년은 되었음직한 낙락장송이 우뚝우뚝 솟아 있고 집 양편에는 잡목이 울창한 낮은 구릉이 있었다.

집에서는 마을이 한눈에 내려다보였다.

'여기가 길지라고?'

이원수는 인선의 말을 납득할 수 없었다.

"풍수는 글자 그대로 바람과 물이 좋은 곳이에요. 산이 낮은데도 물은 사시사철 마르지 않고 바람은 막히지 않고 지나가요."

"바람이 막히지 않으려면 평지가 좋지 않소?"

"그렇지 않아요. 평지의 집은 바람이 그대로 불어오기 때문에 거칠어요. 그러나 개울을 따라 올라오는 바람은 부드러워 인간의 몸에 좋아요."

이원수는 인선의 장황한 말에 귀를 기울이지 않았다. 백옥포리로 이사 온 지 2년쯤 되었을 때의 일이었다. 교하로 가기 위해 집을 나서던 이원수는 구름이 용과 봉황의 모양으로 몰려와 있는 것을 보고 깜짝 놀랐다.

'용과 봉황의 기상이 서린 땅이구나.'

이원수는 비로소 백옥포리가 길지라는 사실을 알게 되었다.

인선은 백옥포리에서도 그림을 그렸다. 어숙권이 인선의 그림을 보고 안견에 버금간다는 이야기를 했다는 소문이 퍼지면서 그녀의 그림을 구하려는 사람들이 봉평까지 자주 찾아왔다.

이원수는 계속 과거에 떨어졌다.

'학문이 짧은 것도 아닌데 기이하구나.'

인선은 이원수가 과거에 급제하기를 간절하게 바랐다. 그러나 이원수는 점점 공부를 게을리하면서 밖에 나가 선비들과 시회를 즐기고 세상 돌아가는 꼴을 개탄하는 일이 많아졌다.

'나 때문에 어려운 점이 많구나.'

인선은 이원수가 자기 때문에 기를 펴지 못하자 안쓰러웠다. 그러던 어느 날이었다. 인선이 아이들을 데리고 강릉에 갔다가 돌아올 때였다. 선비 둘이 나귀를 끌고 오는 것이 보여 인선은 길섶으로 비켜섰다. 길에서 남자들을 마주치면 여자가 비켜주는 것이 예의였다.

"강릉에 신명화의 딸이 있다는 말을 들었나? 그림이 아주 뛰어난 천재라고 하더군."

"남편은 무얼 하는 사람인데?"

"무위도식하지. 과거를 볼 때마다 낙방하여 술이나 마시며 세월을 보낸다고 하더군."

"마누라 명성이 높으니 사대부가 주눅이 드는 모양이야. 그래서 암탉이 울면 집안이 망한다고 하지 않나?"

선비들이 떠드는 소리에 인선은 눈에서 불이 일어나는 것 같았다. 그녀는 이원수가 자기 때문에 선비들의 손가락질을 받고 있었다고 생각하자 천길 벼랑으로 굴러 떨어지는 것 같았다.

'내가 그림을 그리지 말아야 해.'

인선은 걸음이 비틀거렸다. 백옥포리의 집까지 어떻게 걸어왔는지 알 수 없었다. 집에 이르자 인선은 화구를 헛간 속에 넣고 그림을 그리지 않았다. 방 안에 가득 쌓여 있던 그림도 모두 태웠다. 그림을 태우는데 자기도 모르게 눈물이 흘러내렸다. 그러나 자기 이름이 남편 위에 있어서는 안 된다고 생각했다.

인선은 문득 여류시인 이옥봉이 떠올랐다. 그녀는 소싯적에 시집을 갔으나 남편이 일찍 죽는 바람에 청상과부가 되어 친정에 돌아와 있었다. 그녀는 시를 지으며 우울한 날을 보냈다.

한양 장안에 조원이라는 선비가 살고 있었다. 그는 시를 잘 짓고 인물이 임풍옥수와 같아서 이옥봉이 연모의 정을 불태웠다. 이옥봉은 조원에게 편지를 보내 자신을 첩으로 삼아달라고 청했다.

조원은 이옥봉이 시인으로 명성이 높은 것을 경계하여 시를 짓지 않겠다고 맹세하면 첩으로 받아들이겠다고 말했다. 이옥봉은 절필을 선언하고 조원에게 시집을 가서 행복하게 살았다. 그러나 일 년이 지나고 이 년이 지나자 시에 대한 열정이 되살아났다. 그녀는 조원 몰래 시를 짓다가 발각되어 맹세를 어겼다는 이유로 쫓겨났다.

근래의 안부를 묻는데 어떠하시옵니까?
달빛이 실처럼 비추는 창엔 첩의 한이 많습니다.
만약 꿈속에 가는 길에 자취가 남는다면
문 앞의 돌길이 반은 모래가 되었을 것입니다.

近來安否問如何
月到紗窓妾恨多
若使夢魂行有跡
門前石路半成沙

이옥봉은 조원에게 버림을 받았으나 그를 열렬하게 사랑했다. 그를 버린 조원의 집까지 수없이 찾아갔으나 차마 문을 두드리지 못하고 돌아왔다. 얼마나 많이 오갔는지 길바닥의 돌이 모래가 되었을 것이라고 시로 표현했다.

이옥봉은 자신이 지은 시를 적은 종이에 기름을 먹여 몸에 칭칭 감은 뒤 한강에 뛰어들었다. 그녀의 시신은 서해로 떠내려가 중국 해안까지 갔다. 중국의 한 관리가 이를 발견하여 장사를 지내고 그 시를 모아 '이옥봉시집'이라는 제목으로 발간하여 중국에까지 이름이 널리 알려졌다.

남자들은 여자들의 이름이 높아지는 것을 좋아하지 않았다. 인선은 이옥봉의 삶이 안타까웠다. 그러나 동료들에게 손가락질을 받은 조원도 이해할 수 있었다. 조원이 손가락질을 받는 것이 견디기 어려웠듯이 이원수도 변변치 못한 선비라고 손가락질을 받을 수 있었다.

"요즘은 어찌 그림을 그리지 않소?"

이원수가 출타하려다가 걸음을 멈추고 인선에게 물었다.

"아이들 돌보느라고 바빠요."

인선은 엷게 웃었다. 이원수는 고개를 갸우뚱한 뒤에 집을 나갔다. 인선은 그가 출타하는 것을 보고 우울했다.

"그림을 모두 어쨌소?"

하루는 이원수가 인선에게 물었다.

"모두 태웠어요."

"아니 그 아까운 그림을 왜 태웠소?"

"부녀자가 그림을 그린다고 사대부들의 입에 오르는 것이 옳지 않다고 생각했어요. 이는 남자의 체면을 깎는 일이에요. 여필종부의 도리가 아니라고 생각해요."

"당치 않소. 부인은 여느 사대부가의 여자들과 다르다고 생각했는데 어찌 나를 옹졸한 남편으로 만드는 것이오?"

이원수가 눈을 부릅뜨고 호통 치자 인선은 가슴이 철렁했다. 이원수는 혼인한 뒤 한 번도 큰 소리를 친 일이 없었다. 이원수가 도포 자락을 펄럭이며 찬바람을 일으키고 나가자 허망했다. 이원수는 화를 내고 교하로 돌아갔다.

'내가 소박을 맞은 것은 아니겠지. 나는 남편을 위해 한 일이었는데…'

인선은 이원수가 혼자 교하로 가자 한없이 야속하고 쓸쓸했다.

비가 추적추적 내리고 있었다. 이원수는 삿갓을 깊이 눌러쓰고 나귀를 재촉하다가 평창에 이르렀다. 그는 멀리 주酒자가 걸려 있는 초가집을 바라보았다. 봉평의 백옥포리에 이사하여 살면서 자주 들른 주막이었다. 주막에서 술을 마시며 사람들과 이야기를 나누고 술로 여독을 풀기도 했다.

'내가 너무 화를 낸 것이 아닐까?'

인선에게 화를 내고 교하로 달려왔으나 한 달도 있지 못하고 백옥포리로 돌아가게 된 것이다. 인선의 그림은 국중國中에서 손꼽히는 화원들도 인정했다. 인선의 그림에 때때로 시를 써넣기도 하고 글을 넣기도 했다. 그림이나 글이 인선이 월등했으나 이원수는 그녀를 한 번도 고까워한 일이 없었다. 그런 그림을 모두 태우고 인선이 붓을 꺾은 것이다. 그것은 청천병력 같은 일이었다.

'후대 사람들이 진기한 그림이 사라졌다고 안타까워할 것이다.'

인선의 그림에는 이원수가 탄성을 자아내는 점이 많았다. 이원수는 처음에 인선의 재능에 맹렬한 질투를 느꼈으나 차츰차츰 감탄하게 되었고, 뛰어난 재능을 갖고 있는 인선이 은근히 자랑스러웠다. 그런데 인선이 그를 위해 그림을 태웠다고 말한 것이다.

'나를 위해 그림을 모두 태우다니…'

속 좁은 여자의 일이라고 생각했다. 이원수가 화를 내고 교하로 왔기 때문에 인선은 상심에 잠겨 있을 것이다. 백옥포리로 돌아가 그의 진심을 말해주어야 했다.

'오늘 산을 넘을 수 있을까?'

한나절도 되지 않았으니 산에 오르기만 하면 내려가는 일은 어렵지 않을 것이다. 가을걷이가 끝난 들판은 황량하고 나뭇잎이 떨어진 숲은 음산했다. 겨울을 재촉하는 빗방울은 마른 나뭇잎을 때리고 있었다.

"나리, 이제 거반 다 왔습니다. 주막에 들르십니까?"

삼돌이 나귀 줄을 끌면서 물었다. 이원수가 흠칫하는 표정이 되었다. 비가 오는데 산을 넘는 일은 쉽지 않을 것이다.

"비가 오지 않느냐?"

마음과 달리 다른 말이 튀어나왔다.

"그렇습죠. 비가 오는데 큰 산을 넘을 수는 없지요."

삼돌은 히죽거리고 웃으며 주막으로 나귀를 이끌었다. 상전이 주막에 머물면 술 한잔 얻어먹지 못하겠는가. 삼돌은 그리 생각하여 절로 흥이 나는 모양이었다.

"아이고, 한양 나리 오셨네."

주막에 이르자 주모 권씨가 반색을 하며 달려나왔다. 백옥포리를 오갈 때마다 들르는 주막이니 주모도 낯익었다. 비가 오는 탓에 주막은 비어 있었다. 평소와 다르게 적막했다.

"주모, 잘 있었나? 못 본 사이에 얼굴이 활짝 폈군. 그새 새 서방이라도 얻었나?"

이원수는 평소와 다르게 걸쭉한 농을 던졌다.

"아이고, 무슨 말씀을 그리하십니까? 저야 오로지 일편단심 선비님만 마음에 두고 있습니다."

주모가 이원수의 농을 받아 대거리를 했다. 눈가에 추파가 번지고 엉덩이를 실룩거려 음심을 자극했다.

"말은 참 좋으이. 남정네는 어찌하고 수작을 하는 것인가?"

이원수는 유쾌하게 웃으며 나귀에서 내렸다. 주모가 이원수를 안내하여 안방으로 들어갔고 삼돌은 헛간에 딸린 봉놋방으로 들어갔다.

"내가 이 방에 들어와도 되는 것인가? 이 방은 주모와 주모 남정네가 지내는 방이 아닌가?"

"소인에게 남정네가 어디 있다고 그러십니까? 공연한 말씀 마시고 편히 앉으십시오."

이원수는 삿갓을 벗었고 주모는 빗물을 닦으라고 베수건을 건네주었다. 이원수가 베수건으로 얼굴을 닦자 주모는 밖으로 나가 삼돌에게 술상을 차려주고 이원수에게도 술상을 차려가지고 들어왔다.

인선은 아들 번을 등에 업고 동구 앞으로 나갔다. 아들 선은 손을 잡고 걸었다. 빗발이 추적대서 하늘이 잿빛으로 흐려 있고 바람이 스산하게 불었다.

며칠 전부터 인선은 눈만 뜨면 아이들을 데리고 이원수가 돌아올 때를 기다렸다. 그러나 이원수는 돌아오지 않아 그녀를 애달프게 했다.

"어머니."

여우재로 뻗어 있는 길을 하염없이 응시하고 있는 인선을 아들 선이 불렀다.

"왜 그래?"

인선이 선의 손을 따뜻하게 쥐면서 말했다.

"비가 오는데 아버지께서 오시겠습니까?"

"그렇지? 비 때문에 못 오시겠지?"

인선은 아들에게 처연하게 미소를 지었다. 아들의 말이 이상하게 가슴을 찌르는 것 같았다.

"예. 들어갔다가 내일 다시 나오시지요. 날도 이미 저물고 있습니다."

아들은 여섯 살인데도 의젓했다.

"선이는 아버지가 보고 싶지 않아?"

"보고 싶습니다. 어머니도 아버지가 보고 싶지요?"

"그럼."

"이번에 아버지 오시면 한양에 못 가게 하세요."

"그럴까?"

인선이 환하게 미소를 지었다. 어느덧 날이 저물고 있었다.

"내일은 아버지가 오실 거예요."

"그래, 내일은 오실 거야."

인선은 아들의 손을 잡고 집으로 돌아오기 시작했다. 인선은 집에 돌아와 늦은 저녁을 지었다. 그녀는 저녁이 다 되자 먼저 이원수의 밥을 퍼서 아랫목 이불 속에 묻었다.

"어머니, 누구 밥을 아랫목에 묻어요?"

선이가 어리둥절한 표정으로 물었다.

"아버지 밥이란다. 혹시 밤에라도 돌아오시면 따뜻한 밥을 차려 드려야지."

이씨도 평생 신명화의 밥을 퍼서 아랫목에 묻어두었다.

쏴아아. 빗줄기가 더욱 굵어지고 있었다. 이원수는 서서히 취기가 오르는 것을 느꼈다.

이원수는 술잔을 기울이며 인선이 동구 앞에서 기다리고 있을지도 모른다고 생각했다. 주모는 가슴을 풀어헤치고 노골적으로 그를 유혹하고 있었다. 이원수는 게슴츠레한 눈으로 주모의 가슴을 살폈다. 옷깃 사이로 희고 뽀얀 살덩어리가 드러났다.

"선비님, 무슨 생각을 그리 골똘하게 하세요?"

주모가 바짝 다가앉으며 물었다.

"아니야. 생각은 무슨…."

이원수는 그녀의 허연 가슴에 눈빛이 흔들렸다.

"선비님, 오늘밤 쇤네와 만리장성을 쌓으셔요."

주모가 눈을 빛내며 이원수에게 어깨를 기댔다. 주모에게서 여자의 살 냄새가 물씬 풍겼다.

"하하, 그것 참 좋은 일이로다. 한데 어찌하여 나하고 동침을 하려는 것이냐?"

이원수는 주모에게서 풍기는 육향에 몸이 달아올랐다.

"아까 술을 드시며 지난밤 용이 내려오는 꿈을 꾸었다고 하지 않았습니까?"

이원수는 지난밤에 용이 내려오는 꿈을 꾸었었다.

"그렇다."

"소인이 가만히 생각하니 용이 내려오는 꿈은 길몽이 분명합니다. 나리의 정精은 용이요, 용이 내려오고 있으니 소인과 동침하여 아들을 낳으면 귀인이 될 것입니다."

주모가 눈웃음을 쳤다. 주모의 말에 이원수는 정신이 번쩍 들었다. 그는 주모와 술을 마시며 꿈 이야기를 했는데 주모가 그에게 달려들기 시작한 것이다.

'내 꿈이 용꿈이란 말인가?'

이원수는 술이 확 깨는 기분이었다.

"소인도 꿈을 꾸었습니다."

"무슨 꿈?"

"용이 소인의 지붕 위에 와 있는 꿈이었습니다. 그런데 용이 내려오지 않고 머뭇거리고 있었습니다. 꿈에서 깨어나 가만히 생각하니 다시 없는 길몽이었습니다. 그래서 아침부터 단장을 하고 오시는 손님을 기다렸습니다. 손님 중에 반드시 용을 잉태하게 해줄 선인이 오실 거라고 생각했습니다. 소인은 소싯적에 점치는 공부를 했기 때문에 하늘의 뜻을 잘 압니다."

"용이라… 용이 그대 집에 들어왔는가?"

"아닙니다. 지붕 위에 머물러 있었습니다."

이원수는 지난밤에 용꿈을 꾸었던 일이 떠올랐다.

'내가 이럴 때가 아니다.'

이원수가 벌떡 일어났다.

"아니, 왜 갑자기 일어나세요?"

저고리 옷고름을 풀며 요염하게 눈웃음을 치던 주모가 깜짝 놀라 따라 일어섰다.

"내 급히 떠나야겠네."

이원수는 황급히 술값을 치르고 삼돌을 불렀다.

"나리, 갑자기 무슨 일입니까?"

삼돌이 놀라서 달려왔다.

"산을 넘어야겠다."

"예? 이 밤중에 산을 넘는다는 말씀입니까?"

삼돌은 도무지 이해가 가지 않는다는 표정이었다.

"횃불을 밝혀라. 어떤 일이 있어도 집으로 돌아가야 한다."

이원수가 삼돌을 다그쳤다. 주모는 팔짱을 끼고 표독한 눈으로 이원수를 쏘아보았다.

인선은 밤이 깊어도 잠을 이루지 못했다. 봉평의 백옥포리에 있는 집이었다. 이상하게 잠이 들면 머리맡이 어수선하고 이상한 꿈을 꾸었다. 그것은 입에서 불을 뿜는 용이 지붕에서 내려오려는 꿈이었다. 그런데 용은 지붕 위 하늘에서 포효할 뿐 좀처럼 내려오지 않았다.

'내가 저 용을 품으면 큰 인물을 낳을 텐데….'

인선은 꿈속에서 그렇게 생각하고 치맛자락을 활짝 펼쳤다. 그러자 용이 그녀의 치맛자락으로 불덩어리가 되어 날아내렸다. 인선은 깜짝 놀라 꿈에서 깨었다. 그때 밖이 왁자해지면서 이원수가 돌아왔다는 소리가 들렸다. 인선은 황급히 옷을 챙겨 입고 이원수를 맞이했다.

"밤길을 걸어오신 것입니까? 이렇게 비를 흠뻑 맞으시고…."

인선이 촛불을 밝히고 놀라서 이원수를 바라보았다. 이원수는 온

몸이 흠뻑 젖어 있었다.

"주막에서 밤을 보내기가 싫어 걸음을 재촉했소. 다들 무탈하오?"

이원수가 머리의 빗물을 털면서 말했다.

"무탈합니다."

"아이들도 잘 있고?"

"예. 선이와 매창이 모두 잘 있습니다."

이원수가 주섬주섬 비에 젖은 옷을 벗기 시작했다. 인선은 장롱
에서 새 옷을 꺼내 이원수가 갈아입도록 했다. 명주수건으로는 비에
젖은 얼굴을 닦아주었다.

"내 보고 싶지 않았소?"

이원수가 인선을 안아서 물었다.

"보고 싶었지요. 어찌 보고 싶지 않았겠습니까?"

인선이 이원수의 가슴에 안기며 말했다.

"나도 당신이 보고 싶었소. 그래서 밤길을 쉬지 않고 달려온 것
이오."

이원수가 인선의 입술에 자기 입술을 얹었다. 인선은 이원수 가
슴에 안기며 몸을 떨었다.

"내 지난번에 미안했소. 그렇게 화를 내는 것이 아니었는데…."

"괜찮아요."

"당신을 사랑하오."

"고마워요. 내가 더 잘할게요. 서방님이 노여워하지 않도록 하겠

어요."

인선은 이원수의 품에 안겨 눈을 감았다. 이원수가 인선을 안아서 눕혔다.

인선의 규방에 뜨거운 열기가 몰아쳤다. 인선은 태풍처럼 몰아치던 이원수가 떨어져 눕자 깊은 충일감을 느꼈다. 알 수 없는 행복한 기운이 온몸을 휘어감고 있었다.

"아, 오늘 정말 좋아요. 용꿈을 꾸었는데 서방님이 왔어요."

인선은 두 팔을 벌려 이원수를 안았다.

"용꿈을 꾸었다고 했소?"

이원수가 허공을 응시하며 물었다.

"예. 지붕 위에 용이 있었는데 내려오지를 않더라고요. 그래서 치맛자락을 활짝 펼치자 불덩어리가 되어 내 치마 속으로 들어왔어요."

"기이한 일이구료. 나도 용꿈을 꾸었는데…."

"서방님도요?"

"그렇소. 그래서 더욱 서둘러 당신에게 달려온 거요."

"잘하셨어요. 서방님이 용인 모양이에요."

인선이 이원수 품에 안기며 눈을 감았다. 밖에서는 빗줄기가 더욱 굵어지고 있었다.

눈이 소복소복 내리고 있었다. 인선은 배를 어루만지면서 대나무 숲을 천천히 걸었다. 오죽헌의 대나무숲에도 눈이 하얗게 내려 신세계가 펼쳐진 것 같았다. 잿빛 기와도 하얗고 매화나무와 오동나무에도 하얗게 눈꽃이 피어 있었다.

봉평의 백옥포리에 살 때 이원수가 돌아와 동침을 한 뒤에 임신을 했다. 이원수와 그녀가 용꿈을 꾸고 임신한 아이였다. 인선은 아이를 잉태한 뒤에 백옥포리에서 강릉으로 돌아왔다.

'용꿈을 꾸고 잉태한 아이니까 큰 인물이 될 거야.'

인선은 배를 만지며 그렇게 생각했다. 태임이 그랬던 것처럼 인선은 눈으로는 나쁜 것을 보지 않고, 귀로는 나쁜 말을 듣지 않고, 입으로는 나쁜 말을 하지 않으려고 했다.

'눈이 참 아름답게 오는구나.'

인선은 온 세상이 눈으로 하얗게 덮이는 것을 보면 마음이 깨끗해지는 것 같았다. 그녀는 집 뒤의 대숲을 한 바퀴 돌아서 방으로 돌아왔다. 그녀는 따뜻한 이불 속에 발을 넣고 《서경》을 읽기 시작했다.

"어머니…."

아이들이 이씨의 손을 잡고 들어오며 소리를 질렀다. 선이와 매창, 번이의 얼굴이 벌겋게 상기되어 있었다.

"그래. 어디 갔다 오는 거야?"

인선은 환하게 웃으며 손을 흔들었다.

"할머니와 대문 밖에서 눈 오는 것을 보았어요."

아이들이 말하는 할머니는 이씨를 가리키는 것이었다. 이원수는 강릉에 있었으나 출타해 있었다.

"그랬구나."

이씨와 아이들이 방으로 들어왔다.

"어머니, 이쪽으로 앉으세요."

인선은 이씨의 손을 잡고 아랫목으로 이끌었다. 아이들을 데리고 밖에 다녀온 이씨의 손이 차가웠다.

"괜찮다. 아이들 손을 따뜻하게 해줘야지."

"어머니가 먼저 손을 이불 속에 넣으세요. 어른이 먼저예요."

"그래."

이씨가 아랫목에 앉아 이불 속에 손을 넣었다. 인선은 이씨의 얼굴을 가만히 쳐다보았다. 신명화가 죽은 지 벌써 여러 해가 되었다. 이씨의 머리는 어느 사이에 흰머리가 생기고 있었다.

"눈이 참 많이 오는구나. 내년에는 풍년이 들겠어."

"그러게요. 어디 아픈 곳은 없으세요?"

"없어. 네가 있어서 참 좋구나."

"어머니 모시고 평생 살 테니까 걱정하지 마세요."

인선은 웃으며 아이들을 이끌어 가슴에 안았다.

"어머니, 뭐 하고 있었어요?"

선이가 인선에게 물었다.

"《서경》을 읽고 있었지."

"저희도 읽어주세요."

"그래."

인선은 아이들에게 《서경》을 읽어주기 시작했다.

밤이 왔다. 눈은 밤에도 그치지 않고 내렸다. 이원수는 책을 읽고 인선은 바느질을 했다.

"글이 잘 읽히지 않는군."

이원수가 책을 덮었다.

"독서하기 좋은 때 아닌가요?"

인선이 이원수를 향해 미소를 지었다. 눈이 오는 날, 비가 오는 날을 옛날 선비들은 독서하기 가장 좋은 때로 꼽았다.

"눈이 그치면 본가에 다녀와야겠소."

이원수가 먼 허공을 더듬으며 말했다.

"그러셔야죠. 아버님 제사가 멀지 않았는데…."

"눈도 많이 오고 아기들도 있으니까 당신은 여기 있도록 하오."

"제사 음식은 제가 준비할게요."

인선은 시아버지 제사를 지내지 못해 이원수에게 미안했다. 홍씨가 인선을 좋아하지 않고 있었다. 교하의 두운리에 있을 때도 홍씨는 인선을 차갑게 대했었다.

"상관없소."

"어머니에게 다녀올게요."

인선이 자리에서 일어났다.

"저녁에 문안드리지 않았소?"

"밤이 늦었으니까 들여다보고 올게요."

"뱃속의 아기가 추울 거요."

"괜찮아요."

인선은 별채에서 나와 안채로 향했다. 안채의 방에서는 이씨가 바느질을 하고 있었다.

"왜 왔어?"

이씨가 인선을 향해 고개를 돌렸다.

"방이 따뜻한지 보러 왔어요."

인선은 이불 속에 손을 넣어보았다. 다행히 방은 따뜻했다.

"괜찮다."

"어머니, 눈 나빠지니까 밤에는 바느질하지 마세요."

"새로 태어날 아기 배냇저고리를 깁고 있다."

"아이들 입었던 거 입히면 돼요."

"용꿈을 꾸고 잉태한 아이라고 하지 않았니? 귀한 아이가 될 거다."

이씨가 바느질을 멈추고 환하게 미소를 지었다.

"태명을 현룡이라고 하자꾸나."

"현룡이면 남자아이잖아요?"

"네가 이미 주역으로 풀어보지 않았어?"

이씨가 가볍게 눈을 흘겼다. 인선은 이제 주역으로 사람들의 운세를 풀지 않았다.

"어머니는 제가 점쟁이인지 아세요? 이제 그만 주무세요."

인선은 이씨가 바느질하던 것을 윗목으로 치우고 이불을 폈다.

이씨가 자리에 눕자 포옹을 하고 이불을 덮어주었다.

"전에는 내가 너를 안아주었는데 이젠 네가 나를 안아주는구나."

"잠자기 전에 늘 어머니가 안아주셨어요. 어머니 냄새가 지금도 좋아요."

"신랑보다 좋아?"

이씨가 유쾌하게 웃었다.

"어머니는…."

인선은 불을 끄고 밖으로 나왔다. 어둠 속에서 눈이 하얗게 내리고 있었다. 인선은 아이들 방에 들어가서 차례로 안아주었다.

"우리 아들, 잘 자거라."

선이는 더운지 이불을 걷어차고 있었다. 인선은 이불을 덮어주었다.

"우리 예쁜 딸, 잘 자거라."

인선은 딸의 귀에 낮게 속삭였다. 이씨도 항상 그녀의 귓전에 사랑한다는 말을 했었다.

인선은 아이들 방을 살핀 뒤 별채로 돌아왔다. 불을 끄고 이원수와 나란히 누웠다.

"당신이 내 뒷바라지를 하는데 나는 과거에 급제하지 못하니 어찌하오?"

"과거에 꼭 급제하지 않아도 돼요."

"그럼 내가 할 일은 무엇이오?"

"아이들을 많이 낳게 해줘요."

"지금 뱃속에 아기가 있는데 또 갖고 싶소?"

"아이를 많이 낳고 싶어요."

"몇이나?"

"열둘이오."

인선이 웃음을 터뜨렸다.

"욕심도 많소."

이원수가 인선을 쓸어안았다. 밤이 점점 깊어가고 밖에는 눈이 계속해서 내리고 있었다.

이튿날 아침 날이 밝자 인선은 아이들을 깨워 세수를 시키고 이원수에게 인사를 올리게 했다. 이어 아이들을 데리고 가서 이씨에게 문안을 드렸다.

"우리 강아지들 일어났구나."

이씨가 절을 하는 아이들을 끌어안았다. 인선은 집 안을 한 바퀴 둘러본 뒤 여종들과 아침을 준비하기 시작했다. 남자 종들은 마당의 눈을 쓸었다. 아침을 먹고 나자 이원수와 아들은 사랑에서 책을 읽었다. 인선은 이원수와 함께 책을 읽는 아들의 모습이 흐뭇했다.

인선은 이원수에게 들려 보낼 제사 음식을 준비했다.

이원수는 사흘이 지나자 인선이 준비한 음식을 가지고 교하로 떠났다. 인선은 아이들과 함께 동구 앞에서 이원수를 배웅했다.

'겨울이라 해가 짧으니 교하까지 가려면 열흘은 족히 걸리겠구나.'

인선은 이원수가 멀어지는 것을 보면서 걱정했다. 이원수가 제사를 지내러 가니 아이를 혼자 낳아야 할 것이다.

통증은 산발적으로 왔다. 아기를 처음 낳은 것도 아닌데 산통이 심했다. 용이 불덩어리가 되어 치맛속으로 들어왔던 날 이원수와 동침하여 잉태한 아기였다. 인선은 꼬박 하루 동안 산통을 하면서 아기에게《시경》을 외워주었다.

밖에는 북풍한설이 몰아치고 있었다. 집 뒤의 오죽이 눈보라에 몸을 떨었다. 어쩌면 그녀의 마음이 추운 탓인지 몰랐다.

"응애."

인선은 모진 산통 끝에 아기를 낳았다. 아기는 그녀가 예상했던 대로 아들이었다.

"눈이 엄청 오는구나. 올해는 풍년이 들겠어."

이씨가 아기를 씻겨서 인선의 품에 안겨주면서 말했다.

"어머니, 문을 열어주세요."

"문을? 산모가 찬바람을 쏘이면 어떻게 하니?"

이씨가 큰일 난다고 만류했다.

"괜찮아요. 우리 아기에게 눈을 보여주고 싶어요."

인선은 아이가 희고 깨끗한 집에 살았으면 싶었다. 이씨가 마지못해 문을 열었다. 집과 뜰이 온통 하얀 눈으로 덮여 있었다.

"아가. 세상이 온통 하얗지?"

인선은 아기를 안고 하얀 눈을 보여주었다. 이원수는 인선이 아기를 낳고 두 달이 되었을 때 강릉으로 돌아왔다.

"아기 이름은 햇무리 이珥자를 써서 이로 지었소."

이원수가 아기를 안고 기뻐했다.

"그럼 이이李珥가 되겠군요."

인선이 아기에게 젖을 먹이며 웃었다.

"나 없이 아기를 낳느라고 고생했소. 아기가 눈이 아주 맑은 것 같소."

"이씨 집안을 크게 일으킬 아이예요."

"그렇다면 좋은 일이지."

이원수가 덤덤한 목소리로 말했다. 인선은 이원수가 자신에게서 점점 멀어지는 듯한 기분을 느꼈다.

'첩이라도 두려는 것인가?'

인선은 이원수가 멀어지는 것이 느껴져 가슴이 아팠다. 이원수가 학문적으로 뛰어난 선비는 아니었으나 그와 혼례를 올리고 함께한 날들은 꿈결인 듯 행복했다. 인선은 그 행복이 깨어질까 봐 걱정되었다. 첩을 두지 말라고 당부했고 다른 여자를 품지 말라고 누누이 부탁했다.

"나를 투기하는 여자로 만들지 마세요."

인선은 이원수가 첩을 두지 않기를 간절하게 바랐다.

9. 사랑이 멀어질 때

사람과 사람 사이에는 벽이 있다. 사랑하는 사람 사이에도 벽이 있다. 인선과의 사이에 벽이 생긴 것은 언제일까. 이원수는 봉평의 백옥포리로 이사하면서 시작되었다고 생각했다. 그녀를 진심으로 사랑했기 때문에 벽이 생기리라고는 생각하지 않았다.

딸랑딸랑.

나귀 울음소리가 귓전에 찰랑거렸다. 나귀도 내 마음을 아는 것인가. 나귀는 강릉으로 향하지 않고 평창으로 향하고 있었다.

날씨는 후텁지근했다. 나귀 위에 앉아 있는데도 땀이 흘러내렸다. 어디선가 보리 탄내가 매캐하게 풍기고 더위로 부풀어 오른 공기 때문에 숨이 턱턱 막혔다.

'이제 다 와 간다.'

마을에 커다란 감나무가 보이자 이원수는 기분이 좋아졌다. 감골을 지나 모퉁이 하나를 돌면 권씨가 살고 있는 창골에 이른다.

'천둥벌거숭이들이로군.'

감골은 퇴락한 초가집들이 나지막하게 엎드려 있고 신발을 신지 않은 아이들이 작대기를 들고 논둑길을 달리고 있었다. 뱀이라도 잡아서 구워 먹으려는 것일까. 머리에 들밥을 이고 가던 아낙네가 이원수와 마주치자 길을 비킨다.

"어흠."

이원수는 헛기침을 하고 나귀를 재촉했다. 아낙네의 홑저고리 아래로 젖가슴이 절반이나 드러나 있다.

'미개한 것들. 함부로 젖가슴을 드러내고 돌아다니다니…'

이원수는 고개를 절레절레 흔들었다. 천민 아낙네가 젖가슴을 드러내놓고 있는 것은 아들을 낳았다는 자랑일 것이다.

감골을 지나 산모퉁이를 돌자 창골이었다. 권씨의 주막은 창골 삼거리에 있었다. 집 앞에 뽕나무가 여러 그루 있어서 찾기가 쉬웠다.

"나리."

이원수가 나귀에서 내리자 권씨가 반갑게 맞이했다.

"우리 필녀 잘 있었는가?"

이원수는 권씨의 펑퍼짐한 엉덩이를 손바닥으로 두드렸다. 권씨와 정을 통하게 된 것은 몇 해 전의 일이었다. 교하에서 봉평의 백옥포리로 돌아왔는데 인선이 강릉으로 돌아가 집이 비어 있었다.

'남편에게 알리지도 않고 이사를 하다니….'

이원수는 화가 나서 교하로 되돌아가기 시작했다. 여우재를 넘어 평창에 이르자 비까지 추적추적 내려 쓸쓸했다.

'출출한데 주막에나 들르자.'

이원수는 퇴락한 초가 마을을 지나 동구 앞에 있는 주막으로 들어갔다.

'주모가 상을 당했군.'

주막에 이르자 주모 권씨가 베옷을 입고 술과 음식을 팔고 있었다.

"누가 돌아가셨소?"

이원수는 국밥과 술을 주문하고 권씨에게 넌지시 물었다.

"남정네가 세상을 떠났어요."

권씨가 심드렁하게 말했다. 이원수는 베옷을 입고 장사를 하는 권씨에게 묘한 기분을 느꼈다. 권씨는 삼십 대 중반으로 육덕이 좋았다.

"저런… 그래, 언제 세상을 버렸소?"

"달포쯤 되었어요."

이원수는 국밥을 먹으며 권씨의 남정네 얼굴을 떠올려보았다. 그는 간간이 권씨 일을 돕기는 했으나 얼굴이 창백했다. 그런데 그가 죽었다고 생각하자 쓸쓸했다. 이원수는 천천히 술을 마셨다.

"선비께서는 과거를 보러 가세요?"

권씨가 옆에 와서 앉는데 톡 쏘는 지분 냄새가 풍겼다.

"내 이제 과거를 보아서 무얼 하겠나? 교하에 있는 본가로 가는 길이네."

이원수가 쓸쓸한 표정으로 술을 마셨다.

"봉평에 본가가 있는 것이 아니었어요?"

권씨가 옷고름을 풀어헤쳤다.

"봉평에 집이 있기는 하네."

"집이 천석꾼이에요?"

"처가가 천석꾼이지."

"첩은 두었어요?"

"첩은 없네."

"나 같은 여자 첩으로 둘 생각은 없어요?"

권씨가 몸을 바짝 기대왔다. 옷고름이 풀어져 허연 젖무덤이 묵
직하게 삐져나와 있었다.

"대낮부터 왜 이러는가?"

"나를 첩으로 삼아주세요."

권씨가 몸을 던지듯 기대왔다. 이원수는 얼떨결에 권씨를 받아
안았다.

"이러지 말게. 그대는 아직 상중이 아닌가?"

"천민이 상중이라고 정절을 지키겠어요? 주모 노릇을 하면서 많
은 남자를 만났으나 선비님 같은 분은 처음이에요."

권씨가 옷고름을 풀어헤치고 달려들자 이원수는 그녀를 받아 안
았다. 이원수는 그날 이후 교하와 강릉을 오갈 때 반드시 권씨의 주막

을 들르게 되었다.

이원수는 평창에서 사흘을 머물렀다.

이원수가 교하에서 돌아왔다. 인선은 이원수가 평창의 주모 권씨에게 들렀다가 왔다는 사실을 알 수 있었다. 인선은 혼인을 한 뒤에 대부분의 시간을 강릉에서 지냈다. 시어머니 홍씨에게 순종하지 않고 친정부모만을 섬겼다.

"이제는 교하로 가야 하지 않소?"

이원수가 얼굴을 찡그리고 인선에게 물었다.

"아이들을 가르치기는 강릉이 더 좋아요."

인선이 잘라 말했다. 인선과 혼인을 한 지 어느덧 10년이 훨씬 넘었다. 10년 동안이나 친정살이를 했으면 이제는 시집에 들어가 살아야 한다고 생각했다. 그러나 인선은 시가에 들어가 사는 것을 거절했다.

"시어머니가 싫어도 교하로 들어가야 하오."

이원수는 경고를 하듯이 단호하게 말했으나 인선은 따르지 않았다. 이원수는 강릉을 오가는 일이 싫어졌다. 교하에서 강릉을 향해 가다가도 평창의 권씨에게 발길을 돌렸다.

"첩은 절대로 들일 수 없어요."

인선은 이원수에게 차갑게 말했다. 이원수가 다른 여자를 품고 있는 모습을 상상할 때마다 눈에서 불이 일어나는 것 같았다.

'남편이 씨앗을 보면 부처님도 돌아앉는다고 했어.'

첩은 절대로 받아들일 수 없었다.

"재물은 풍족할 텐데 왜 그러는 것이오? 이제는 교하로 가야 하지 않소? 부덕을 잘 아는 당신이 출가외인이라는 말도 모른다는 말이오?"

이원수는 약간 불쾌한 표정이었다. 인선의 친정은 강릉 북평촌의 부자였다. 한 해 소출이 칠백 석이 넘었고 노비가 외거노비를 포함하여 백 명에 이르렀다. 두 집 살림을 해도 결코 부족하지 않았다.

"경우가 달라요. 첩을 들이라고 있는 재물이 아니에요."

인선의 얼굴에서는 서릿발이 내렸다. 인선의 반대가 워낙 강경했기 때문에 이원수는 권씨를 첩으로 들이지 못했다. 그러나 권씨에게 가서 지내는 날이 많았다.

'야속한 사람…'

인선은 이원수가 원망스럽고 서운했다. 그래도 이원수가 떠나면 동구 앞에서 그가 돌아올 때를 하염없이 기다리는 일이 많았다.

인선이 주막집 권씨를 만난 것은 얼마 전의 일이었다. 나름대로 새 옷을 입고 찾아왔으나 얼굴에는 분을 덕지덕지 발라 천한 신분이라는 것을 알 수 있었다.

"어디 사는 누구며 무슨 일로 왔는가?"

인선은 대청에서 권씨를 맞아들였다.

"평창에서 주막을 하는 주모입니다. 아씨께서 거두어주십사 하고 청하러 왔습니다."

"거두어달라니 그게 무슨 해괴한 말인가?"

"이 댁 선비님이 재를 넘을 때마다 저희 주막에 들르셨습니다."

인선은 권씨가 가소로웠다.

"그래서 정이라도 통하였는가?"

"예. 소인을 첩으로 거두시면 어른들을 잘 봉양하고 나리를 성심껏 섬기겠습니다."

"무엄하다. 어느 안전이라고 함부로 입을 놀리느냐?"

인선의 눈에서 얼음가루가 날리는 것을 보고 권씨는 흠칫했다.

"아씨, 소인이 이 댁 선비님을 모시려고 하는데 잘못되었습니까?"

"대명률에 양반을 희롱하면 대죄가 된다. 네가 서방님에게 함부로 대했다가는 목이 열 개라도 살아남지 못할 것이다."

"아씨, 소인은 그런 뜻이 아닙니다."

권씨의 얼굴이 하얗게 변했다.

"물러가라."

권씨는 인선의 눈에서 파랗게 서슬이 뿜어지는 것을 보고 황망히 물러나왔다.

'쳇, 혹을 떼려다가 혹을 붙였네.'

권씨는 치맛자락을 말아쥐고 총총걸음으로 재를 넘어갔다.

인선은 권씨의 얼굴도 마음에 들지 않았다. 그녀의 관상은 사람들에게 해害가 되는 상이었다.

실제로 권씨는 인선이 죽은 뒤에 이원수와 같이 살게 되었다. 그녀는 인선의 아이들에게 가혹했다. 율곡 이이는 술주정을 하는 그녀 때문에 많은 고통을 겪어야 했다.

"권씨를 첩으로 들이려고 하는데 끝내 반대할 거요?"

이원수는 시간이 있을 때마다 인선을 윽박질렀다.

"첩은 안 돼요."

"왜 안 된다는 거요? 조선의 사대부들 중에 첩이 없는 남자가 어디 있소?"

"내가 아들을 못 낳았어요? 부인으로서 할 일을 못했어요? 권씨를 첩으로 들이려는 것은 남자의 즐거움을 위해서가 아니에요?"

"첩을 들이는 것을 반대하면 교하로 올라오시오."

이원수는 인선과 팽팽하게 대립했다. 그렇게 대립할 때마다 교하로 가서 몇 달 동안 돌아오지 않았다. 홍씨는 걸핏하면 이원수를 다그쳤다.

"이제는 시가에 와서 살 때가 되었다. 처가살이는 10년이면 충분해."

홍씨가 눈초리를 사납게 말아 올렸다. 이원수와 인선이 혼인을 한 지 어느 사이에 10년이 훨씬 넘어 있었다.

"처가 살림이 커서 집사람이 이끌어야 합니다."

이원수는 홍씨에게 궁색한 답변을 하고는 했다.

"올라오지 않겠다면 첩이라도 들여라. 늙은 어미를 봉양할 사람이 있어야 하지 않느냐?"

홍씨의 강경한 말에 이원수는 할 말이 없었다. 그는 형편이 그렇게 풍족한 편이 아니라서 양첩(良妾, 양반 첩)이나 기첩(妓妾, 기생 첩)을 들일 수도 없었다. 그렇다고 집에서 부리는 여종을 첩으로 들이고 싶지도 않았다. 종을 첩으로 삼으면 비첩婢妾이 된다.

이원수는 평창에서 권씨를 만나 정을 통했고 그녀를 첩으로 들이고 싶었다.

대청에서는 부드러운 웃음소리가 끊이지 않았다. 모처럼 두 딸이 모여 이야기꽃을 피우고 있었다. 이원수의 아내인 인선과 권화의 처가 된 인교가 몇 달 만에 다시 만난 것이다. 이씨는 딸들이 즐겁게 이야기하는 것을 보고 외손자 이이를 등에 업고 마당을 걸었다. 여름이 가고 겨울이 오고 있었다. 매화나무의 잎사귀도 단풍이 들었고 울타리 쪽에는 석류가 주렁주렁 열려 있었다.

"할머니 저쪽…."

등에 업힌 이이가 울타리 쪽을 가리켰다. 이이는 아장아장 걷는데 말을 하고 글을 읽었다.

'이 아이가 인선이를 닮았구나.'

이씨는 이이를 업고 걸으며 대견하게 생각했다. 죽은 남편 신명화가 이 아이를 보았으면 금이야 옥이야 할 것이라고 생각하자 가슴이 저렸다. 그녀는 외동딸이었으나 딸만 다섯을 두었다. 그러나 다섯 딸이 모두 혼례를 올려 이제 남녀 손주를 두었다.

"언니, 우리 처균이도 언니가 가르쳐주었으면 좋겠어."

인교가 제 아들 권처균에 대해서 이야기를 하는 소리가 들렸다.

"무슨 소리야? 내가 왜 네 아이들을 가르쳐?"

"이이는 벌써 말을 하고 글까지 알잖아? 대체 어떻게 가르치는 거야?"

인교가 인선에게 응석을 부리듯이 말했다.

"우리 인교가 욕심쟁이구나."

"언니, 가르쳐줘. 어떻게 가르치는 거야?"

"애기가 말을 배울 때부터 글자를 가르치기 시작했어. 책을 읽어주고 시를 가르쳐주면 아이들은 잊어버리지 않아."

이씨는 두 딸의 이야기를 들으며 빙그레 웃었다. 인선의 교육법은 일반 양반가의 교육과 전혀 달랐다. 일반 양반가에서는 다섯 살이나 여섯 살이 되어야 글을 가르치는데 인선은 말을 배울 때부터 글을 가르쳤다. 인선은 어머니, 아버지를 가르치는 대신 천자문을 가르쳤다. 천자문을 크게 써넣고 몇 번이고 되풀이하여 글자와 훈음을 가르쳤다. 이이는 그렇게 하여 세 살 때 이미 글을 읽게 된 것이다.

"나도 언니처럼 할까?"

인교가 눈을 빛내면서 말했다.

"우리 처균이가 장원급제하겠네."

딸들의 이야기를 듣고 있던 이씨가 웃으며 말했다. 권처균은 훗날 임금이 주재하는 정시庭試에서 장원급제했으나 허균이 동인의 붕당이라고 비난하여 벼슬을 하지 못한다.

인선은 다섯째를 잉태하고 있었고 넷째 인교도 혼례를 올려 손자 권처균을 낳았다. 다복하고 편안했으나 인선은 시가 때문에 괴로워하고 있었다. 시가에서 인선에게 아이들을 데리고 교하로 올라오라고 성화를 부리고 있었다.

넷째 인교는 시가가 가까워 친정에 수시로 드나들었다. 지금도 인선과 대청에서 즐겁게 이야기를 나누고 있었다.

이씨는 외손자 이이를 업고 울타리 쪽으로 걸었다. 울타리에 석류가 탐스럽게 열려 있었다.

"아가. 이 과일 이름이 뭔지 알아?"

이씨가 이이에게 물었다.

"예. 알아요."

이이가 또렷한 목소리로 대답했다.

"이름이 뭔데?"

"석류예요."

"어떻게 알았어?"

"외할아버지가 지은 시가 있어요."

"그래? 어떤 시인데?"

이이가 두 줄의 시를 외웠다.

은행은 그 속에 푸른 구슬을 품고 있고

석류껍질은 부서진 붉은 구슬을 안고 있다.

銀杏殼含團碧玉

石榴皮裏碎紅珠

이씨는 깜짝 놀라 입을 벌렸다. 그 시는 이씨도 잘 알고 있는 시로 신명화가 지은 것이었다.

'인선이가 아이를 나보다 더 잘 가르치는구나.'

인선은 아이들에게 글자놀이를 가르치고 천자문과 소학을 배우게 했다. 집안 곳곳에 시를 액자로 만들어 걸어놓고 함께 글을 읽고 글씨를 썼다. 딸 매창에게도 사내아이들과 똑같이 글을 읽게 하면서 거문고와 그림까지 가르쳤다.

"거문고는 남자가 배우는 것이 아니냐?"

이씨가 의아하여 인선에게 물었다.

"가야금은 여성적이고 기녀들이 많이 다룹니다. 거문고는 군자의 악기입니다."

매창은 어린 손으로 거문고와 그림을 배웠다.

"이이야, 이제 할머니 등에서 내려오너라. 공부할 시간이다."

인선은 인교가 돌아가자 아이들에게 글을 가르쳤다. 그녀는 온화했으나 글을 가르칠 때는 냉랭했다.

바람이 일지도 않는데 나뭇잎이 우수수 떨어졌다. 이원수는 이기의 집에서 나오며 얼굴이 창백했다. 높은 벼슬을 누리고 있는 이기에게 잘 보여 낮은 벼슬이라도 찾을까 했으나 이기가 한마디로 거절한 것이다.

"자네 부인이 그랬다고 하더군. 시당숙 이기는 탐욕이 지나쳐 패가敗家할 것이라고…."

이기의 말은 청천병력과 같았다.

"누가 그런 말을 했습니까?"

"자네 입으로 말한 것이 아닌가?"

이기가 화를 벌컥 냈다. 이원수는 그때서야 자신이 술에 취해 육촌형제들에게 인선의 말을 떠벌린 일이 떠올랐다.

'흥! 당숙께서 패가하신다고?'

이원수는 수진동 집으로 돌아오며 씁쓸했다. 인선은 신혼 초에 이원수와 함께 이기에게 인사를 드린 일이 있었다. 그런데 이원수가 이기를 찾아가 벼슬을 구하겠다고 하자 인선이 반대한 것이다.

"아니 왜 이제 와서 반대하는 것이오? 내가 평생 학생으로 지내다가 죽어야 하겠소? 내 비석에 학생부군신위라고 새겨야 하오?"

이원수는 노하여 언성을 높였다.

"당숙 어른은 패가할 것입니다."

이기는 훗날 문정왕후의 동생 윤원형의 수족이 되어 을사사화를 일으켰다. 그때의 옥사를 주도하여 공신이 되고 영의정까지 되었으나 병으로 죽은 후 선조 때에 간신이라는 비난을 받고 비석까지 철거되는 수모를 당했다.

"패가라니? 그게 무슨 말이오?"

"탐욕을 부리다가 큰 옥사에 휘말릴 것입니다."

이원수는 인선의 말을 믿지 않았다. 한양에 올라와 육촌들과 술을 마시며 그 이야기를 했는데 이기의 귀에까지 들어간 것이다.

이원수는 강릉에 며칠 머물지 않고 다시 한양으로 떠났다. 인선은 그가 떠나자 분노를 참을 수 없었다. 이원수가 한양으로 갈지 평창의 주모에게 갈지 알 수 없었다.

'잊자.'

인선은 이원수가 자신에게서 멀어지고 있었으나 내색하지 않았다. 그녀는 그림을 그리고 아이들에게 글을 가르쳤다.

그해 겨울은 눈이 유난히 많이 내렸다.

인선은 인교의 아들 권처균과 이이에게 글을 가르쳤다. 인선의 집과 가까운 곳에 살고 있는 인교가 해만 뜨면 아들 처균을 데리고 인선에게 왔던 것이다.

인선은 아이들이 공부할 때 소리를 지르거나 때리지 않았다. 이이가 책을 읽지 않고 게으름을 피우면 아무 이야기도 하지 않았다. 이이는 인선이 말을 하지 않으면 두려워했다.

인선은 아들이 여럿 있었으나 이이에게 신경을 바짝 썼다. 이이는 인선이 그랬던 것처럼 다섯 살이 되자 소학을 줄줄 외웠다.

그 무렵 이사온이 시름시름 앓다가 세상을 떠났다. 한양에 있는 이원수에게 기별했으나 그는 오지 않았다. 남편을 여의고 친정아버지 마저 세상을 떠나자 이씨는 더욱 애통해했다.

인선은 이사온이 죽었는데도 이원수가 오지 않아 쓸쓸했다. 인선은 가슴이 답답하고 잠이 오지 않았다.

"어멈아, 어디 아프냐?"

이씨가 인선의 얼굴을 살피며 물었다.

"아니요. 왜요?"

"얼굴이 핼쑥하구나."

"괜찮아요."

"이 서방이 오지 않아서 그러냐? 네가 한 번 올라가지 그래?"

"아니에요. 올라가고 싶지 않아요."

이원수가 한양에 올라간 지 2년이 되었는데도 돌아오지 않았다. 몇 번이나 교하로 올라가고 싶었으나 이를 악물고 참았다. 그래서인지 인선은 갑자기 쓰러져 의식을 잃었다. 이씨가 황급히 의원을 불렀으나 병명을 알 수 없었다. 의식은 뚜렷했으나 몸을 전혀 움직일 수 없고 열이 높아 자주 의식을 잃었다.

"할아버지, 우리 어머니를 살려주세요."

다섯 살밖에 되지 않은 이이는 이사온의 위패를 모신 사당에서 울며 기도했다.

그러던 어느 날이었다. 며칠이나 앓았는지 전혀 알 수 없었다. 문득 눈을 뜨자 사방이 기이할 정도로 조용했다.

"갖바치가 하룻밤을 묵게 해달래. 이제는 천민이 다 와서 재워달라네? 삼돌이가 쫓아버리기를 잘했지."

밖에서 여종들이 떠드는 소리를 들은 인선은 정신이 번쩍 들었다. 재빨리 여종들에게 일러 갖바치를 불러오게 했다.

'과연 금강산에서 만난 갖바치구나.'

인선은 수염이 하얀 갖바치가 반가웠다. 갖바치는 수염이 텁수룩한 장정과 함께였다.

"내 제자 꺽정일세."

갖바치가 수염이 텁수룩한 사내를 가리켰다.

"소인 인사드립니다."

임거정이 호탕하게 웃음을 터뜨렸다.

"도적을 제자로 두셨군요."

인선이 빙그레 웃었다.

"도적만 제자로 두었나? 역적도 제자로 두었는데…."

갖바치가 수염을 쓰다듬으며 웃었다. 역적이라는 것은 조광조를 일컫는 말이다. 인선은 갖바치와 임거정을 며칠 집에서 머물게 했다. 갖바치는 인선의 아이들에게 글을 가르치고 임거정은 장작을 패는 등 허드렛일을 했다.

"우리 아이들에게 무엇을 가르치셨습니까?"

"세상의 도에 대해 가르쳤네."

"알아들은 아이가 있었습니까?"

"이이가 알아들었네."

"다섯 살짜리가요?"

"때가 되면 나를 찾아 금강산으로 올 걸세."

인선은 갓바치와 임거정이 떠나게 되자 노자를 많이 마련해주었다. 이이는 훗날 인선이 죽자 그 슬픔을 이기지 못하고 금강산에 들어가 3년 동안이나 방황했다.

"웬 돈을 이렇게 많이 주십니까?"

임거정이 의아한 표정으로 인선을 살폈다.

"어차피 그 돈을 허투루 쓸 것이 아니지 않습니까?"

"하하, 부처가 여기 있었네."

갓바치가 호탕하게 웃음을 터뜨리고 멀어져갔다. 인선은 그들이 멀어져 보이지 않을 때까지 배웅했다.

10. 가고픈 마음은
오래도록 꿈속에 있네

갖바치를 보내고 나서 인선은 비로소 평온을 되찾을 수 있었다. 조정은 간신들 때문에 혼탁했고 백성은 도탄에 빠져 있었다. 도적이 날뛰고 탐관오리들이 백성을 수탈했다. 곳곳에서 굶어 죽고 얼어 죽는 백성이 속출했다.

'세상이 임거정을 도적으로 만들겠구나.'

인선은 가만히 한숨을 내쉬었다. 갖바치는 기이한 인물이었다. 조광조를 제자로 두었는데 이제 임거정을 제자로 거느리고 있었다.

해가 바뀌었다. 이원수가 한양에서 내려왔다. 인선은 그를 덤덤하게 맞이했다. 기쁘지도 않고 노엽지도 않았다.

"이제는 남편이 와도 반갑지 않은 모양이오."

이원수가 쓸쓸한 표정으로 말했다. 인선이 전과 달라진 것을 느

낀 것이다.

"그럴 리가 있습니까? 세월이 흘러 덤덤해진 것이지요."

"당신은 불꽃같은 여자인데 어떻게 덤덤해질 수가 있소? 불은 활활 타오르거나 꺼질 뿐 중간은 없소."

인선은 대답을 하지 않았다. 이원수는 한 달이 지나자 교하로 올라갔고 인선은 태기가 있었다.

인선은 해가 바뀌자 딸을 낳았다.

'내가 또 아기를 낳다니…'

인선은 아기에게 젖을 물리며 미소를 지었다.

"아씨, 올 겨울에는 유난히 동냥을 얻으러 오는 사람이 많습니다."

등이 구부러진 노인이 된 삼돌이 짓무른 눈을 비비면서 인선에게 말했다. 인선은 아이들과 함께 사랑에서 시를 짓고 있었다. 세밑이라 날씨가 살을 엘 듯이 추웠다.

'삼돌이도 많이 늙었구나.'

인선은 삼돌이 얼마 살지 못할 것이라고 생각했다.

"걸인들을 박대하지 말고 잘 대접하게."

인선은 삼돌을 힐끗 보고 말했다.

"행랑채에서 죽을 먹여 보내겠습니다."

삼돌이 허리를 숙여 보이고 물러갔다.

"어머니, 왜 걸인들에게 죽을 끓여 주어요?"

매창이 눈을 빛내며 인선에게 물었다. 매창은 그림을 그리고 있었다. 매창의 나이 어느덧 열다섯 살이었고 인선의 나이는 마흔한 살이었다.

'우리 매창이를 시집보낼 때가 되었구나.'

인선은 매창을 보자 미소가 떠올랐다.

"걸인들을 도와줄 양식이 부족하기 때문이다."

선이 대답했다. 선도 이제는 훤훤장부가 되어 있었다.

"그래서 지난가을에 시래기를 모아 죽을 끓인 거구나."

둘째 아들 번이 말했다. 지난해에는 양식이 부족하여 몰려오는 걸인들을 다 구제하지 못했다. 인선은 겨울이 가까이오자 수확이 끝난 밭에서 시래기를 주워 말렸다가 겨울에 죽을 끓이게 했다.

'사람들이 굶어 죽는 것은 게으르기 때문이다.'

인선은 아이들에게 근면과 절약을 가르쳤다.

"어머니, 아버지에게 안 가요?"

이이가 툭 하고 질문을 던졌다.

"네가 사서오경을 다 외우면 가겠다."

인선은 이이를 보면서 가슴이 철렁했다. 이이가 아버지 이원수를 그리워하는지도 모른다고 생각했다.

'아이들에게 아버지가 필요하구나.'

인선은 이원수를 더 미워해서는 안 된다고 생각했다. 그러나 교하로 올라갈 생각을 하자 친정어머니 이씨가 눈에 밟혔다.

'내가 조금만 희생하면 아이들과 남편이 다 편안할 거야.'

그리운 조선 여인, 사임당

인선은 교하로 올라가기로 결정했다. 아이들이 자라고 있었기 때문에 혼인도 생각해야 했다. 그러나 이씨에게 차마 입이 떨어지지 않았다.

"선이 어미야."

이씨가 먼저 인선을 가만히 불렀다. 인선이 막내를 안고 그림을 그리고 있을 때였다.

"예. 어머니."

인선은 이씨를 쳐다보았다.

"이제 그만 교하로 올라가거라."

"그러잖아도 말씀드리려고 했는데… 아무래도 애들 때문에 올라가야 할 것 같아요."

인선이 조심스럽게 대답했다.

"어미 걱정하지 말고 올라가거라."

"어머니."

인선은 눈시울이 뜨거워져 왔다.

인선이 한양으로 올라가기로 한 것은 이이가 여덟 살이 되었을 때였다.

'이이에게 스승이 있어야 한다.'

인선은 그렇게 생각했다. 신명화의 산소에 가서 절을 올리고 어머니 이씨와 작별하는데 눈물이 비 오듯이 흘러내렸다. 그러나 언젠가는 작별을 해야 했다. 종 10여 명에게 이삿짐을 이고 지게 하여 북

평을 떠났다. 마을 사람들이 모두 동구 앞에까지 몰려나와 전송을 해
주었다. 인선은 논둑길을 걸으면서 가슴이 먹먹했다. 대관령을 오르
는 것은 몹시 힘이 들었다. 인선은 아이들을 데리고 대관령 영마루에
올랐다. 이제 한양에 올라가면 당분간 강릉으로 돌아오기 어려울 것
이다.

'다시 돌아올 때까지 어머니가 편안하셔야 할 텐데…'

인선은 무겁게 한숨을 내쉬었다. 그녀는 어느 사이에 5남매의 어
머니가 되어 있었다.

인선은 영마루에 앉아 쉬면서 시 한 수를 지었다.

천 리 먼 고향 산은 만 겹 봉우리로 막혔으니	千里家山萬疊峯
가고픈 마음은 오래도록 꿈속에 있네.	歸心長在夢魂中
한송정 가에는 외로운 둥근 달이요	寒松亭畔孤輪月
경포대 앞에는 한 줄기 바람이로다.	鏡浦臺前一陣風
모랫벌엔 백로가 언제나 모였다 흩어지고	沙上白鷺恒聚山
파도 위엔 고깃배가 오락가락 떠다닌다.	波頭漁艇各西東
어느 때 강릉 땅을 다시 밟아서	何時重踏臨瀛路
색동옷 입고 어머니 곁에서 바느질할꼬.	更着斑衣膝下縫

여름이었다. 대관령에서 본 설악산은 짙은 녹향을 뿜고 있었고
저 멀리 바다는 남빛이었다.

"아씨, 출발할까요?"

삼돌이 엉덩이를 털고 일어서며 말했다.

"출발하세."

인선은 막내 우를 등에 업었다. 인선은 수진동 본가에 이르렀다. 수진동에서는 이원수가 두운리를 오가면서 쉬었다. 수진동에서 여독을 푼 뒤 아이들을 데리고 교하 두운리로 향했다.

"저기가 화석정花石亭이다. 조금 쉬었다가 가자."

인선이 한탄강 강가에 있는 정자를 가리켰다. 두운리 못 미쳐 강가에 아름다운 정자가 있었다. 인선은 아이들을 데리고 화석정에 올랐다. 이이가 시를 지었다.

숲 정자에 가을이 저무니	林亭秋已晚
시인의 마음 끝이 없어라.	騷客意無窮
먼 강물은 하늘을 잇닿아 푸르고	遠水連天碧
서리 맞은 단풍은 햇살을 향해 붉어라.	霜楓向日紅
산은 외로운 달을 토하고	山吐孤輪月
강은 만 리의 바람을 안고 있네.	江含萬里風
변방 기러기는 어디로 가는가,	塞鴻何處去
저문 구름 속으로 울면서 사라지네.	聲斷暮雲中

인선은 여덟 살짜리 이이가 지은 시를 읽고 고개를 끄덕거렸다.

이이가 지은 시가 흡족했다. 이이가 사서오경을 외울 뿐 아니라 시를 짓기 시작하여 학문이 날마다 성장하고 있었다.

'이 아이는 특별하다. 재능을 키워줘야 해.'

인선은 이이가 지은 시를 보고 스승을 찾아야겠다고 생각했다.

"얘들아, 이제 가자."

인선은 아이들을 데리고 자운산 밑의 두운리로 향했다. 두운리는 교하의 깊은 산골이다. 산굽이를 몇 번이나 돌아서야 두운리에 이르렀다.

"아이고, 우리 손주들이 왔구나."

시어머니 홍씨는 아이들을 반갑게 맞이해주었다. 그러나 10년이 지나서 두운리로 온 인선에게는 여전히 차가웠다. 인선은 두운리에 머물면서 살림을 꾸리기 시작했다. 글도 쓰지 않고 그림도 그리지 않았다. 홍씨가 싫어하는 일을 할 수 없었다. 이이는 집 뒤의 산을 뛰어다니며 놀았다.

"어머니, 우리 뒷산에는 밤나무가 많아요."

이이가 조끼 주머니에서 밤을 한 움큼 꺼내며 말했다.

"그렇구나. 그래서 우리 마을을 밤나무골이라고 하고 밤나무 골짜기라고도 한다."

인선은 이이의 머리를 쓰다듬어주었다.

"그럼 율곡栗谷이네요?"

"그렇지."

"저는 이제부터 율곡이라고 호를 쓸래요."

이이는 자기 호를 스스로 율곡이라고 지었다. 이이는 들과 산으로 뛰어다니며 놀면서도 학문이 빠르게 성장했다. 인선은 이씨의 소유로 되어 있는 논과 밭이 황폐하게 버려져 있는 것을 보고 놀랐다. 그 땅에서 나오는 소출로 시가의 살림을 보탠다고 생각했으나 제대로 농사를 짓지 않은 것이다.

인선은 강릉에서 데리고 온 종들을 동원하여 황폐한 논과 밭을 일구고 씨를 뿌렸다.

"여자가 앞에 나서서 설치니 어느 집안 법도냐?"

홍씨가 마땅치 않아 하면서 눈을 흘겼다. 그러나 인선은 홍씨에게 맞서지 않고 매창에게 돌보도록 했다. 홍씨는 늙었고 그녀도 중년 부인이 되어 있었다. 홍씨가 심술을 부리기도 하고 비난하기도 했으나 아이들을 돌보는 일에 매달렸다.

인선이 두운리에 머물면서 살림이 조금씩 나아졌다. 농사도 풍작을 이루고 재산도 조금씩 불어났다.

"학문에서 기氣와 이理 중 어느 것이 중요하냐?"

하루는 인선이 이이를 데리고 논밭 사이를 걸으면서 물었다. 이이가 열두 살이고 인선이 마흔네 살이었을 때였다.

서경덕과 이황이 이기론에 대한 논쟁을 벌여 학자들 사이에 화제가 되고 있었다. 논에는 벼가 누렇게 고개를 숙이고 산에는 단풍이 들고 있었다.

"기는 정신을 의미하고 이는 물질을 의미합니다."

"사람으로 말하면 정신과 육체라고 할 수 있겠느냐?"

"예."

"그러면 정신과 육체 무엇이 더 중요하냐?"

"정신이 온전하지 못하면 강건한 육체가 없고 강건한 육체가 없으면 온전한 정신이 없을 것입니다. 어찌 중요하고 중요하지 않음이 있겠습니까?"

"이와 기를 아우러야 하느냐?"

"공부가 깊지 않아 자세히는 모르겠습니다."

"기를 다르게 생각하면 명분이고 이를 다르게 생각하면 실제라고 할 수 있느냐?"

"명분과 실제에 대해 공부해야 할 것 같습니다."

인선은 이이의 학문이 깊어지고 있다는 사실을 알 수 있었다. 이이가 성리학의 본질을 꿰뚫고 있었다.

'이에게 좋은 스승이 필요하겠구나.'

인선은 이이를 위해 한양에 들어가 또래의 소년들과 교유를 넓혀주어야 하겠다고 생각했다.

"수진방으로 이사를 해야겠어요."

인선은 이원수와 상의했다.

"어머니 때문에 그렇소? 교하로 온 지 벌써 여러 해가 되지 않았소?"

이원수가 마땅치 않은 표정으로 말했다.

"아니에요. 아이들 때문이에요. 아이들에게 좋은 스승이 필요해요."

인선은 이원수를 졸라 수진방으로 이사했다. 교하로 온 지 어느덧 4년이 되고 있었다.

"강릉에 가고 싶으면 다녀와도 좋소."

"괜찮아요. 나중에 다녀올게요."

인선은 이원수를 향해 미소를 지었다. 그러는 동안 큰아들 선의 혼인이 이루어졌다.

'내 아들이 벌써 혼인을 하는구나.'

인선은 선의 혼인에 흡족했다. 며느리는 청주 곽씨로 조신했다. 인선은 큰아들의 혼사를 치른 뒤에 이원수와 상의하여 어숙권을 아이들의 스승으로 초빙했다. 그가 서자 출신으로 중인이지만 학문은 누구도 따를 수 없었다.

"전에 한 번 뵌 일이 있는데 아이들을 부탁하게 되었습니다."

인선은 어숙권에게 공손하게 인사했다.

"나 같은 사람에게 자제분을 맡기니 고맙습니다."

어숙권은 인선에게 정중하게 인사하고 그녀의 집을 오가면서 아이들을 가르치기 시작했다. 이원수는 무골호인이었다. 술을 좋아하고 사람들을 만나는 것을 좋아했다. 인선은 수진방으로 이사를 한 뒤에 다시 그림을 그리기 시작했다. 산수화는 적고 대개 초충도나 영모도를 그렸다.

'부녀자가 이와 같은 그림을 그리다니…'

어숙권은 인선의 그림이 경지에 이르렀다고 생각했다. 인선에게는 조선 여인의 기품이 있었다. 얼굴빛이 온화하고 소리 지르는 것을 볼 수 없었다. 집안이 가난하지는 않았으나 이원수와 아이들에게는 항상 깨끗하게 빨래한 옷을 입혔다.

아이들도 그가 더 가르칠 필요가 없을 정도로 학문이 뛰어났다. 특히 이이는 책을 읽고 외울 뿐 아니라 사유하고 있었다.

어숙권은 이이의 스승으로 초빙되자 이理와 기氣에 대해 토론했다. 이이는 하나를 가르치면 열을 알 정도로 총명했고 스스로 공부했다.

어숙권은 이원수의 집을 오가며 이이를 몇 년 동안 가르쳤다. 그러나 이이에게 특별하게 가르칠 것은 없었다. 어숙권은 조정에 들어가 일을 하게 되자 문장으로 유명한 백인걸을 천거했다.

백인걸은 조광조를 존경하여 그의 집 옆으로 이사해서 살 정도였다. 신명화와도 교분이 있어서 인선은 더욱 반가웠다. 백인걸은 아이들을 몇 달 동안밖에 가르치지 않았다.

"집안에 석학이 있는데 무엇을 가르치겠습니까?"

백인걸이 웃으며 말했다.

이이는 스스로 공부하기 시작했다.

인선은 방에 잠깐 누웠다가 밖으로 나왔다. 어디선가 신명화의 목소리가 들린 듯하여 자신도 모르게 뛰어나온 것이다. 인선이 마흔

다섯 살이 되던 해의 겨울이었다.

"화락했느냐?"

신명화의 목소리는 언제나 같았다.

"아버지, 화락하게 잘 지내고 있어요"

인선은 신명화가 옆에 있는 것처럼 혼잣말로 중얼거렸다. 그러나 신명화의 말은 더 들리지 않았다.

인선이 마당에 우두커니 서 있을 때 밖이 왁자했다. 인선이 대문 앞으로 나가자 사람들이 국상이 났다고 소리를 지르면서 뛰어다니고 있었다.

'임금께서 돌아가셨구나.'

인선은 무엇인가 큰일이 벌어진 듯한 기분이었다.

인선은 골목을 내다보며 생각에 잠겼다. 하늘에서는 눈발이 어지럽게 날렸다. 인선은 이원수에게 흰옷을 입게 하고 아이들에게 국상 기간에 조용히 지내도록 했다.

중종이 승하하자 인종이 즉위했다. 인종은 장경왕후의 아들로 대비가 된 문정왕후와 권력투쟁을 치열하게 벌이고 있었다.

"어머니, 과거를 한번 볼까 합니다."

인선이 그림을 그리고 있을 때 이이가 낮게 말했다. 인선은 단정하게 의관을 갖추고 있는 이이를 돌아보았다. 겨울이 가고 봄이 되었을 때였다. 인선은 마흔여섯 살이 되었다.

"과거를?"

"교하 관아에서 생원시가 열린다고 합니다."

"그래라."

인선은 이원수의 얼굴이 잠깐 떠올랐으나 허락했다. 이원수는 젊은 시절 수없이 낙방하여 괴로워했다.

중종이 승하하고 인종이 즉위하여 열리는 별시였다. 선이와 번이가 과거에 관심이 없어서 아쉬웠다.

"혼자서 교하까지 갈 수 있겠느냐?"

"예. 걱정하지 마십시오."

이이가 웃으며 대답했다. 큰아들 선이와 둘째 아들 번이가 번번이 과거에 떨어져 이원수가 실망하고 있었다. 인선도 강릉에서 남장을 하고 향시를 본 일이 있었다. 그때를 생각하자 자기도 모르게 쓴웃음이 나왔다.

"어머니, 다녀오겠습니다."

이이가 인사를 하고 집을 나갔다. 인선은 우두커니 허공을 쳐다보았다.

'이가 벌써 과거를 볼 때가 되었는가?'

인선은 자신이 늙어가고 있다고 생각했다. 국상이 끝나 봄이 와 있었다. 진종일 흙바람이 불더니 밤에는 봄비가 촉촉하게 내렸다. 이원수는 봉평의 권씨에게 내려가 있었다.

이이는 이틀이 지나서야 돌아왔다.

"할머니께서는 강건하시냐?"

이선은 과거에 대해 묻지 않고 홍씨 안부를 물었다. 홍씨도 요즘 시름시름 앓고 있었다.

"제가 향시에 장원하여 어머니께 기쁜 소식을 알리기 위해 할머니께는 들르지 않고 바로 달려왔습니다."

이이가 당황한 표정으로 대답했다.

"이야, 너는 이씨 가의 핏줄이다. 이씨 가의 가장 어른인 할머니께 들르지 않고 어미에게 오는 것은 예에 어긋난다. 공자님의 가르침이 무어냐? 공자님의 가르침은 예다. 예가 무엇이라고 생각하느냐?"

"충과 효입니다."

"효를 다하려면 할머니께 먼저 기쁜 소식을 전해야 한다. 지금 가서 할머니께 장원 소식을 알리겠느냐?"

인선이 지그시 이이의 얼굴을 살폈다.

"예."

이이가 입술을 깨물고 있다가 밖으로 나갔다. 이미 날이 어두워지고 있었다.

"어머니."

큰아들 선이 근심스러운 표정으로 말했다.

"걱정되니?"

"예."

"형제간에는 무엇이 있어야 하느냐?"

"우애가 있어야 합니다. 제가 같이 갔다가 오겠습니다. 이가 깨달

301

은 바가 있을 것입니다."

인선은 큰아들 선에게 따뜻한 미소를 보냈다. 이이는 밤새도록 걸어서 새벽에 교하의 시골집에 이르렀다.

"할머니께서 기뻐하셨습니다."

그날 저녁 이이가 돌아왔다.

"나도 기쁘다. 자만하지 말고 학문에 더욱 정진해라."

인선이 잔잔하게 웃으며 말했다. 이이는 교하에 다녀온 뒤 이틀 동안이나 앓았다. 그러나 한 번 앓고 나자 더욱 성숙해진 것 같았다. 이이는 말이 없어지고 눈이 깊어졌다.

'어머니께서는 건강하실까?'

인선은 명치끝을 지그시 눌렀다. 언제부터인지 가슴 아래가 당기 듯이 아팠다.

'강릉에 한 번 다녀오자.'

인선은 더 늦으면 어머니를 볼 수 없을 것 같았다.

"이야. 어미와 함께 강릉에 다녀오자."

인선은 이이를 데리고 강릉을 향해 길을 나섰다. 강릉을 떠난 지 어느덧 일곱 해가 되고 있었다. 일 년에 한두 번 삼돌이 한양을 오가 며 강릉 소식을 전해주었으나 이씨를 못 본 지 7년이나 된 것이다.

'세월이 유수 같다고 하더니….'

인선의 나이 어느덧 마흔여섯 살이 되어 있었다. 이씨는 일흔 살이 넘었다.

"내가 너무 오래 사는구나."

이씨는 인선의 손을 잡고 울었다.

"어머니, 그런 말씀 마세요."

인선은 모처럼 이씨와 함께 자면서 도란도란 이야기를 나누었다. 이튿날 아침 인선은 이이를 데리고 신명화의 무덤에 가서 절을 올렸다.

"화락하느냐?"

신명화가 무덤 속에서 그렇게 묻는 것 같았다.

"아버지, 저는 화락하게 살았어요. 이제 그만 물어보세요."

인선은 무덤을 향해 투덜거리듯이 낮게 중얼거렸다.

"소풍 나왔다가 돌아가는 거라고 생각해라."

신명화가 너털거리며 웃었다.

인선이 한양에 돌아왔을 때 인종이 승하하고 명종이 즉위했다. 명종은 불과 열두 살이었고 대궐의 가장 어른인 문정왕후가 수렴청정을 하기 시작했다. 정국은 문정왕후의 동생인 윤원형이 탐욕하여 간신들이 들끓었다.

이원수는 수운판관이 되었다.

"재당숙께 다녀오셨습니까?"

인선이 쓸쓸한 표정으로 물었다. 이원수의 재당숙인 이기는 우찬성 벼슬에 있었다.

"내가 평생 무위도식했는데 보잘것없는 벼슬을 하는 것이 그렇게 불만스럽소?"

이원수가 버럭 역정을 냈다.

"재당숙 밑에 오래 계시면 본인도 변을 당하고 자식들에게도 해가 됩니다."

"그만두시오."

이원수가 화를 내고 밖으로 나갔다. 인선은 무겁게 한숨을 내쉬었다. 수운판관은 바다나 강을 통해 한양으로 보내는 세곡을 운반하는 일이었다. 이원수는 처음으로 관복을 입고 평양으로 떠나게 되었다. 인선은 관복과 관모를 손수 준비해주었다. 세곡 운반을 처음 하게 되었는데 장마가 오기 전에 일을 마쳐야 했기 때문에 큰아들 선과 셋째 아들 이이가 동행하기로 했다.

날씨는 후텁지근하고 금방이라도 비가 쏟아질 것처럼 잿빛으로 흐려 있었다.

"어머니, 다녀오겠습니다."

선과 이이가 인사를 했다.

"그래. 잘 다녀오너라."

인선은 그들을 대문 앞까지 전송했다. 그들이 떠나는 것을 본 인선은 안방으로 돌아와 누웠다. 명치끝이 당기듯이 아프고 열이 치솟았다. 집에 남아 있던 둘째 아들 번이 의원을 불러왔다. 의원이 진맥을 하고 탕약을 처방했다. 매창이 탕약을 달여 가지고 왔다. 인선은 탕약을 마시고 다시 누웠다.

밖에는 비가 시원스럽게 내리고 있었다.

"비가 와서 출발하지 못했소. 내일 다시 출발해야겠소."

이원수와 아이들이 헛걸음을 하고 돌아왔다.

"그러세요."

인선은 희미하게 웃었다.

"어머니, 괜찮으세요?"

선과 이이가 무릎을 꿇고 앉아서 근심스러운 목소리로 물었다.

"괜찮다. 건너가서 쉬어라."

인선은 선과 이이를 내보냈다. 비는 이튿날 아침이 되자 그쳤다. 선과 이이가 인사를 하고 나가자 이원수가 그녀의 방으로 들어왔다.

"평양에 다녀와야 하는데 괜찮겠소?"

이원수가 그녀의 얼굴을 들여다보며 물었다.

"괜찮아요. 손이나 한 번 잡아주세요."

인선이 희미하게 웃었다. 이원수가 그녀의 손을 잡았다.

"내가 죽으면 새장가를 들지 마세요."

인선이 이원수의 귀에 낮게 속삭였다.

"원 별소리를 다하네."

이원수가 헛기침을 했다.

"나는 평생 당신을 사랑했어요. 당신은 나를 사랑했나요?"

이원수는 당혹스러운 표정으로 인선을 내려다보았다. 인선의 얼굴은 병색으로 초췌했다.

"사랑했소."

"고마워요."

인선이 팔을 벌렸다. 이원수가 그녀에게 엎드리자 인선이 힘껏 안았다. 이원수는 그녀의 입에 입을 맞추고 일어섰다.

"어머니."

이이가 소리를 지르며 방으로 뛰어 들어왔다.

"왜?"

인선은 일어나 앉아서 이이를 응시했다.

"다녀올게요."

이이가 인선의 품에 와락 안겼다.

"이 녀석이 왜 이래?"

인선은 이이를 안고 등을 두드렸다.

"갔다 올게요."

"그래."

이이가 인선의 품속에서 빠져나가 대문으로 달려갔다. 인선은 이이가 멀어지는 모습을 우두커니 응시했다.

'이제 다시 볼 수 없게 되겠구나.'

인선은 넋이 빠진 듯이 대문 쪽을 바라보았다. 매창이 달인 탕약을 먹고 있었으나 복부의 통증이 더욱 심해지고 있었다.

"어머니, 누우세요."

매창이 인선을 부축하여 눕혔다. 인선은 눈을 지그시 감았다. 인선은 자기 목숨이 얼마 남지 않았다는 사실을 알 수 있었다. 때때로 의식이 캄캄하게 어두워지면서 아무것도 의식을 할 수 없게 되었다. 의식이 돌아오면 매창과 번을 비롯하여 아이들이 그녀를 부르며 울고 있었다.

아버지 신명화도 자주 보였다. 신명화가 배를 타고 그녀를 부르고 있었다.

'아버지.'

인선은 목이 메어 신명화를 부르다가 의식이 돌아오고는 했다. 이원수와 아이들이 떠나고 이틀이 지났을 때 다시 비가 내리기 시작했다. 인선은 갑자기 자리에서 일어나 자신이 쓴 글과 그림을 마당에 갖다놓고 태우기 시작했다.

"어머니, 평생의 노작을 왜 태우세요?"

매창이 깜짝 놀라서 인선을 만류했다.

"어미 때문에 자식의 이름이 가려져서는 안 된다."

인선이 잔잔하게 웃었다. 매창은 인선의 말을 도무지 이해할 수 없었다. 인선이 태우는 글과 그림은 평생의 걸작이었다. 수많은 글과 그림이 불 속으로 사라지는 것을 본 매창은 가슴이 찢어지는 것 같았다.

인선이 글과 그림을 모두 태웠을 때 비가 내리기 시작했다. 인선은 하얀 새 옷으로 갈아입고 자리에 누웠다.

빗줄기가 점점 그치고 있었다. 인선은 희미하게 밝아오는 하늘을 보면서 이원수를 따라간 셋째 아들 이이를 떠올렸다. 이이는 열세 살에 진사시에 장원급제를 했고 열여섯 살에 또다시 진사시에 장원급제를 했다. 비록 향시라고 해도 잇달아 장원을 하여 이원수를 흡족하게 했다. 인선은 이이가 급제하자 신명화의 얼굴이 떠올랐다. 신명화는 진사시에 급제하고도 대과를 보지 못했다. 인선이 그에게 과거를 보지 못하게 했기 때문이다.

"어머니, 왜 할아버지에게 과거를 보지 못하게 하셨어요?"

이이가 의아한 표정으로 물었다. 이이를 데리고 신명화의 무덤에 갔을 때였다. 무덤에 무성한 풀을 베고 앞에 앉자 서산에 피처럼 붉은 노을이 번지고 있었다.

"어미가 공부를 잘못한 탓이다. 주역을 공부하면서 사람의 운세를 풀었다."

"주역을 깊이 공부하면 사람의 운세를 괘사로 풀 수 있지 않습니까?"

"하늘이 정한 일을 미리 안다고 피해갈 수 있는 것이 아니다. 나 때문에 할아버지는 대과를 보지 않으셨어."

인선은 신명화가 조정에 나가 활약하지 못한 것 때문에 항상 쓸쓸했다.

"어머니, 조정에 나가 정치를 하는 것이 중요하지 않습니다."

"정치를 잘하면 백성에게 이利가 되고 정치를 잘못하면 해害가

된다."

"어머니는 저에게 스승님 같습니다."

"별소리를 다하는구나. 너는 기氣와 이理에 대해서 생각해보았느냐?"

"이는 물질이고 기는 정신입니다. 이가 주主가 되어야 하는가, 기가 주가 되어야 하는가 하는 것은 많은 연구가 필요합니다."

인선은 이이와 주리론과 주기론에 대해 토론했다.

'우리 이가 대학자가 되겠구나.'

인선은 이이를 보고 환하게 웃었다. 이이와 나란히 걸어서 신명화의 무덤을 내려오는데 벼락을 치는 것 같은 소리가 들렸다.

"화락했느냐?"

"화락했습니다. 그래서 이이와 같은 아들도 두었답니다."

인선은 신명화의 무덤을 돌아보며 미소를 지었다.

집 안은 침울하고 무겁게 가라앉아 있었다. 인선이 의식을 잃은 지 여러 시간이 지나 있었다. 의원이 와서 진맥을 하고 아이들이 모두 그녀를 둘러싸고 침통한 표정으로 앉아 있었다. 평양으로 다급하게 하인을 보냈으나 아직 소식이 없었다.

"우야."

자정이 되었을 때 인선이 희미하게 눈을 뜨고 막내아들 우에게 미소를 지었다. 우는 이제 열 살이었다. 슬픔을 참지 못하고 어깨를 들썩이며 울고 있었다.

"어머니."

"울지 마라. 형과 누나들이 돌봐줄 거다."

인선이 우의 손을 잡았다. 우의 눈에 눈물이 그렁그렁했다. 인선은 입술을 피가 나도록 깨물었다. 그녀는 천천히 아이들을 둘러보았다. 아이들이 침통한 표정으로 울고 있어서 가슴이 아팠다.

"나는 이제 쉬어야 하겠다."

인선은 간신히 입술을 달싹거려 말한 뒤 입을 다물었다. 그녀는 조용히 눈을 감았다. 아무 소리도 들리지 않고 아무것도 볼 수 없었다. 문득 방 안에 기이한 정적이 감돌았다. 의원이 조용히 인선의 손을 잡아 맥을 보았다. 사람들이 일제히 의원을 주시했다.

"임종하셨습니다."

의원의 말이 사람들의 가슴속으로 스며들었다.

"어머니…."

매창이 방바닥에 주저앉아 울음을 터뜨렸다.

신인선, 사임당은 1551년 5월 17일 새벽 영면의 시간으로 들어갔다.

사임당은 마흔여덟 살을 일기로 생을 마쳤다. 그녀는 평생을 그리워하고 사랑하던 강릉에서 너무 멀리 떨어진 시가의 선영 두운리 자운산 기슭에 묻혔다. 훗날 이이는 어머니 무덤 아래 자운서원을 짓고 후학을 양성했다.

사임당이 죽은 뒤 이이가 퇴계 이황과 쌍벽을 이루는 대학자가 되면서 그의 제자들이나 후인들이 이이를 떠받들기 위해 현모양처의 전형으로 사임당을 숭배했다. 그러나 사임당은 그들의 숭배가 아니더라도 학문과 예술적 경지에서 조선시대 어떤 여인 못지않게 뛰어났다. 그림은 당대에 이미 국중 으뜸이라는 평가를 받았고, 서체도 독특한 필체를 개발했을 정도로 우아하면서도 기품이 있다. 불과 두 편밖에 남지 않은 그녀의 시도 탁월하다.

사임당의 일생은 자세하게 알려지지 않았다. 이이는 어숙권과 백인걸 등의 문인으로 알려져 있으나 정황상 오히려 사임당에게 배웠을 것으로 추정된다.

이이는 사임당의 부음을 평양에서 돌아오다가 마포나루에서 들었다. 그때 평양에서 가지고 온 놋그릇이 새빨갛게 변했다고 한다. 이이는 3년 동안 어머니 무덤에서 시묘살이를 했다.

정신적 스승이자 자애로운 어머니인 사임당의 죽음에 충격을 받은 이이는 금강산에 들어가 불가의 깨달음을 얻으려고 하는 등 3년 동안 방황했다.

이원수는 사임당의 간곡한 청에도 주막집 여인 권씨를 첩으로 맞아들였다. 권씨의 출신에 대해서는 잘 알려져 있지 않으나 술주정이 심했다. 이이는 자식 된 도리를 다하여 권씨를 섬겼다.

사임당의 4남3녀 중 이름을 남긴 사람으로는 이이, 금기서화에 뛰어나고 시인으로 명성이 높은 딸 매창, 그림으로 유명한 우 등이 있다.

사임당의 흔적은 강릉 오죽헌, 파주 율곡리 등에 오롯이 남아 있다. 특히 오죽헌에는 조선 여인의 아름다운 향기가 그대로 남아 있다. 당대를 뒤흔들고 현모양처로 추앙받는 사임당의 발자취를 따라가다 보면 사랑을 그리워하고 안타까워하던 그녀의 눈물과 한숨이 가뭇하게 떠오른다.

한 남자를 사랑하고, 한 남자를 그리워하고, 한 남자 때문에 눈물 짓던 조선 여인 사임당.

이이는 기이하게 아버지 이원수에 대해서는 행장을 쓰지 않았지만 사임당에 대해서는 행장을 썼다.

나의 어머님은 진사 신공申公의 둘째 따님이시다. 어렸을 때 경전經傳을 통했고 글도 잘 지었으며 글씨도 잘 쓰셨다. 또 바느질도 잘하고 수繡까지 정묘하지 않은 것이 없었다.

이이의 선비행장에는 특별한 내용이 없다. 다만 사임당이 남긴 시가 수록되어 있다.

밤마다 달을 향해 비오니	夜夜祈向月
죽기 전에 다시 뵙게 해주세요.	願得見生前

사임당은 어머니 용인 이씨를 절절하게 그리워했다. 이이는 사임당이 한양으로 올라온 뒤 가난하게 살았다고 기록했다. 말년에 삼청동 셋집으로 이사했다는 기록이 있는 것을 보면 몰락해가고 있었고, 이원수가 돈을 벌지 않았다는 사실을 알 수 있다. 이원수가 수운판관으로 일하게 된 것도 이러한 맥락에서 이해할 수 있을 것이다.

부호의 집에서 태어나 자라다가 점점 가난해지는 삶 속에서 사임당은 예술혼을 불태웠다. 가지, 오이, 꽃, 개구리, 나비 등을 그린 초충도는 색감이 살아 있는 듯 생생하다.

사임당이 그린 산수도는 오랜 세월이 흘러 빛이 바랬으나 바닷가 풍경이 아름답다.

맑은 하늘에는 기러기 한 마리 멀리 날고
넓은 바다에는 돛단배 한 척 천천히 떠가네.
한낮의 해가 기울어 가려고 하는데
푸른 파도는 아득하여 다시 만날 약속이 어렵다네.

天淸一雁遠
海闊孤帆遲
白日行欲暮
滄波杳難期

사임당의 산수화에 있는 시다. 이태백이 장사라는 인물을 떠나보내며 지은 시의 두 구절을 따온 것이다. 그림을 보고 있노라면 바닷가에서 그림을 그리고 있는 옛 여인의 자취가 아련하게 떠오른다.

1504년(연산 10년)

10월 29일, 강릉 북평촌에서 아버지 신명화와 어머니 이씨 사이에서 둘째 딸로 태어난다. 아버지 신명화는 조광조와 학풍과 정치 이념을 같이한 기묘명현이고 어머니 용인 이씨는 이사온의 외동딸로 학문과 부덕이 뛰어난 여인이다. 이사온은 치재에 밝아 천 석에 가까운 농지를 소유한 부호였고 노비도 100명 안팎이나 되었다. 이씨의 분재기에는 외손주인 이이에게 노비 14명과 한양 수진동 집과 교하의 논을 상속시키는 기록이 나온다. 이이의 다른 형제들과 이종사촌들에게도 비슷한 재산과 노비를 상속했기 때문에 그의 부를 추정할 수 있다.

1506년(연산 12년)

사임당이 세 살 되었을 때 중종반정이 일어나 폭정을 일삼던 연산군이 교동으로 유배를 간다.

1510년(중종 5년, 7세)

신명화는 기묘명현에 속할 정도로 학문이 높았다. 딸만 다섯을 낳았고 처가에서 지내는 일이 많았기 때문에 사임당은 어린 시절 외조부 이사온과 어머니 이씨의 교육을 받는다. 이사온이 부호로 명성이 높았기 때문에 집안에 귀한 그림이 많았고 이에 영향을 받아 그림을 그리게 된다. 신명화는 사임당의 재주를 사랑하여 안견의 그림을 보고 공부할 수 있도록 도와준다.

1516년(중종 11년, 13세)
신명화가 진사시에 급제했으나 정국이 어지러워지는 것을 보고 대과에 응시하지 않는다.

1519년(중종 13년, 16세)
기묘사화가 일어나 조광조가 죽는다. 신명화도 유생들과 함께 대궐에 난입하여 조광조를 구원하려고 했으나 오히려 옥에 갇혔다가 석방된다.

1522년(중종 17년, 19세)
덕수 이씨인 이원수와 혼인한다. 기묘사화로 비분강개하던 신명화가 강릉에서 죽어 안동 권씨 선영에 묻힌다.

1524년(중종 19년, 21세)
큰아들 선이 태어나다. 아이들을 위해 포도, 가지, 벌레, 꽃들을 그려 유명해진다.

1529년(중종 24년, 26세)
장녀 매창이 태어나다. 매창에게 금기서화를 가르친다.

1535년(중종 30년, 32세)
봉평으로 이사한다.

1536년(중종 31년, 33세)
용이 품속으로 날아드는 꿈을 꾸고 이이를 잉태한다.

1536년(중종 31년, 33세)
강릉으로 돌아와 12월 26일 오죽헌에서 이이를 낳는다.

1541년(중종 36년, 38세)

강릉 친정 생활을 정리하고 한양의 수진방으로 올라오면서 대관령에서 시를 읊는다.

1543년(중종 38년, 40세)

중종이 승하하고 인종이 즉위한다.

1544년(인종 1년, 41세)

인종이 즉위했으나 9개월 만에 승하하고 명종이 즉위한다.

1548년(명종 3년, 45세)

이이가 13세로 과거에 장원급제한다.

1550년(명종 5년, 47세)

이원수가 수운판관이 된다.

1551년(명종 6년, 48세)

발병한 지 사흘 만인 5월 17일 새벽에 운명한다. 교하 두운리 자운산에 장사 지낸다.

세상을 바꾸는 사람들
퍼플피플 2.0

당신은 세상에 무엇을 남길 것인가?

일을 시작하기 전부터 가슴이 설레는 사람들, 일하는 동안에는 열정을 쏟을 수 있어 행복한 사람들, 자신이 좋아서 하는 일로 남들에게 기쁨을 나눠줄 수 있는 사람들…, 이들을 우리는 '퍼플피플'이라 부른다. 김영세 회장의 삶의 철학과 경험, 그의 디자인 작품들이 이 세상 젊은이들과 신세대 창업자들에게 '무'에서 '유'를 창조하고 '유'에서 '부'를 창조해 나눌 수 있다는 열정과 모티베이션이 되기를 기대한다. 당신 인생보다 더 오래 지속될 수 있는 무언가를 세상에 남길 수 있다면 인생을 훌륭하게 산 것이다. 비틀스는 우리가 여전히 즐기는 음악을 남겼고, 피카소는 그림을, 스티브 잡스는 애플을 남겼다. 당신은 무엇을 남길 것인가?

김영세 지음 | 284쪽 | 국배판 변형 | 값 22,000원

슈퍼 창업자들

이전에 없던 경험을 팔아라!

국내외 대전환기에는 거대한 위협과 함께 거대한 기회도 몰려온다. 어떻게 위협은 피하고 기회는 잡을 것인가. 이제는 이전에 없던 경험을 팔아야 할 때다. 또한 완전히 다르게 보는 창의력을 발휘하여 고양이처럼 유연한 인재를 갖추어야 성공할 수 있다. 이 책은 다양한 사례를 들어 후발 주자가 성장을 구가하고 약자가 승리를 만끽하는 비결을 제시하고 있다. 2개의 PART로 구성되어 각 꼭지에는 비즈니스나 경쟁에서의 혁신, 성경 속의 반전, 그리고 고양이형 인재의 특질에 대해 이야기한다. 이 책을 숙독하면 남다른 성과를 창출하게 하는 차별화 프로세스를 발굴해낼 수 있을 것이다.

김종춘 지음 | 364쪽 | 신국판 | 값 18,000원

손정의 참모

리더는 어떤 정신으로 기업을 이끌어야 하는가!

'풋내기 벤처 소프트뱅크'를 졸업하고 영업이익 1조 엔을 달성하며 '어른스러운 소프트뱅크'가 되기까지, 8년이 넘는 3,000일 동안 손정의 회장을 보좌했던 기록을 담았다. 현재의 소프트뱅크가 있기까지 손정의의 기업가정신과 리더십을 깊이 있게 다루어 '300년 존속 기업'으로 키우겠다는 손 회장의 야망과 결단력을 살펴볼 수 있다. 손정의 회장의 최측근인 비서실장이 옆에서 직접 경험하고 소통하고 실현했던 모습을 담았기에 더욱더 손정의 회장의 진면모를 느낄 수 있다. 리더를 꿈꾸는 독자들에게 손정의 회장의 메시지를 전하여 조직의 미래를 내다보고 강한 결의로 사람을 이끄는 글로벌 리더가 되기를 기원한다.

시마 사토시 지음 | 정문주 옮김 | 468쪽 | 신국판 | 값 20,000원

결핍이 만든 성공

결핍을 극복한 세이펜 김철회 대표의 기업가정신

인생의 반전 드라마는 남보다 특별한 능력을 가지고 있는 사람이 만들어내는 게 아니다. 희망보단 절망과 좌절로 가득 찬 삶을 살았던 세이펜 김철회 대표는 부도가 나서 감옥까지 가게 되는 엄청난 실패 속에서도 남들보다 훨씬 더 많이 노력해야 한다는 절실한 마음가짐으로 주어진 역경을 극복했다. 세이펜을 개발해 커다란 성공을 이룬 후에는 자기 자신뿐만 아니라 주변 사람들과 성공을 나누고 기부하는 '나눔'을 실천하고 있다. 오늘보다는 내일 더 멋지게 성장하는 사람, 돈 많이 번 사람보다는 멋진 인생을 즐기는 사람, 교육 분야에서 왕성한 사업가로서 생명이 다하는 날까지 끊임없이 움직이며 활동하고 싶은 게 그의 꿈이다.

김철회 지음 | 292쪽 | 신국판 | 값 18,000원

화웨이의 위대한 늑대문화

화웨이의 놀라운 성공신화! 그 중심에 늑대문화가 있다!

지난 20여 년간 화웨이가 성공할 수 있었던 비결은 도대체 무엇일까? 어떻게 해서 계속 성공을 복제할 수 있었을까? 화웨이의 다음 행보는 무엇일까? 화웨이의 68세 상업사상가, 마흔을 넘긴 기업 전략가 10여 명, 2040세대 중심의 중간 관리자, 10여만 명에 달하는 2030세대 고급 엘리트와 지식인이 주축이 된 지식형 대군이 전 세계를 누빈다. 전통적인 기업 관리 이론과 경험은 대부분 비지식형 노동자 관리에서 비롯했다. 이제 인터넷 문화 확산이라는 심각한 도전 앞에서 지식형 노동자의 관리 이론과 방법이 필요하다. 이를 꿰뚫은 런정페이의 기업 관리 철학은 당대 관리학의 발전에 크게 이바지했다.

텐타오, 우춘보 지음 | 이지은 옮김 | 452쪽 | 4×6배판 | 값 20,000원

조선부자 16인의 이야기

역사로 통찰하는 조선시대 부자 비결!

부富를 축적하고 증식하기 위해서는 뚜렷한 목표가 있어야 한다. 돈을 버는 부자는 결코 결심이나 뜻으로 되는 것이 아니라 실행과 노력으로 이루어진다. 또한 부富는 이루기도 어렵지만 지키기는 더 어렵다. 부富가 완성되려면 축적, 증식, 분배의 세 요소가 어우러져 있어야 한다. 이 책에는 뜻을 세우고 실천하는 조선의 부자, 즉 자수성가한 부자들의 삶과 철학을 담았다. 이렇게 소개된 조선시대 부자 16인의 이야기를 바탕으로 옛 선인들의 철학과 삶의 지혜를 본받아 현시대의 부의 철학을 다시 바로잡고, 역사 속 실존 인물들의 이야기를 통해 자신의 삶에 접목한다면 한국판 노블리스 오블리제를 실천할 수 있을 것이다.

이수광 지음 | 400쪽 | 신국판 | 값 18,000원

돈 버는 사장 못 버는 사장

돈 버는 사장에겐 공통점이 있다!

돈을 못 버는 이유를 불경기 탓으로 돌리지 않았는가? 이윤추구보다는 더불어 사는 사회를 만들기 위해 조금만 벌고 있다고 둘러대진 않았는가? 기업의 목적은 이윤창출이다. 사장은 본인의 회사와 사원들을 위해 돈을 많이 벌 수 있는 시스템을 만들어야 한다. 이 책은 돈 버는 사장이 될 수 있는 습관을 총 6장으로 분류하고, 돈 버는 사장과 못 버는 사장의 특징을 담은 50개의 키워드로 정리하였다. 현재 자신의 실수나 오류를 스스로 점검하고 돈 버는 사장으로 변화할 수 있는 방법을 일러스트를 포함한 구성으로 보다 쉽게 이해할 수 있도록 명쾌하게 제시한다.

우에노 미쓰오 지음 | 정지영 옮김 | 김광열 감수 | 260쪽 | 신국판 | 값 17,000원

부의 얼굴, 신용

역사에서 통찰하는 선인들의 성공 비결, 신용 처세술!

무형의 재산으로 유형의 재산을 넘나드는 파급력을 지닌 '신용'. 대대손손 부를 부르는 사람들에게는 남과 다른 신용이 있었다. 역사소설의 대가 이수광 작가가 오랫동안 축적해온 방대한 역사적 지식에 신용을 접목한 이 책은 눈앞의 이익에 눈이 멀어 속임수를 쓰지 말라는 메시지와 함께 책임 있는 언행이 인격의 뿌리가 되어야 한다고 강조하고 있다. 현대를 사는 독자들이 구한말 조선 최고의 부자이자 무역왕으로 군림했던 '최봉준', 한나라의 전주 '무염' 등 역사 속 실존인물들이 신용을 발판으로 성공한 이야기를 가슴에 담고 신용을 생활화함으로써 '인복人福'과 '부富'를 부르는 귀인貴人이 되기를 기원한다.

이수광 지음 | 352쪽 | 신국판 | 값 16,500원

정인택의
법인 컨설팅십

자신에게 투자하고, 자신이 만나는 고객에게 투자해야 한다!

ING생명 정인택 명예상무는 법인컨설팅 현장에서 ING생명 5년 연속 FC 챔피언을 수상하도록 해준 남다른 컨설팅 전략을 직접 수많은 기업인에게 전파했으며 현장에서 경험한 다양한 사례를 토대로 100년 이상 장수기업으로 기업을 승계하기 위한 솔루션을 제공하기 위해 노력해 왔다. 이 책은 영업현장에서 기업 전문 FC가 되고자 하는 수많은 보험업계 동료 FC들에게 고객관리와 인맥관리를 통해 어떻게 높은 성과를 창출해 내는 지를 저자의 생생한 경험담을 통해 담아내고 있다. 대한민국의 모든 파이낸셜 컨설턴트가 단순한 보험상품 판매가 아닌 진정한 CEO 컨설팅을 통해 중소·중견기업의 동반자가 되어주기를 기대한다.

정인택 지음 | 296쪽 | 신국판 | 값 17,500원

대한민국 CEO를 위한
법인 컨설팅 1, 2

CEO가 꼭 알아야 할 법인 컨설팅의 모든 것!

10년 가까이 현장에서 배우고 쌓은 저자의 노하우를 더 많은 고객들과 공유함으로써 그들의 고민을 해결하기 위해 출간되었다. 2권으로 나누어진 이 책의 1권에는 기본 이론과 내용들이, 그리고 2권에는 구체적인 실행전략과 아이디어들이 담겨 있다. 증여, 지분 이전, 부동산 및 금융자산의 운용, 명의신탁, 가업승계, 인사노무관리 등 풍부한 현장 경험 사례를 통해 구체적인 전략을 제시함으로써 이제는 CEO들이 제대로 평가받고, 제대로 된 기업으로 성장시켜 지속기업으로 발전할 수 있도록 지원하고자 한다. 기업이 성장함에 따라 겪게 될 문제들을 미리 알고 철저히 대비한다면 세금 폭탄 같은 날벼락은 피해 갈 수 있을 것이다.

김종완 지음 | 1권 288쪽·2권 376쪽 | 신국판 | 각 권 20,000원

대한민국 창업자를 위한
외식업 컨설팅

글로벌다이닝그룹 이준혁 대표의 외식 창업의 모든 것!

삼성, 현대 등 대기업 외식사업팀을 이끌었고, 300여 점포 이상을 경영, 기획하며 30여 년간 오직 외식업 한길만 걸어온 저자는 외식업에 뛰어들어 좌절하는 창업자들의 고통에 함께 공감하고 조금이나마 구제하고 싶은 심정으로 《대한민국 창업자를 위한 외식업 컨설팅》을 집필하였다. 이 책은 창업 준비부터 업종, 입지 선정, 인테리어, 마케팅, 종업원 관리, 상품 관리까지 창업 노하우와 반드시 알아야 할 정보를 구체적으로 다루고 있다. 또한 저자가 직접 컨설팅했던 업체의 실전 사례들과 문제점과 해결방안도 제시하였다. 한방에 성공하려는 대박식당을 창출하기보다 폐업의 리스크를 줄이는 데 초점을 맞추었다.

이준혁 지음 | 268쪽 | 신국판 | 값 18,000원

기업가치를 높이는
재무관리

기업의 가치와 신용평가는 재무관리에서 비롯된다!

정보화 사회로 변화해가면서 신용사회라고 할 만큼 신용평가에 관한 관심이 점차 커지고 있다. 국가 신용등급의 등락이 그 나라의 채권가격뿐만 아니라 경제에도 많은 영향을 미치고, 기업에 대한 신용평가는 기업의 여신 규모와 금리에 영향을 주기 때문이다. 이 책은 산업현장에서 CEO와 자금담당 임원, 직원들이 경영활동을 하면서 겪게 되는 재무관리와 관련된 애로사항이나 궁금한 점을 다양한 사례를 바탕으로 쉽게 풀어놓았다. 또한 기업경영에 실질적으로 접목할 수 있도록 기업의 가치를 극대화하고 안정적인 성장기반을 갖춘 강한 기업으로 거듭날 수 있도록 스토리를 전개하였다.

이진욱 지음 | 416쪽 | 4×6배판 | 값 25,000원

병의원 만점세무

병의원의 성공은 세무 회계에 달려 있다!

병의원을 운영하는 대부분의 경영자들은 다른 부분은 비교적 철저하게 관리하면서도 의외로 세금 문제에 부딪히게 되면 어려움을 겪는다. 이 책은 병의원 경영자들의 세무 관련 고민을 조금이라도 덜어주고자 병의원 컨설팅 전문 세무법인인 택스홈앤아웃의 전문적인 컨설팅 노하우를 담고 있다. 개원 준비부터 세무 조사, 세테크에 이르기까지 병의원 운영에 필요한 전반의 세무 문제를 다루고 있으며, 각 챕터마다 합리적인 세무 관리를 위해서 경영자는 어떻게 대처해야 하는지를 병의원의 사례를 들어 자세히 설명하고 있다. 또한 해당 사례를 일러스트로 표현하여 좀 더 쉽게 이해할 수 있도록 했다.

세무법인 택스홈앤아웃 지음 | 404쪽 | 신국판 | 값 20,000원

상속·증여 만점세무

소중한 자산의 대물림, 합법적으로 절세하고 현명하게 대비하자!

상속세와 증여세는 어느 정도 자산이 있는 사람이라면 누구나 해당되는 세금으로서 우리 생활과 밀접하게 관련되어 있다. 그리고 수익이나 소득이 아닌 재산 가치를 기준으로 세금을 부과하기 때문에 세금에 대한 부담감이 높아서 납세자뿐만 아니라 예비납세자의 관심과 문의가 많은 세금이다. 이 책은 평상시에 세금과 별로 관계없이 지내는 보통 사람들도 한 번쯤은 겪게 되는 사례들을 모았다. 또한 상속·증여와 관련된 세금에 의문이 있거나 세금 문제에 대비하고자 하는 예비납세자에게 유용한 길잡이로 활용되고, 나아가 상속세와 증여세에 대한 인식을 새롭게 하고 정확하고 합리적으로 납세하는 데 도움이 되고자 집필되었다.

세무법인 택스홈앤아웃 지음 | 420쪽 | 신국판 | 값 22,000원

대한민국 국민을 위한 인생 컨설팅 도서

오늘이 기회다

내 생애 가장 젊은 날 '오늘이 기회다'

적당히 살거나 대충 살기에는 우리의 삶이 너무 짧고 아깝다. 세상이 변하길 원하고 상대가 변하길 바라기 전에, 나의 부족함을 냉정하게 파악하고, 남이 아닌 나를 변화시켜야 발전할 수 있다. 남과 다른 나만의 진정한 가치가 생기고, 비로소 남이 아닌 자신과 싸울 수 있는 힘이 생기기 때문이다. 과거의 내가 새로운 나를 탄생시키는 데 걸림돌이 되지 않도록 항상 과거의 나를 버리고, 새로운 모습으로 거듭날 수 있도록 노력해야 한다. 자신의 꿈을 이루어 성공하고 싶은 사람들과 리더의 자질을 갖추고자 하는 사람들에게 세이펜 김철회 대표의 실천철학을 삶에 적용하여 성공의 길로 향하는 데 도움이 되기를 희망한다.

김철회 지음 | 276쪽 | 신국판 | 값 16,000원

킬링 리더
vs 힐링 리더

당신은 킬링 리더인가 힐링 리더인가?

저자는 기업에서 리더십과 관련해 많은 강의를 하면서 다양한 리더들과 만났다. 그런데 과거의 패러다임에 얽매여 조직을 위험에 빠뜨리면서도 정작 자신은 그 심각성을 인지하지 못하고 있는 킬링 리더들을 많이 보았다. 이 책에는 리더를 크게 '킬링 리더'와 '힐링 리더'의 두 가지로 구분하고 스스로 힐링을 경험하여 리더에 이르는 '셀프 힐링', 최강의 팀으로 거듭나기 위한 '팀 힐링', 위대한 기업을 구현하게 만드는 '컬처 힐링' 등을 소개하고 있다. 또한, 다양한 사례를 통해 조직과 공동체의 발전을 위해 헌신하고 있는 리더들에게 현장에서 쉽게 이해하고 바로 적용할 수 있도록 방법을 제시하고 있다.

송수용 지음 | 284쪽 | 신국판 | 값 17,000원

백인천의 노력자애

한국 프로야구의 전설, 백인천의 리더십

한국 프로야구 불멸의 타율 4할, 백인천의 인생철학과 그가 새겨놓은 프로야구의 역사를 책 한 권에 담았다. 반평생을 오직 야구 인생으로 살아온 백인천의 발자취를 돌아보면서 야구와 건강 두 마리 토끼를 쟁취하기 위해 혹독한 훈련을 견뎌 불멸의 4할 타자, 백인천의 이름이 프로야구의 전설로 남아있게 된 것이다. 이 책은 총 10장으로 구성되었으며 백인천 감독이 야구와 같은 인생을 살았듯 이 책의 콘셉트 역시 야구 경기처럼 1회 초부터 9회 말과 연장전 그리고 하이라이트 순으로 이어진다. 야구 프로에서 건강 프로가 되기까지 백인천 감독의 인생을 통해 독자 여러분도 인생의 진정한 프로로 거듭나기를 희망한다.

백인천 지음 | 388쪽 | 신국판 | 값 20,000원

논어로 리드하라

여성 리더로 성공을 꿈꾼다면 지금 당장 《논어》를 펼쳐라!

현대는 강하고 수직적인 남성적 리더십보다 감성적이고 관계지향적인 여성적 리더십을 요구하는 사회로 변화하고 있다. 이러한 변화를 입증기라도 하듯 한국에서는 사상 최초로 여성 대통령이 탄생했다. 국제적으로는 미국 국무부장관 힐러리 클린턴, 세계적으로 영향력 있는 여성 방송인 오프라 윈프리, 독일의 메르켈 총리 등 수많은 여성 리더들이 있다. 따뜻한 리더십으로 무장한 여성 지도자들의 공통점은 인생에서 중요한 가치를 깨닫고 더 나은 자신이 되기 위해 철학책과 고전을 많이 읽으면서 내면을 수양했다는 것이다. 쉽게 풀어 쓴 논어를 가까이하여 더 많은 여성이 우리나라뿐 아니라 세계를 리드하기 바란다.

저우광위 지음 | 송은진 옮김 | 344쪽 | 신국판 | 값 18,000원

어둠의 딸, 태양 앞에 서다

초라한 들러리였던 삶을 행복한 주인공의 삶으로!

세계적인 베스트셀러 《시크릿》의 주인공 밥 프록터의 유일한 한국인 제자인 조성희의 첫 번째 에세이집. 스스로 어둠의 딸이었다고 할 정도로 어려운 환경에서 마인드 교육을 통해 변화한 저자의 진솔한 이야기가 담겨 있다. '어둠'을 '얻음'으로 역전시키는 그녀만의 마인드 파워는 고뇌에 찬 결단과 과감한 도전정신으로 만들어낸 선물이다. 누구나 생각하는 대로 인생을 멋지게 살 수 있다. 어떻게 목표를 세우고, 어떤 생각을 하고, 무슨 꿈을 꾸느냐에 따라 인생은 달라진다. 꿈이 없어 짙은 어둠의 터널 속에서 절망을 먹고사는 사람들뿐만 아니라 심장이 뛰는 새로운 돌파구를 찾으려는 모든 사람에게 중독될 수밖에 없는 필독서다.

조성희 지음 | 404쪽 | 신국판 | 값 18,900원

나만 나처럼 살 수 있다

이제 나는 말한다, '나만 나처럼 살 수 있다'고

이제 나는 말한다, '나만 나처럼 살 수 있다'고 누구나 살면서 두 번, 세 번, 아니 수도 없이 쓰러진다. 이때 가장 필요한 것은 다시 일어설 수 있는 힘이 다. 그런데 안타까운 것은 많은 사람들이 이 힘을 보지 못한다는 점이다. 털어버릴 힘, 자신감, 자존감, 긍정적 가치관, 공동체를 지향하는 신념, 자아 정체성, 나를 조절할 수 있는 힘, 타인과의 소통이 세상을 살아가는 힘이다. 세상의 기준으로 보면 내세울 것 없는 사람이라도 '내 안의 행복'을 찾으면 비로소 나는 나 답게 살 수 있다. 이 한 권의 책이 누군가에게 꼭 필요한 지침서가 되고, 영혼까지 깊이 웃게 해주는 삶의 돌파구가 되기를 희망한다.

이요셉 · 김채송화 지음 | 372쪽 | 신국판 | 값 18,000원

황태옥의 행복 콘서트 웃어라!

웃음 컨설턴트 황태옥의 행복 메시지, 세상을 향해 웃어라!

웃음 전도사로 유명한 저자가 지난 10년간 웃음으로 어떻게 인생을 다시 살게 되었는지 진솔하게 풀어낸 책이다. 암을 극복하고 웃음과 긍정 에너지로 달라진 그녀의 삶을 보면서 함께 변화를 추구한 주변 사람들의 사례는 물론 10년간의 삶의 흔적이 고스란히 담겨 있다. 독자들이 이 책을 읽고 삶을 업그레이드해 생활 속에서 행복 콘서트의 주인공이 될 수 있는 힘을 얻기를 희망한다. 또한 웃음을 통해 저자를 능가하는 변화된 삶을 살기를 바란다. "한 번 웃으면 한 번 젊어지고 한 번 화내면 한 번 늙는다(一笑一少一怒一老)"는 말이 있듯이 행복지수를 높여 삶을 춤추게 하고 싶다면 바로 지금 세상을 향해 웃어라!

황태옥 지음 | 260쪽 | 신국판 | 값 17,500원

니들이 결혼을 알어?

결혼이라는 바다엔 수영을 배운 후 뛰어들어라!

결혼은 액션이다! 아무런 행동도 하지 않고 막연히 앉아서 행복하길 기다리는 사람들의 결혼은 그 자체로 불행한 일이다. 이 책은 이병준 심리상담학 박사와 그의 아내이자 참행복교육원에서 활동하고 있는 공동 저자 박희진 실장이 상담현장에서 접한 생생한 사례를 토대로 하고 있다. 기혼자들과 결혼 판타지에 빠진 청춘에게 '꼭 해주고 싶은 말'을 읽기 쉬운 스토리 형식으로 담았다. 대부분 경고 수준의 문구지만 결혼식 준비는 철저하게 하면서 결혼준비는 소홀히 하는 이들에게 결혼의 중요성을 일깨워준다. 늘 머리에 '살아? 말아?'를 넣어두고 살아가는 이들에게 '까짓 살아보지 뭐!'라며 툴툴 털고 일어서게 하는 힘을 줄 것이다.

이병준 · 박희진 지음 | 380쪽 | 신국판 | 값 18,000원

미래 인사이트 도서

거대한 기회

창조 지능 리더십을 선사할 '거대한 기회'를 잡아라!

세상이 짧은 시간에 급격하게 변하고 있다. 난공불락의 요새도 없고 절대적 강자도 없다. 이러한 시대에 살아남으려면 유연하게 변화하고 창조해야 한다. 현대의 리더는 변화의 큰 흐름을 읽고 거기서 기회를 포착해야 한다. 불꽃이 아니라 불길을 보아야 하고, 물결이 아니라 물살을 보아야 한다. 이 책은 리더들에게 시대의 흐름을 한눈에 보여주고자 불확실한 미래에 접근하는 방법을 다양하게 제시하고 있다. 남보다 더 넓게 보는 안목을 키우고 패러다임을 자기만의 방식으로 삶과 비즈니스에 접목함으로써 더욱 큰 사회공동체와 인류공동체를 위해 공헌하는 창조의 마스터가 되어보자.

김종춘 지음 | 316쪽 | 신국판 | 값 18,500원

잡job아라 미래직업 100

변화 속 거대한 미래직업의 흐름을 주시하라!

미래에는 로봇 혁명을 통해 전혀 새로운 일자리와 노동 시장이 만들어질 전망이다. 인간을 채용하는 대신 새로 개발된 기계를 활용하고 3D 프린팅, 무인차, 무인기, 사물인터넷, 빅데이터 등 시대의 패러다임을 바꿀 기술들이 노동 시장을 뒤흔들 것이다. 이 책은 이러한 문제점에 접근하기 위해 미래 노동 시장과 일자리를 끊임없이 추적한 성과물인 100가지의 미래 유망직업에 대해 서술하고 있다. 건강하고 안전한 미래, 편리하고 스마트한 미래, 상상이 현실이 되는 미래, 지속성이 보장되는 미래 이렇게 총 4챕터로 이루어져 있고 짧은 글들로 짜였지만 미래 노동 시장과 산업 전반에 대한 내용과 통찰력이 압축돼 있다.

곽동훈 · 김지현 · 박승호 · 박희애 · 배진영 지음 | 444쪽 | 신국판 | 값 25,000원

아무도 말해주지 않는
척추이야기

척추 전문의가 들려주는 척추에 대한 허와 실

척추 질환하면 대부분 퇴행성으로 나타나는 노인성 질환을 먼저 떠올리게 되지만, 현대 사회에서는 젊은 층에서도 척추질환 환자가 급증하고 있는 추세이다. 평소 잘못된 자세와 생활습관이 척추질환을 일으키는 원인이기 때문이다. 이 책은 보건복지부 의료기관 인증을 획득한 더조은병원 도은식 원장의 경영철학과 30여 년의 노하우, 그동안 우리가 알고 있던 척추건강에 대한 오해와 진실, 척추건강에 도움이 되는 운동법을 담고 있다. 이 책을 통해 오늘도 환자의 건강을 위해 고민하는 의사들의 노력이 있다는 것을 일깨워주고, 모든 사람들이 올바른 병원 선택으로 누구나 자신의 질환을 정확히 진단받고 치료받을 수 있기를 희망한다.

도은식 지음 | 252쪽 | 신국판 | 값 20,000원

잘못된 치아관리가
내 몸을 망친다

치과의사가 알려주는 치아 상식과 치과 치료의 오해와 진실!

치아는 잠자리에서 일어나는 아침부터 잠자리에 드는 저녁까지 모든 음식을 맛보는 즐거움을 우리에게 선사한다. 오복의 한 가지라 할만큼 치아건강은 인간의 행복에 큰 영향을 미친다. 이 책에서 치과의사인 저자는 일상생활에서 지켜야 할 치아 건강 관리법은 물론 상세한 치과 진료 과정, 치과 진료에서 궁금했던 점을 들려준다. 또한 잘못된 치아관리가 내 몸을 망칠 수 있으므로 제대로 알고 제대로 치료해야 건강한 치아를 간직할 수 있다고 강조한다. 이 책에는 치아전문 일러스트레이터들이 그린 생생한 일러스트를 실어 치료 과정을 쉽게 이해할 수 있도록 했다. 다양한 증상에 어떻게 대처해야 하는지 알려주는 유용한 책이다.

윤종일 지음 | 312쪽 | 4×6배판 | 값 20,000원

굿바이, 스트레스

만성피로 전문클리닉 이동환 원장의 속 시원한 처방전!

대부분의 사람들은 흔히 스트레스라고 하면 부정적인 인식이 앞서 '나쁜 스트레스'만 떠올린다. 많은 현대들이 과도한 스트레스 때문에 힘들어하고 심한 경우 신체 질병까지 얻게 된다. 하지만 우리가 보편적으로 인식하고 있는 스트레스의 부정적인 이미지와는 달리 적절한 스트레스는 오히려 삶에 동기부여를 해줄 뿐 아니라 자극제가 되기도 한다. 저자는 스트레스를 무조건 줄이라고 하지 않는다. 오히려 스트레스를 적절히 관리해서 성과와 연결하는 방법을 소개한다. 계속되는 스트레스에 매몰되어 헤매는 것이 아니라 긍정적인 마음의 근육을 키워 스트레스를 통해 새로운 에너지를 얻음으로써 성과까지 창출하는 비법을 배워보자.

이동환 지음 | 260쪽 | 4×6배판 | 값 18,000원

매직스윙

좀처럼 골프가 늘지 않는다면 매직스윙하라!

골프를 즐기는 사람은 많지만 정확한 스윙법을 구사하는 사람은 드물다. 프로든 아마추어든 골프를 시작한 나이, 체형, 성별 등에 따라 스윙법이 각각이지만 각 골퍼들의 스윙 문제는 비슷하기 마련이다. 이런 문제 해결을 위해 이병용 프로가 만든 '매직스윙'은 쉽고 간단하면서 효과도 빨라 수많은 유명 연예인, 기업체 CEO들을 반하게 했다. 이병용 프로는 보다 많은 사람들에게 매직스윙이 담긴 독자적인 레슨 이론을 소개하기 위해 책을 펴냈다. 좀처럼 골프 실력이 늘지 않아 고민 중인 분에게 이 책은 마치 직접 개인레슨을 받는 것과 같은 놀라운 경험을 선사할 것이다. 모두 골프의 매력에 빠질 준비를 해보자.

이병용 지음 | 208쪽 | 국배판 | 값 35,000원

위대한 개츠비

20세기 영미문학 최고의 걸작!

1974년에 이어 2013년 또다시 영화화되어 화제를 불러일으켰던 《위대한 개츠비》는 미국인이 가장 좋아하는 대표적 소설이다. 작품 배경이 되는 시기는 제1차 세계대전 직후, 이른바 '재즈 시대'라고 불리는 1920년대다. 급격한 산업화와 전쟁의 승리로 풍요로워진 시대에 전쟁의 참화를 직간접적으로 경험한 젊은이들의 다양한 삶의 모습을 매우 섬세한 필치로 풀어낸 작품이다. 소설 속 주인공 개츠비는 젊은 시절의 순수한 사랑을 이루려고 자신을 내던진다. 아메리칸 드림을 이룬 그의 머릿속에는 부의 유혹에 넘어간 사랑하는 여인 데이지를 되찾으려는 생각밖에 없다. 그러나 현실은 그의 꿈을 용납하지 않는데….

F. 스콧 피츠제럴드 지음 | 표상우 옮김 | 4×6판 | 316쪽 | 값 12,000원

성과를 지배하는 힘 시리즈 도서

성과를 지배하는
바인더의 힘

남과 다른 성공을 꿈꾼다면 삶을 기록하라!

프로가 되려면 성과가 있어야 하고, 성과를 내려면 프로세스를 강화해야 한다. '시스템'과 '훈련'을 동시에 만족하게 해주는 탁월한 자기관리 시스템 다이어리 3P 바인더의 비밀을 전격 공개한다. 바인더는 훌륭한 개인 시스템이자 조직 시스템이다. 모든 조직원이 바인더를 사용한다면 정보와 노하우를 손쉽게 공유할 수 있다. 바인더와 책, 세미나를 통해 기적 같은 변화를 체험한 많은 사람의 실제 사례를 소개하여 바인더를 좀 더 활용하기 쉽게 만들었다. 저자는 20여 년간 500여 권의 서브바인더를 만들면서 기록관리, 목표관리, 시간관리, 업무관리, 지식관리, 독서경영 등을 실천함으로써 성과를 지배해온 스페셜리스트다.

강규형 지음 | 신국판 | 342쪽 | 값 20,000원

성과를 지배하는
스토리 마케팅의 힘

마케팅의 성공 비결은 스토리와 공감이다!

세상이 하루가 다르게 변하고 있고 고객의 마음도 초단위로 바뀌고 있다. 누가 한 분야에서 성공했다 하면 모방하는 이들이 빠르게 나타나 순식간에 시장을 나눠가진다. 우리가 사는 21세기의 현실이 이렇다. 기술이 좋고 제품이 훌륭한데도 매출로 연결하지 못하는 기업들의 결정적인 맹점은 '스토리'가 부족하다는 것이다. 이제는 기술과 제품을 뽐내기만 할 것이 아니라 고객의 마음부터 들여다보아야 한다. 수시로 변하는 고객의 마음을 휘어잡는 열쇠, 마케팅! 그 근간에는 자신만의, 자사만의 스토리가 있어야 한다. 이 책이 전하는 스토리 마케팅을 활용한다면 두꺼운 충성고객층과 함께 꾸준한 성과를 창출할 수 있을 것이다.

조세현 지음 | 360쪽 | 신국판 | 값 20,000원

성과를 지배하는
유통 마케팅의 힘

한 권으로 배우는 대한민국 유통 마케팅의 모든 것!

상품이 만들어져 소비자에게 오기까지는 많은 사람의 수고가 필요하다. 그러나 중간에서 징검다리 역할을 해주는 유통업자가 없다면 이 사회는 제대로 돌아가지 못한다. 소비문화가 제대로 정착되려면 유통 시장을 전체적으로 확실하게 이해하는 사람이 있어야 한다. 이 책에는 저자가 20여 년간 유통업계 현장에서 발로 뛰며 얻은 소중한 경험을 담았다. 다방면에 걸친 유통 영업의 노하우, 유통 마케팅 비법뿐 아니라 유통시장의 전체적인 틀을 제시하였다. 공공기관 입찰에 필요한 나라장터 사용법은 물론 직접 거래해보지 않으면 알 수 없는 유통사별 상품 제안서 사용법까지 다양하게 소개하고 있다.

양승식 지음 | 344쪽 | 4×6배판 | 값 20,000원

기업과 병·의원의 성장과 연속성을 위한 컨설팅 전문 그룹

스타리치 어드바이져

- 전문가 자문 그룹 플랫폼 제공
- 전자신문 기업성장 지원센터 운영
- 직원 성과 극대화를 위한 교육 프로그램 운영
- 스타리치 어드바이져 Gift Book 서비스

- 조세일보 기업지원센터 운영
- 기업문화 창출을 위한 교육 프로그램 운영
- 스타리치 CEO 기업가정신 플랜
- 김영세의 기업가정신 콘서트 주최

StarRich Advisor / StarRich Books

100년 기업을 위한 CEO의 경영 철학 계승 전략

CEO 기업가 정신 플랜

– 자서전 · 전문서적 · 자기계발서 · 사사 등 –

문의) 스타리치 어드바이져 & 북스 02) 6969-8903 / starrichbooks@starrich.co.kr

김영세의 기업가정신 콘서트

100년 기업으로 향하는 기업가정신!

창업주의 경영 노하우와 철학을 제대로 계승하고
기업의 DNA와 핵심가치를 유지하는 질적 성장의 힘!

주관 | 한국경제TV **주최 |** 스타리치 어드바이져
후원 | 조세일보 기업지원센터 · 전자신문 기업성장 지원센터

천재화가 사임당의 예술혼과 불꽃같은 사랑!

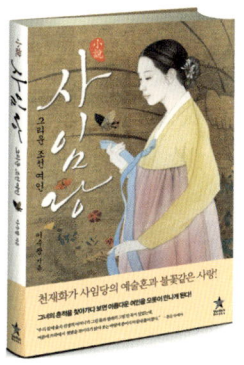

**그녀의 흔적을 찾아가다 보면 아름다운 여인을
오롯이 만나게 된다!**

"우리 집에 율곡 선생의 어머니가 그린
풀과 벌레의 그림 한 폭이 있었는데, 여름에 뜨락에서
햇볕을 쪼이다가 닭이 쪼는 바람에
종이가 마침내 뚫어졌다." – 본문 中에서

이수광 지음 | 328쪽 | 신국판 | 값 15,000원

StarRich Advisor / StarRich Books

스타리치 패밀리 회원이란?

하나의 아이디로 스타리치에서 운영하는 사이트(스타리치 어드바이져, 스타리치북스, 스타리치몰, 스타리치 잉글리시 등)와의 모든 거래 및 서비스 이용을 편리하고 안전하게 사용할 수 있는 스타리치 통합 회원제 서비스입니다.

스타리치 패밀리 회원 혜택

- 스타리치몰에서 사용 가능한 적립 포인트(도서 정가의 5%) 제공
- 스타리치북스에서 주최하는 북콘서트 사전 초대
- 스타리치북스 신간 도서 메일 서비스 제공
- 스타리치 어드바이져/북스에서 주최하는 포럼 및 세미나 정보 제공
- 스타리치 어드바이져에서 제공하는 재무 관련 정보 제공

스타리치 패밀리 회원 등록 기존 스타리치 패밀리 회원일 경우 등록된 ID를 기재 부탁드립니다.

이름	연락처
주소	생년월일
이메일 주소	구매 도서명 그리운 조선 여인, **사임당**
패밀리 회원 ID	소속 (회사 / 학교)

사용하실 패밀리 회원 ID를 적어주시면 임시 비밀번호를 문자로 발송해드립니다.

개인정보 사용 동의서

스타리치 패밀리 홈페이지는 수집한 개인정보를 다음의 목적을 위해 활용합니다. 이용자가 제공한 모든 정보는 하기 목적에 필요한 용도 이외로는 사용되지 않으며, 이용 목적이 변경될 시에는 사전동의를 구할 것입니다.

1) 회원관리
① 회원제 서비스 이용 및 제한적 본인 확인제에 따른 본인확인, 개인 식별
② 불량회원의 부정 이용방지와 비인가 사용방지
③ 가입의사 확인, 가입 및 가입횟수 제한
④ 분쟁 조정을 위한 기록보존, 불만처리 등 민원처리, 고지사항 전달

2) 신규 서비스 개발 및 마케팅·광고에의 활용
① 신규 서비스 개발 및 맞춤 서비스 제공
② 통계학적 특성에 따른 서비스 제공 및 광고 게재, 서비스의 유효성 확인
③ 이벤트 및 광고성 정보 제공 및 참여기회 제공
④ 접속빈도 파악 등에 대한 통계

상위 내용에 동의합니다.

년   월   일   서명_____(인)

스타리치 패밀리 회원 비밀번호 변경은 www.starrichmall.co.kr에서 하실 수 있습니다.
엽서를 보내주시는 분들에 한하여 스타리치몰에서 사용 가능한 포인트(도서 정가의 5%)를 지급해 드립니다.
앞으로 더욱 다양한 혜택을 드리고자 노력하는 스타리치가 되겠습니다. **문의** 02-6969-8903 starrichbooks@starrich.co.kr